你是我难以言说的秘密

玖玖 作品

青岛出版社
QINGDAO PUBLISHING HOUSE

图书在版编目（CIP）数据

你是我难以言说的秘密 / 玖玖著. -- 青岛 : 青岛出版社，2018.11
ISBN 978-7-5552-3697-9
Ⅰ. ①你… Ⅱ. ①玖… Ⅲ. ①言情小说－中国－当代
Ⅳ. ①I247.5

中国版本图书馆CIP数据核字(2016)第045481号

书　　名　你是我难以言说的秘密
著　　者　玖　玖
出版发行　青岛出版社
社　　址　青岛市海尔路182号（266061）
本社网址　http://www.qdpub.com
邮购电话　010-85787680-8015　13335059110
　　　　　　0532-85814750（传真）　0532-68068026
责任编辑　郭林祥
责任校对　耿道川
特约编辑　崔　悦
装帧设计　李红艳
印　　刷　三河市航远印刷有限公司
出版日期　2018年11月第1版　　2018年11月第1次印刷
开　　本　32开（880mm×1230mm）
印　　张　9
字　　数　150千
书　　号　ISBN 978-7-5552-3697-9
定　　价　38.00元

编校印装质量、盗版监督服务电话　4006532017　0532-68068638
建议陈列类别：畅销·现代言情

CONTENTS

目录

你是我难以言说的秘密

楔　子　·001·

第一章　初识　·009·

第二章　大学　·032·

第三章　巧遇　·062·

第四章　秘密　·094·

第五章　喜欢　·120·

第六章　爱你　·143·

第七章　故乡　·167·

第八章　辞职　·195·

第九章　摊牌　·218·

第十章　心痛　·236·

第十一章　幸福　·253·

番　外　·277·

番外之穿衣记　·280·

番外之游玩记　·282·

你是我难以言说的

秘密

楔子

夏澄头疼地想，天底下恐怕再没有比这还尴尬的事了。

前一刻，同学们还在调侃她和她的“男朋友”陆启皓何时修成正果，下一秒，陆启皓就牵着另外一个女人出现在同学会会场。

整个大厅顿时鸦雀无声，所有的视线齐刷刷地落在门口十指紧扣、举止亲昵的男女身上。

门口的男子身形高大挺拔，嘴角含笑，精致的五官在灯光下越发显得深邃。他身旁的女子长相清秀，肤色白皙，小鸟依人般依偎在他的怀里，脸上充满幸福的神色。谁都看得出来，他俩处于热恋期。

夏澄默默收回视线，无声无息地咧了咧唇。之前她无论如何都无法对同学们解释她和陆启皓的关系，如今倒好了，耳听为虚，眼见为实，她也不需要再多说什么。

早知道会在这里遇见他，她今日就不来了。其实也是她傻，她的“男朋友”，不，应该说是“前男友”，作为曾经S一中三（9）班的班长，如何会缺席这样的场合。

还是学习委员会做人，言笑晏晏地迎了上去，大力地捶了一下陆启皓的胸膛：“班长你终于来了，还把嫂子也带来了！欢迎欢迎，这边坐，这边坐。”

学习委员将陆启皓和他的女伴带到了离夏澄最远的一桌。

“说好了不带另外一半的嘛……”坐在夏澄对面的小燕抬头小心翼翼地看了夏澄一眼，后半句话硬生生地吞咽下去。

其他桌的热闹与这桌的安静形成鲜明反差，夏澄明显感觉到周围的同学对她投来同情怜悯的眼神。她心里无奈，随意剥了一颗龙眼塞到嘴里，笑得很不经意：“都说了我与他没什么了……”

夏澄眨着乌黑澄净的双眼，说着大实话，不过并没有人愿意相信她。

耳边骤然传来椅子摩擦地面的声音，特别刺耳。她偏过头，便见身旁的好闺密苗苗板着脸站起来，拿着酒杯和酒瓶直直地朝陆启皓走去。

夏澄看着苗苗气势汹汹的样子，生怕她直接抡起酒瓶朝陆启皓砸过去。幸好苗苗很快调整好状态，弯起唇，笑得一脸友好：“陆启皓，你太不厚道了啊，今日同学会，我们这么多人谁带家属来了？这位小姑娘这么眼生，你介绍一下呗？”

“杨程程。”陆启皓神色淡然，若无其事地做了极简短的介绍，视线不经意地从低着头的夏澄身上掠过。

“哎呀，也叫‘澄澄’呀？”苗苗仿佛听到了一个笑话，有些夸张地叫了一声，随即斟了一大杯酒递到杨程程的手里，笑盈盈道，“程程呀，欢迎你融入我们9班这个大家庭，作为文艺委员，这一杯我一定要敬你。”

杨程程半低着头，红着脸推托，小声回她：“我不会喝酒。”

苗苗扬着眉头，脸上带着挑衅的意味：“还有不会喝酒的呀？你只管咽下去就好了。”

“别为难她，她真不会喝酒，我替她。”陆启皓将杨程程挡在身后，而苗苗不依不饶。

旁边的同学跟着一起起哄：“嫂子来一杯，来一杯。”

夏澄看着这边的场面，只觉得坐看苗苗替她出头实在不够意思。她替自己倒了一杯酒，刚想站起来走过去，就听陆启皓的声音不疾不徐地传来：“她怀孕三个月了，真不能喝，我喝三杯替她。”

怀孕三个月？！夏澄微微愣怔。

三个月前她和陆启皓根本算不上正式分手，呵，原来如此。

她下意识地举起手中的酒喝了一口，因为喝得太急，她被呛到了，捂着嘴咳嗽起来。

“怎么这么不小心？”一双厚实的手轻拍她的背，低沉的口气略带责备。

夏澄回过头来，对上一双漆黑的眼眸，眸中带着浓浓的关切。她微眯起眼，撇嘴道：“季云深，你怎么来得这样迟？”

“路上堵车。”季云深见夏澄身旁还有个空位，“我坐这里，不介意吧？”

夏澄还没回应，同桌的另外几个女生已经替她应了：“当然不介意，快坐快坐。”

嗯……夏澄停住口，心说：你们都忘记另外一名没到的女同学了吗？刚才还说为她留着位子。

季云深的到来，就像是小羊进入狼窝，顿时成为焦点，几乎全桌的女生都对他虎视眈眈。

“云深，好久不见。高中毕业至今快七年了吧？”

“全班男生就数你的变化最大，要不是橙子叫你，我都认不出来了！”

女生们你一言我一语地冲他说话，季云深眉眼淡然，唇边带着礼貌的浅笑。

“对了，云深，你是不是有女朋友了？”一个女生凑过来，满脸八卦兮兮的样子。

另外一个女生接了话：“我也听到些风声，那个女孩也是S一中毕业的，比我们低两届，听说家里有些背景。”

“听说是她追的你吧？”

“你们金童玉女还真是蛮配的，只可惜我没有早点下手……从前竟不知道你这样英俊。”

“哪里？我以前就说季云深的眼睛长得特别好看，能将人直直吸进去的那种……”

呵呵。夏澄轻哂，皮笑肉不笑，端起手中的酒抿了一大口：“小燕你少来，你眼光那么高，怎么可能对他下手……我记得高中那会儿我们两个女生宿舍评选出全班十大丑男之一就是季云深呢——对，他好像还是榜首。”

全桌女生面面相觑，气氛变得十分微妙。

夏澄再次语出惊人：“当时你们不是说就算全世界只剩下他一个男人，也不要将就的吗？”

季云深听到夏澄说的话，神色并无多少变化，丝毫没有生气或者尴尬。他夹了块龙虾肉放到她面前的碟子里：“你多吃点菜。”

他的动作自然、熟稔，在大家眼里并没有半分突兀。夏澄却并不领情，木着脸将碟子推到他的面前：“我不想吃。”

季云深见她只喝酒不吃菜，眉头蹙起：“你……”

季云深话还未出口，另外一边的女孩轻轻推了推他，眼睛瞟了一眼陆启皓那边，示意季云深照顾夏澄的情绪。季云深唇角微抿，眼神不由得黯了一下。

苗苗这个时候回来了，脸色不是太好看，有些咬牙切齿地说了两个字："人渣。"

她一眼瞥到季云深坐在这里，不由得好奇道："季总监，你怎么在这里？不是说加班不来的吗？"

季云深语气淡淡："正好没什么事了，过来看看。"

"过来也好。"苗苗担忧地看了一眼夏澄，又冲季云深递了个眼色。

一桌人又聊了些什么，还玩起了行酒令。夏澄看起来似乎缓过来了，像没事人一样，该怎么玩还是怎么玩，脸上的笑容并未断过。许是她运气不好，竟都是她输，次次都轮到她喝酒，最后季云深实在看不下去，直接伸手夺走她手中的杯子："别喝了。"

夏澄越是毫无异常，别人却越觉得她反常。苗苗担心不已，跟着附和："橙子，你听话啊，不许再喝了。"

"我很好啦！就是这酒味道不错。"夏澄睁着无辜的眼睛，十分认真。

她瞥了季云深一眼，眼底还带点儿嫌弃："愿赌服输，我才不像你——玩不起就玩不起，说什么滴酒不沾！"

季云深眼眸轻合，低声叹气："何必如此为难自己？"

"我没有为难自己，只是……"夏澄垂下眼睑，长睫下的眼睛闪烁了一下。

"什么？"他凑到她旁边，却并没有听到她在说什么。

"有点困了。"夏澄坐到位子上，手指一点一点地收紧，眼睛莫名地觉得酸涩。明明前一刻她还在感受着与老同学欢聚的快乐，她的情绪怎么就一下子开始不受控制，变得潮湿、黏糊。

季云深鲜少见她这副样子，低沉、失落，整个人无精打采，像一只被全世界都遗弃了的小猫。

"她喝醉了，不如我带她回去？"季云深说这句话的时候，整桌人都没有异议。她们都认为这个时候夏澄离开是最合适的选择。

夏澄小小反抗了一下："我没有喝多，也没有喝醉……还有，我根本就没有介意，你们怎么就不明白？"

众人默然。

季云深的力气大得惊人，她根本反抗不了，只能踩着七厘米的细跟高跟鞋，踉跄地跟在他的身后。

她被他拉着一直走到酒店外头，身后的喧嚣和青春回忆都离她远去，那些不相干的人、不相干的事统统都消失了。

外面寂静，光线朦胧，她只看得清他挺直的脊背。他似乎还是记忆中的样子，又似乎不是，他习惯穿着干净的白色衬衫搭配黑色的裤子，简单而自然。她的眼睛竟然模糊起来，或许她是真的醉了。

夜晚春寒料峭，冷风迎面而来，夏澄的头发被吹得凌乱不堪。她没有动手去整理，只是亦步亦趋地跟在季云深的身后，喃喃道："季云深，我是不是很傻？"

他几乎没有停顿，回答得很快："傻透了。"

夏澄苦涩地牵动唇角："是啊。我不仅傻，好像还一无是处。"

他反问她："为什么会这么想？"

夏澄低头看着两人叠在一起的影子，像是笑着，又像是在哭："我、我居然被甩了，还被甩得这么丢人。"

"不会，我并没有这样觉得。"

她低低地叹气："一定是我不够好。"

"不，你是最好的。"季云深一字一顿地回答她，声音温润如玉。

夏澄觉得自己的脑袋一定被酒精麻痹了，混混沌沌。季云深转头看她，她抬眼正好对上他的眼睛。他温柔的眼睛在路灯下特别亮，亮得醉人。她咧嘴笑起来："季云深，这是你第一次哄我。"

“不，我没有哄你。”他的声音极轻极柔，却又很坚定。

她喃喃开口：“是啊，你才不会哄我呢，你都懒得和我讲话。”

他的脸庞莫名地离她很近，近得她能一根一根数着他又长又翘的睫毛。夏澄有些恍惚，他的长相跟她记忆中的很不一样，不再是那么土里土气的模样。他的眼睛是漂亮的丹凤眼，鼻梁高挺，淡粉色的薄唇微抿成一条线，她从不知道他长着这么一副好皮囊。

“你是不是去整容了……你以前真的好丑的。”夏澄用力地眨了眨眼，伸手去拧他的脸，“但是，好像也没她们说的那样丑啦……”

他握住了她那只要拧他的手，目光深深地凝视着她，平和地说道：“你很久没有看过我了吧？”

他说得很认真，眼底含着淡淡的光彩。

夏澄觉得这一刻她一定是醉得神志不清了，世界突然变得那么嘈杂，怦怦怦响个不停。她像是被什么压抑着，有点喘不过气来。她深呼吸了一口气：“是呢，很久很久了。”

因为，我根本不敢看，也不能看你呀。

每个人的青春都藏着一个秘密，她也有，但那个秘密她只能永远藏在心中，连想都不敢想。

第一章 初识

回去的路上，夏澄靠在副驾驶座上，眯着眼睛看向正在开车的季云深。车里的光线有些昏暗，他的轮廓影影绰绰显得越发立体。夏澄在心里一遍一遍描绘着他朦胧的眉眼，他依稀还是她记忆中的样子，只是眉宇之间多了一份从容、自信。

车子平稳地往前行驶着，夏澄越发困了，脑子很重，眼睛几乎睁不开，可有些记忆犹如潮水一样涌到她的脑海里——全都是最初的季云深。

高三开学的第一天，班主任陈老师带着一个瘦瘦的男孩子进来向全班同学介绍："这是我们班新转来的同学，季云深……"

那时候的季云深长得很瘦，皮肤黝黑，短短的头发剪成一个又土又丑的发型，看起来有些营养不良。他穿着干净却极其普通，这样的形象与班上其他阳光男孩相比，实在是格格不入。

本来鸦雀无声的教室里响起一阵骚动，先前还在讨论新同学身份背景的女生更是傻了眼。

“怎么看起来很土的样子呀？”

“之前不是说他挺有背景，校长还亲自去迎接的吗？”

“听说送他来的人开着奔驰，该不会是看错了吧？”

“难不成是哪个大老板养在乡下的私生子？”

胡说八道！夏澄听着周围的八卦声，无语地翻了个白眼，谁说送他来上学的就必须是他的家长？

论起来，她倒是知道他的来历，不过她丝毫没有与人讨论他的欲望，也并不想让人知道她认得他。

季云深是她姑姑夏群前不久收养的孩子，奈何姑姑是个生性浪漫的画家，常常四处游历寻找灵感，于是照顾季云深的这个任务便落在夏澄的爸爸夏峰身上。夏澄也不知道她爸是怎么想的，不仅将季云深领回家，转到S市的重点高中，今早还特地亲自送他来上学。

夏澄昨天第一次见到季云深，看着他悲苦的形象，几乎以为她爸答应电视台拍一档类似《变形计》的角色互换节目。后来她才知道她爸一心要帮季云深，还要她帮忙照看。他的原话是：“你姑姑年纪大了，也想有个人陪，正好这孩子懂事、坚韧、肯吃苦——再说，他爸是我几十年的好朋友，他的儿子我总不能坐视不管。”

“他父母呢？其他亲戚呢？”

夏峰叹了一口气，眼中怜悯更甚，并不打算解释太多：“你只管在学校里好好照顾他就是。”

“……”

纵然爸爸有再多的理由，夏澄仍旧无法喜欢起这个突如其来的“外人”。他们非亲非故，她凭什么照顾他？

陈老师将季云深安排在第四排，坐在夏澄后面。如此巧合，夏澄总觉得这是她爸的意思，因此她心里对季云深的厌恶更添一分。

相对于夏澄的冷眼旁观，同桌胡苗苗对于这个新同学倒十分好奇，她友善地转过来冲他打招呼：“新同学，你好哇！”

季云深面无表情地看了她一眼，点点头。

苗苗不泄气，又继续介绍：“我叫胡苗苗，她是夏澄。”

季云深看了夏澄一眼，继续点点头。

苗苗不死心，指了指季云深身旁的同桌，言语之间流露出骄傲的神色：“这是陆启皓，我们班的班长哦。”

陆启皓作为S一中风云人物，不知引了多少女生为他折腰。他性格开朗，长相英俊，学习能力彪悍，成绩也总保持在年级段第一位，去年还拿过全国物理竞赛一等奖，被同学们称为“神一样的战斗机”。

季云深坐在陆启皓的身旁，两人一对比，无论是外貌还是气质简直是天壤之别。

季云深对这些并不了解，也并没有要了解的打算，仍旧只是淡淡地点点头。

夏澄先前见过季云深，多少了解他的脾性，他沉默寡言，并不爱开口说话。她相信就算苗苗再跟他讲一百句话，他也不会应答什么。于是，她伸出手将苗苗的脑袋扳了回来：“回头，上课啦。”

第一节是数学课，上课的时候数学老师指名新同学季云深回答问题。季云深站起来回答完问题之后，全班都笑开了。

季云深思路清晰，反应很快，只是普通话讲得极其不标准，带着一种极重的乡音。青春期的男孩子爱恶作剧，有几个男生直接在课堂上模仿他说话的样子，笑得异常夸张，数学老师好不容易才让课堂静下来。

季云深面带尴尬，有些手足无措地站着，黝黑的皮肤涨得通红，然后他垂着头慢慢坐下来。

下课之后，好几个男生围在他的身边，对他之前的事情充满了好奇。

“喂，季云深，你之前读的是什么学校啊？”

季云深沉默了一下，飞快地说了一句：“南平高中。”

有人起哄道：“啊？究竟是兰品高中还是南品高中啊？”

季云深放缓了语气：“南平……高中。”

“哦，是兰品啊！你们那边普通话说得也太不准了吧，我们都听不懂。”

“这什么蓝屏高中，我怎么从来没听过啊……是在哪个省的……”

“为什么高三了还转到这里来？”

夏澄和苗苗从厕所回来看到季云深被几个无聊的男生围着，他对他们的问题几乎无力招架，额头上都冒着冷汗。

夏澄微微皱眉，走过来重重地敲了一下桌子：“你们无聊不无聊？不要在这里欺负新同学！”

男生们一哄而散。

自此之后，季云深很少开口讲话，连晨读都是默读，不敢发出声音。上英语课的时候，他从来不举手，偶尔被点到名字回答问题也是红着脸结结巴巴。

他实在是太安静，安静得夏澄几乎感觉不到他的存在，渐渐地，她对他的排斥感也不再那么强烈。她走读，他住校，两人犹如两条永不相交的平行线，似乎不会打扰到彼此的生活。

开学一个月后，夏澄难得在放学的路上遇见了季云深。班上的同学大多是本市生，虽然他们大部分都住校，但基本上每个周末都会回家，像季云深这种一住就是一个月的做法实在令人费解。

夏澄背着书包若无其事地跟在他的身旁，她本想问他天天闷在学校怎么会受得了，不过问出来的话却是："你怎么不继续住校？"

季云深面无表情地双目直视前方，脸上闪过一丝难堪，飞快地说了一句："'十一'长假学校要封校……"

"哦，这样。"夏澄恍然大悟，"你之前周末住校有吃的吗？"

"学校附近有快餐店。"

她又问："钱够吗？"

他沉默了一下，轻抿着唇："够的。"

"你不够就跟我说……"夏澄说完这句话又怕他多想，眼见着回家的 26 路公交车行驶而来，她一边快速地往前跑，一边回头冲他说了一句，"快点，公交车来了！"

今日回去的学生太多，夏澄挤公交车挤得有些费力。不过她很快就发现，季云深没有跟上来。她透过车窗冲他招手，他只是目视前方往前走，并没有要上车的意思。

夏澄忍不住皱眉，他第一次回家，对这儿人生地不熟，身上又没电话。她爸近来几乎天天打电话过来询问季云深的状况，他要是走丢了她也不好向爸爸交代。

夏澄费力地从车上挤下来，气呼呼地朝着季云深跑过去，有些气恼地拍了一下他："你别磨磨蹭蹭的好不好？车都开走了！"

"你不用管我。"

夏澄看见他这张木然黝黑的脸就来气，声音也高了几分："你以为我很想管你？我……你还回不回家了呀？"

就在夏澄以为季云深不会回她的时候，他幽幽地回她："这里离家就三站地的距离，走回去也很快。"

夏澄怔住，脑子里一时之间出现了各种想法，却又不知道说什么好。26 路公交车很快又来了一辆，这次夏澄没跟他废话，拉着季云深的书包直接将他拽上车。

季云深拗不过夏澄，也没多挣扎。上了公交，他正想从书包里掏钱，夏澄已经拿出公交卡放在感应器上刷了两下：“公交卡便宜着呢，还能打九折。用一次就是省一次，懂吗？”

季云深一脸认真地看着她：“不是这样算的。”

“我说是这样算就是这样算……你别说话了，你的口音我听着怪怪的。”

季云深马上闭了嘴。他沉默，夏澄也沉默，她小心翼翼地看了他一眼，又有点懊恼。明明她想表达的不是这个意思，却好像打击到他了。

其实夏澄最近才知道，季云深的亲生父母早就不在世上了，他们在外出打工的途中出车祸去世了。他之前寄宿的那户人家家庭十分困难，再也负担不起季云深的学费，否则也不会让姑姑把季云深带走。

如今他的生活费都由姑姑出，许是他知道姑姑肯收养他就是天大的恩情，平日里一分钱掰成两分花，除了必要的花销，几乎舍不得花钱。夏澄听同学说过，他是个很抠门的人，平日里连瓶矿泉水都舍不得买。

对此，她心里对他又多了几分同情。

三站路五分钟不到就到了。季云深知道夏澄的顾虑，下车后他就远远地跟在她的身后，并不靠近。

两人一前一后回了家，家里并没有人在。

夏澄很小的时候父母就离异了，父亲又常年不在家，所以这么多年她一直由保姆张嫂照顾。只是最近张嫂的孙子身体不好，她请了半个月的假。

“又要自己折腾晚餐了。”夏澄小声抱怨了一句，她打小就被保姆照顾得很好，对家务一窍不通，此时她一想到晚餐问题就觉得头疼异常。

她将书包甩在沙发上，去冰箱里拿了一瓶牛奶，还冲季云深道：“冰箱里有吃的，你随便拿，迟点我们出去吃晚饭。”

张嫂不在，她都是点外卖了事，不过季云深好不容易回一趟家，她总要招待一下。

夏澄拿着牛奶回到客厅，没一会儿，她听见厨房里传出一些奇怪的声音。她这才想起，季云深自进了厨房就没再出来过。

她蹑手蹑脚地走到厨房门口，竟发现季云深站在料理台前处理大白菜。他的背影很瘦，校服穿在他身上显得空荡荡的，窗外的夕阳将他笼罩，在他身上镀了一层昏黄，这样的画面莫名地让人觉得有些心酸。

只是多年后，她在异国他乡，深夜梦回想起这个背影，竟觉得异常温暖。

季云深的身后似是长了一双眼睛：“面条还是年糕？”

“年糕吧。你会做？”在夏澄的认知里，这个年纪的男孩子正属于爱玩闹的年纪，哪里有空在厨房里消磨时间？

“炒着吃还是煮着吃？”他将洗干净的大白菜切成段，切菜的动作很是娴熟。

“随便。”夏澄看着他的动作，心中的疑虑顿消，想来他从前没少做家务。不过也是，听说他的养父母身体都不是很好，他要承担他们大部分的农活和家务吧。

夏澄默默站了一会儿，重新坐回沙发，她这时候才反应过来，季云深好像主动和她说话了，真是稀奇。

过了一会儿，季云深将两碗炒年糕端上饭桌。夏澄其实并不爱吃面食，不过吃了好些天外卖，试试这样一碗现炒的年糕也很不错。她拿起筷子尝了一口，眼睛不由得一亮——虽然年糕卖相普通，但味道不错。年糕炒得恰到好处，配着里面经过特殊处理的作料，顿时勾起了她的食欲。

她低头解决了小半碗，味蕾得到充分的满足：“看不出来呀，你一个大男生居然会做吃的！”

“嗯。”季云深安安静静地吃着，眼皮都未抬一下，仿佛这并不是什么了不得的事。

“你从前……也常常自己做吃的吗？”

“嗯。”

夏澄撇了撇嘴：“你除了嗯就不会说别的话吗？”

季云深慢条斯理地将口中的食物咽下去之后才幽幽地说了一句：“我只有一张嘴。”

夏澄过了半晌才反应过来，张着嘴一脸惊奇地看着他：“原来你也会开玩笑。”

“……”他沉默，完全没有开玩笑的意思。

吃过晚饭之后，夏澄去书房里整理新一期的摄影素材。作为学校里摄影社的社长，每一期校报刊登前，她都要花大量的时间制作自己负责的板块。中途她出来倒茶，发现季云深正津津有味地看动画片《喜羊羊与灰太狼》，口中甚至念念有词。

她悄然走近了才发现季云深正跟着电视念台词。

“哎？”夏澄很快明白过来，“你是在练习普通话吧？”

季云深也不看她，只是闭上了嘴巴，脸色微微有点儿红。

“这就对了嘛，练习语言要开口，而且还要大声。不仅普通话要练，英语口语也要练。”

季云深原来的高中并不重视英语听力和口语，导致季云深的听力和口语都一塌糊涂。英语课常常有小组表演，因为季云深的“加盟”，他们这组每次被抽到时都要闹大笑话。夏澄逮住机会就要纠正他的发音，可季云深每次都是沉默不语。

许是之前那顿饭的缘故，夏澄对他的态度和颜悦色了许多：“你老不张口，肯定什么都说不好，上次我纠正你的发音 I would rather……你至今都没有念好，来念一个听听。”

“……”

“哎，你平时对人爱搭不理的，原来也会不好意思？”夏澄像是突然发现了什么大秘密，弯身使劲地盯着他的脸看，“你的脸好像红了。”

夏澄的眼睛很漂亮，水汪汪的，像是被清泉洗过一般。此刻她这双黑白分明的眼睛就这样近距离地盯着他看，季云深不敢与她的眼睛对视，低垂眼眸，往旁边靠了靠：“你挡着我了。”

“挡，第三声，正确读法——你挡着我了。”夏澄说完又忍不住笑起来，“你这口音太好玩了，不知道什么时候能改掉。”

“……”

夏澄见他不接话，连忙收了笑，她这样和班级里欺负他的男生有什么区别：“哎，别误会，我没别的意思。”

“……嗯。”

夏澄突然想起了什么，飞快地跑回房间拿了一个随身听递给他：“这个给你。”

季云深看了一眼，摆了摆手：“不用。”

“又不是送给你，只是借给你用。”夏澄满不在乎地回答，“最近我新买了一个 CD 机，这个反正也没什么用——随你要不要，茶几下面的抽屉里有许多磁带，你自己挑。”

季云深犹豫了一下，随身听对他而言的确是需要的东西。

夏澄摊了摊手：“你不要算了，我明天卖给收破烂的好了。”

季云深想了半刻，还是从夏澄的手中接过了随身听，郑重又有点别扭地对她说了一声：“谢谢。”

“不客气，又不是白借。”她狡黠地笑了一下，“张阿姨回来之前，家里的家务由你来负责。”

他很快地回了一句：“好。”

在夏澄的记忆中，和季云深最初的交集也只有这个“十一”长假。后来他回了校，两人之间的关系又疏远了。她不想让别人知道他们俩的关系，估计他也不想让别人知道他尴尬的身份。两人除了必要的对话，极少有其他交流的时间。

夏澄有时觉得，她的后桌只有陆启皓一人，季云深简直就是一个虚无缥缈的存在。

她对他最初的印象就是土气、安静、老实，还有……古板。

高三时间宝贵，时光在各种大考小考中偷偷溜走，每天都过得匆匆忙忙。期末考后，陆启皓提议他们这个四人小组聚餐。

被学业压抑了一段时间的苗苗激动得举双手赞成，夏澄自然也没有意见，唯有季云深一边垂头收拾书包一边慢吞吞地回：“我还有点事……”

苗苗生怕季云深拒绝，连忙截断他的话，眼睛睁得大大的：“我们小组是一个团体，之前我们英语课上表演小品，不是带着你吗？前段时间我们社会实践不也带着你吗？我们去图书馆复习也没忘带上你，现在关键时刻，你怎么可以掉链子呀？”

夏澄此刻有点饥肠辘辘，自然也赞同这个提议，不由得嘀咕了一句：“你能有什么破事？”

季云深一噎，一时没找到好的理由，也没好意思再拒绝。

四人一起去了苗苗指定的萌萌鸡排店饱餐了一顿。因为天色不晚，夏澄又陪他们三个回学生宿舍拿行李。

因着苗苗宿舍楼层高，夏澄懒得爬上去，就独自一人坐在楼下花坛边，拿出速写本边画素描边等他们。姑姑是她的启蒙老师，虽然她并没有在绘画这条路上走太远，但这个从小到大的习惯还是这样保持了下来。

这个时候已经过了下学的高峰期，校园里空空荡荡，显得有些冷清。

突然一阵冷风吹来，也不知道什么吹到眼睛里，有些刺痛，夏澄下意识地闭上眼睛，忍不住用手去揉，只是越揉越难受，眼泪控制不住地从眼眶里冒出来。

“怎么了？有东西掉眼睛里了？”一阵轱辘声由远及近，陆启皓清冽的声音伴随而来，“别揉！”

夏澄闭着眼睛，皱着脸：“也不知道什么进去了，有点难受。”

“睁眼，我给你吹吹。”陆启皓俯下身，捧起她的脸，往她的眼睛里吹气，气息温温热热。

陆启皓的动作很自然，夏澄没有去躲。他吹了几下，夏澄觉得眼睛舒服多了。她睁开眼，对上他近在咫尺的脸庞，微微一愣，多少有些尴尬地倒退了一步：“舒服多了，谢谢你呀！”

陆启皓松开捧着她的脸的手，神态自然而懒散，好看的嘴角慢慢扬起：“都是同学，应该的。”

夏澄转身看向宿舍大门，随意问道：“哎，苗苗和季云深怎么还没下来？”

“嗯，快了吧。”陆启皓轻咳了一声，掩饰了眼底那份深意，“寒假里若是有空，我们一块儿出去玩吧？”

“好哇，要是有空的话。”

苗苗和季云深果然很快就下来了，大家一同去了车站，然后分道扬镳。

因为吃得有点饱，所以夏澄听从了季云深的提议，一起走着回去。季云深这次难得没有与她分开走，他紧跟在夏澄身后，整张脸都皱在一起，也不知道在想些什么。

夏澄觉得不对劲，好奇地瞥了他一眼：“你干吗一副苦大仇深的样子？难道是因为期末考考得不好？”

他也不说话，只是怔怔地看着她，欲言又止。

夏澄看着他这副样子，不由得一乐："季云深，你没事脸红什么？你不会是看上我们家苗苗了吧？"

"胡说八道！"季云深眼底染上恼意。他快步走在前头，过了很久，又回头认真地看着她，一字一顿道："刚才的事我都看到了。"

"刚才？刚才什么事？"夏澄莫名其妙地看着他。

"你还小，这样不好。"季云深转过头去不看她，眉头又皱了起来，顿了顿，他又继续说，"现在是最关键的时候，马上就要高考了，你不能这样。"

季云深说话说得飞快，甚至带着几分长辈教育晚辈的口吻，哪里还是平日那个沉默寡言的样子。

夏澄琢磨着他话里头的意思，抓着他的书包带子不让他走："你有什么话就说清楚，这样说一半藏一半算什么？什么这样不好，不能这样的？"

他往前走，她就这样拖着他。

他冷不丁地回她一句："我看到他亲你。"

"什么？"她看着他慢慢涨红的脸，彻底愣住了。

反正说了，他也就索性说开了："上次圣诞节，他送你礼物我也看到了。"

圣诞节礼物？夏澄仔细回想了一下，不就一个包装得好看点的苹果吗？夏澄觉得自己脑袋上顿时出现了三条黑线："所以呢？"

他不看她，目光直视前方："这个年纪的男生都是靠不住的，你根本不知道他们晚上都在说些什么，反正……老师说不能早恋，这样是不对的。"

他如今格外注重自己的发音方式，所以讲话讲得并不快，显得一板一眼。

“你这个棒槌！”夏澄脱口而出。明明是沙眯了眼睛，陆启皓好心替她吹眼睛好不好？什么叫亲她？还联想到早恋？这个傻瓜平日里看着呆头呆脑，突然说出这种话实在是太让人惊奇了。

夏澄心里只觉好笑，又懒得跟他解释，倔强地仰着脖子瞪他：“我爱怎样就怎样，你管得着吗？”

季云深被她堵得说不出话，良久才回她一句：“女孩子要自重！”

夏澄看着他较真的样子，想大声笑出来又忍不住瞪他：“不要说太急了。是自重！平翘舌音你怎么还是读不准？好歹看了几集《喜羊羊与灰太狼》，怎么一点进步都没有？”

“你……”季云深气得脸都绿了，转过身去走得飞快。

夏澄看着他的背影半晌，又快步跟了上去抓住他的书包带子，凑过脸去：“不就是亲一下吗，你至于这么装纯洁吗？听说你之前待的地方贫穷闭塞，好些人早早辍了学，十七八岁就结婚生孩子对不对？算算年纪你今年也十七了吧，家里有没有早早给你定下亲事呀？”

季云深板着脸，漆黑的眼眸充满了怒气，太阳穴旁的青筋一跳一跳的：“现在哪里有这种事，你别道听途说！”

夏澄认识他至今，还从来没有见他像今天这样生气过。

“生气什么呀？有就有没有就没有呗。对了，你在之前的班里成绩都是数一数二的，虽然你长得不怎么样，但从古至今女子都爱慕才子，你们班有没有女生对你芳心暗许呀？”

季云深压根不理她，木着脸气呼呼地往前走，连呼吸都有点重。他平时不苟言笑，像个假人，现在生气的他整个人都鲜活多了。

夏澄再次追上他拖着他的书包带，往后拽着：“你这是恼羞成怒吧，啊？你要不要说说你的事呀？”

他嘴笨，不知道如何反驳，只是低声冲她吼："你还是管好你自己吧！"

夏澄眨着一双灵动的大眼睛："我不用您老操心，我肯定管好我自己。说起来陆启皓挺好的吧，聪明、睿智、英俊，以你男生的眼光来说，是不是挺不错？"

季云深不说话，只是越走越快。

夏澄小跑着跟在他后面："哎，你别走啊，我们探讨一下啊，到底是不是啊？"

夏澄见季云深不再回应，觉得逗他不怎么好玩了。不过她又有点心虚，明明她跟陆启皓没什么啊，季云深怎么看错成这样，那其他的人会不会看错啊……这纯洁的友情啊！

夏澄顾虑得没有错，寒假过后，班级里突然就开始传播起她和班长早恋的流言。不过学生时代这种"绯闻"也是正常的事，夏澄以为清者自清，并没有理会。

反而是苗苗私下问她："喂，你什么时候和班长暗度陈仓了？"

"呸！暗度陈仓你个鬼啊！你不要乱用成语！"夏澄忍不住呸了她一声，"我天天忙着做卷子，偶尔抽空还要帮社里修图，哪里有空和人暗度陈仓？"

"有人说看到你们这个了，真的吗？"苗苗伸出两根食指比画了一下，脸上带着坏坏的笑容。

夏澄一掌拍在她的脑门上："真你个脑袋！"

苗苗眼中燃烧起八卦之火，咧着嘴笑："嘿嘿，真的没有吗？"

夏澄认真地靠近她："以你的火眼金睛，你觉得我有可能和他在你眼皮子底下眉来眼去？"

"那可说不定。"苗苗见夏澄作势要打她，忙拿着水杯跑出去倒水。

夏澄突然想到了什么，转头敲敲季云深的桌子：“喂，是不是你？”

季云深正在写作业，头也没抬：“我没那么无聊。”

想来刚才她和苗苗的对话，他都听得一清二楚。

夏澄微微颔首：“也是，料你也不会。”

季云深淡淡地看着她：“你也怕被人说吗？”

夏澄皱起眉头，季云深话语平淡，她却总觉得有嘲讽的意味。她刚想回嘴，满头大汗的陆启皓从外面跑进来，一边拧开水壶，一边不经意地问了一句：“你们在说什么呢？”

“没什么。”夏澄瞥了季云深一眼，随意地回了一句，“我们在说下周的篮球比赛，要不要去给你捧场？”

“这还用考虑？”陆启皓瞟了她一眼，唇角上扬，明媚的笑容中带着几分狡黠，“必须到场啊！我们什么关系啊！”

“什么关系？到底是什么关系？求告知啊！”苗苗才进来，听到陆启皓说的话，双眼就开始发光，只是话音刚落就被夏澄踢了一脚，于是她忙转移话题，“你们刚才在说篮球赛吗？高中阶段最后一次篮球赛，必须要去！必须要去！对了，我们班还有谁参加呀？”

陆启皓沉吟了一声，随口报了几个名字。

“我们班的高个儿都去啦。”苗苗兴奋地拍拍手，随即问正在做作业的季云深，“你个子也不错啊，怎么不参赛？”

季云深木然道：“我打不好。”

夏澄不由自主地与他抬杠，呵呵两声：“不要谦虚呀，你根本不会打嘛！”

季云深压根没打算回她，眼皮都没抬一下，继续低头写作业。

篮球赛的时间正逢梅雨季节，这几日天公不作美，总是淅淅沥沥下雨，不过这并不影响篮球赛的进行，也不影响各班的啦啦队去助威。

想来最近大家的学习压力都比较大，不过是八分之一赛，才下课，大家一个个都冒着大雨赶往室内篮球场。夏澄慢吞吞地收拾好东西，才发现教室里的同学已经走得差不多了。

苗苗在这个时候给她发来了短信：“比赛马上就开始了，你怎么还不来？我给你抢了最好的位子，你再不来就要被抢走啦。”

苗苗是啦啦队队员，第二节课就在那边彩排，现在是抽出空给她发的短信。

“我马上来。”夏澄一边回短信，一边飞快地往教室外跑去。她跑到楼梯口，一眼看到那个瘦高的背影，季云深就在前面。

“之前还不吭声，没想到跑得比我还快。”夏澄嘀咕了一声，冲着他的背影喊道，“季云深，你这个骗子……啊！”

地上湿滑，她一个不注意，一脚踩空，整个人就从楼梯上滑了下去。恍惚之间，她的脑袋一片空白，只知道伸出手茫然地去抓点什么……

随着砰的一声，她的身体终于落了地，脚跟处传来一阵尖锐的疼痛。

嘶——

“喂——”

不远处传来一阵笑声，夏澄皱起眉头恨不得骂回去，什么人哪，看到人摔成这样，怎么一点同情心都没有？只是当她抬起头之后，脸顿时就红了。

她刚才从楼梯上摔下来后，手不经意地想扯住什么——没想到扯住的是季云深的校服裤。此刻季云深站在她的面前，他的整个裤裆都被她扯破了，露出里面蓝色的四角裤。

夏澄愣愣地看着他，他也呆呆地回望着她，一脸不明所以。

夏澄尴尬地咳了一声，眼神躲闪：“怎么会发生这样的事，真是不好意思……这校服裤的料子也太烂了。下次你的腰带别系得那么紧，那样顶多掉一下裤子。”

季云深飞快地脱下校服外套绑在自己的腰上，没好气地看了她一眼：“你还有空开玩笑？怎么样，能起得来吗？”

“疼。”夏澄笑完之后就有点想哭，她想站起来，但是右脚钻心地疼，“起不来。”

季云深抓住她的手，将她整个人都拽起来半搂着，拧着眉头：“能走吗？”

夏澄摇了摇头，不说话。

季云深面色一变，飞快地背着她往医务室跑：“你忍一忍。”

夏澄趴在他瘦瘦的肩膀上，却意外地觉得结实。她想着他破掉的裤裆，总觉得有点对不起他：“喂，你的裤子……你腰上的外套系紧了吗，会不会掉下去？”

他本来几乎小跑着，听到她这句话，步伐明显缓慢下来。他沉默了半晌：“现在是时候想这个吗？”

“光天化日之下，你露个屁股会不会觉得很丢人哪？”夏澄这个时候几乎忘记了自己的疼痛，趴在他的背上低声笑起来，“那个，我什么都没看到，你不会要我负责吧？”

她以为他多少会害羞一下，没想到他很淡然地问她：“怎么负责？”

夏澄故作惊讶：“你居然还真有这种想法？你们那边是不是还和古代一样男女授受不亲哪？你现在这样被我看光了算不算是玷污了你的纯洁？啊，不会吧，你不会哭着求我娶你吧？”

季云深满脸黑线：“再吵直接扔你下来。”

“喊……千万不要抱着这种想法，我们没可能的。”

“你有病。”

她难得听他骂人，笑嘻嘻地问他：“你有药不？”

“厚脸皮……”

“我脸皮向来很厚的，嘻嘻。”

季云深把她背到医务室，医务室的医生看了一下她的腿，很严肃地告知她必须马上去医院，并让她通知家长。

夏澄的爸爸在三个市经营着四个陶瓷公司，忙得连回家的时间都很少。夏澄懒得麻烦别人，拍拍季云深的肩膀：“反正我爸也赶不过来，就你带我去医院吧！”

季云深皱着眉头看了她一眼：“我能先换条裤子吗？”

“快去吧！”夏澄哈哈大笑，一旁的校医知道后也忍不住抿着唇笑。

男生宿舍楼离这儿不远，季云深跑过去，很快又气喘吁吁地跑回来了。他带夏澄去了医院，拍了片，医生说伤得挺严重，骨裂，需要打石膏，平时要多加休养。

昨天答应了陆启皓会去看他的比赛，夏澄本来还在想着要不要回学校，一听到要打石膏，什么都不想了。

从医院回去时，夏澄看着自己那条腿，突然想到什么：“哎，刚才你花了多少钱？我爸给我的零花钱都放在那个柜子里，你自己拿回去。”

“不用，阿姨给够钱了。”

“那多不好，那都是你辛辛苦苦攒下来的。”

“反正也不是我的……”

“啊？”夏澄见季云深态度坚决，也不跟他客气，突然她深深地叹了一口气，“唉，怎么就摔瘸了？都不能看比赛了。”

季云深沉默了半晌才回她：“看比赛就这么重要？”

夏澄愣了愣才反应过来季云深在接她的话，她顺着他的意思假装十分遗憾道：“是呀，有某人的比赛当然很重要啦，要是你去打我才不看呢！”

他冷冷地呵了一声：“不稀罕。”

很好，他现在都知道还击了。夏澄冷哼："等你学会打篮球再说吧，不过也不知道要等到何年何月喽。"

季云深轻嗤一声。

就在这个时候，夏澄接到陆启皓的电话，他的声音闷闷的，显得特别不高兴："你今天怎么这么早就回去了，说好留下来看比赛呢？"

夏澄小心翼翼地问了一句："你们赢了吗？"

"赢了又怎样，输了又怎样？反正你又无所谓。"

"别这样小气呀！"夏澄想了想，毕竟是自己言而无信在先，她打算与他解释一下，"今天不是下雨嘛……"

陆启皓直接反驳她，语气有些责备的意味："下雨难道就不能看比赛了？"

夏澄被季云深扶到沙发上坐下，她将脚跷到茶几上，不小心拉到伤处，疼得嘶了一声。她没好气地抱怨了一句："可我就是没办法看哪！"

"你……我先挂了。"话语中是满满的不爽。

"那正好，我就先吃饭了。"

夏澄挂了电话之后，心情莫名地不好。季云深这个时候拿了一瓶牛奶给她，她一边喝着牛奶一边冲他道："男孩子都是这样子小气吧啦的吗？不就是那么点破事儿嘛，闹什么脾气呀？我这不是没办法看吗，难道是故意爽约吗？他这样闹给谁看哪？"

季云深想了想："未必。"

夏澄一听到他这么说，越发来气了："你也一样，我不就年底那会儿开你几句玩笑吗，你居然一直记恨到现在？"

"我没有。"

"谁知道你心里怎么想的？自那次之后我们说的话屈指可数！"

"我性格就这样……"

夏澄哼了一声："你一说谎就脸红，你照照镜子看看，你的耳朵都红了！"

"我……"

"行了行了，晚自修快开始了，你还是快点回去吧。"

季云深走到门口的时候又转过来慢吞吞地说了一句："陆启皓那儿，我替你解释吧。"

"解释你个大头鬼！"

"他在乎你才会闹脾气。"

夏澄拿起抱枕冲他丢过去："在乎你个大头鬼！我和他又没有……"

她的话还没有说完，季云深已经消失在门外了。夏澄看着空荡荡的门口，又好气又好笑！这人……有时候真是傻透了！

夏澄因为养伤，不得不请了几天的假。养伤的第一天，陆启皓就上门来了，带来了当天的作业，还替她补习了一天落下的内容，最后还很诚恳地跟她道歉："昨天……不好意思啊！"

夏澄摆摆手，很大度地说道："我都忘了。"

陆启皓一副我就知道的样子，眼底笑意浓浓："当时我的态度的确不妥，为了表示歉意，我以后每天过来给你补习吧。"

呃……

张嫂端着水果过来，笑得特别和蔼："班长，谢谢你呀，澄澄的学习就拜托你了呀！"

"应该的，应该的。"陆启皓吃了个枇杷，笑得分外客气。

夏澄养了大半个月的伤，陆启皓几乎每天都来，他除了给她带作业和试卷，偶尔也给她带一块蛋糕或者其他点心。

半个月之后，夏澄的脚伤虽没有痊愈，倒也可以拄着拐杖一蹦一跳地走动了。夏澄到了学校之后，苗苗神秘地拉着她问："澄澄啊，你跟班长的感情有没有突飞猛进？”

夏澄举起手拍在她的脑门上：“突飞猛进个鬼！”

“别否认了，班长每天都忙着去给你补习呢！其实我也很想接这个差事，但是班长说我成绩太差，我就没去了。”

呃……

苗苗嘿嘿几声，笑得特别猥琐。

夏澄觉得行得正坐得端，也没将苗苗的话放在心上，这同学之间你帮我我帮你再正常不过了。但是没过几天，班级里关于她跟陆启皓的流言蜚语就越发多起来，有的同学甚至当着她的面喊她大嫂。

夏澄刚开始还每次都反驳他们，后来就懒得理会了。她很郁闷地对苗苗说：“你说这些人有完没完哪？他们知不知道这样会给别人造成困扰啊？”

“这会造成什么困扰啊？”苗苗凑到她耳旁，神神秘秘道，“澄澄，你们真的没有在一起？不要骗我啊！”

夏澄几乎快崩溃了，举手发誓：“真没有！骗你我是小狗！”

“话说你们男才女貌挺好的嘛！”苗苗用手肘捅了捅夏澄，“班长绝对对你有意思，他从来没否认过。”

苗苗还特地转头问了季云深一句：“喂，你和班长同一个宿舍，你们晚上夜谈会有没有聊什么情感话题？他有没有说过喜欢橙子的话啊？”

季云深唇角微抿，良久才回了一句：“没注意。”

苗苗撇了撇嘴：“真是……不上道啊！”

大家学习压力大，偶尔讲一些情感话题当当调味剂也无可厚非。这种话题你越理会，大家就闹得越凶，反之，大家笑笑也就过去了。高考即将来临，夏澄不想因为这种事分心，平日里她除了学习上的话题，大部分时间基本不和陆启皓说话。

只是夏澄没有想到这件事会莫名其妙地传到陆启皓妈妈的耳中。

5 月份放学后的一天，夏澄刚到门口，就发现校门口有个中年女人站在那里打量她。中年女人的眼神实在过于犀利，夏澄被盯得心里发毛，她刚想离去就听到对方问她：“你是夏澄？”

“阿姨您认识我？”夏澄看着这个女人半晌，发现她有点面熟。

“我是陆启皓的妈妈。”她带夏澄去偏僻的角落，“你过来一下，我和你说些话。”

夏澄以为她是来询问陆启皓的学习情况，礼貌地冲她打了一声招呼：“阿姨您好！”

她冷冷地笑了一声：“这声阿姨我可担不起。”

夏澄正想着自己是不是什么地方得罪她了，就听到她开口道：“果然是有什么样的妈就有什么样的女儿！小小年纪就不学好，只知道勾引男人……”

夏澄完全想不明白为什么一个长相端正的女子会讲出那么难听肮脏的字眼，还扯上她妈。她用各种难听的话将夏澄骂得狗血淋头，大意无非她优秀的儿子将来要干大事，他的前程容不得别人破坏，若是有人带坏了她的儿子，她绝对是要找人拼命的。

夏澄从小到大从来没有听过这么重的话。陆母的嘴唇一张一合，整个人气得发抖。这事本就是空穴来风，夏澄试图跟她解释点什么，但被陆母用一句话堵了回来：“以后你再黏着我儿子，我就让校长开除你。”

“恐怕您没有这个权利。”一个清冷的声音从后面传来，夏澄转过身来，竟看到季云深不知什么时候站在她身旁。他身形高瘦，却莫名给人一种安定的力量。

陆母没想到会有第三人在场，不由得顿了顿。夏澄趁机接了一句话：“请你回去告诉你的宝贝儿子，让他别黏着我，我受够了！”

夏澄说完这句话，故作坚强地扬长而去，心里难受得要命。季云深赶了过来，将手表递给她：“你的手表掉了……”

夏澄没接，只是用力地擦眼睛：“是不是觉得我很好笑？你想笑就笑吧！”

“你别哭啊……”

他不说还好，他一说夏澄就觉得委屈得要命，眼泪往下掉得更凶。

季云深不放心她，一路跟在她身后，也不顾周围其他同学的视线。他不懂得安慰人，只是无措、重复地说着一句话：“你不要哭，不要哭，别哭了……”

夏澄哭了一路，直到哭够了，才回头恶狠狠地瞪他：“今天的事你一个字都不要跟别人提，知道吗？”

“嗯。”

“要是敢泄露一个字，我就扒了你的皮！”

“你不会的。”

夏澄顿了顿，差点气笑了：“我才不难过，跟疯子有什么好计较的呀……其实之前我一直都很羡慕嫉妒陆启皓，他跟我讲过，他妈妈对他很好很好，将他当成小孩子疼，常常送吃的给他当夜宵。可现在我一点都不嫉妒了，他妈妈简直是……其实我跟陆启皓有什么呀，就一起学习，一起说个话，能做什么呢？别人说什么，我又不能控制……”

夏澄絮絮叨叨了大半天，没听到他回话，问道：“你就不能说句话？”

季云深沉吟了半晌，眼眸深深，以一种十分冷静的口吻对她说：“我跟你说过吧，早恋不好。”

夏澄只觉得一口气堵在喉咙口，憋得她脸红脖子粗：“你，你懂个屁！”

第二章 大学

“季云深。”夏澄半睁开眼睛，眼底有化不开的雾。她开口一字一顿地叫他的名字，含糊沙哑的声音带着一种糯糯的味道。

季云深稍稍踩了一下刹车，放慢车速，柔声问道：“怎么了？很难受吗？”

夏澄嘀咕了一句：“你从前的样子在我脑海里都要模糊了，似乎真的不怎么好看。”

季云深面色平静，眼眸如幽深的海水，嗯了声。

她又控诉了一句：“性格也不好。”

“嗯。”

“从前的你，真没什么让我看上眼的地方。”

“我知道。”

“其实也不是，是因为我讨厌你，才觉得你什么都糟糕。”夏澄抚额傻笑起来，“我也不知道为什么，就是总想着挑你的毛病。”

“我知道。”

“不，你不知道，你什么都不知道。”夏澄缓缓闭上眼睛，你知道我讨厌你，却不知道什么时候我竟不讨厌你了，一点都不讨厌了。

高考后，夏澄考上了 G 市理工大学，读的是金融专业。夏峰知道后心里多少有些遗憾，但终究是高兴的，毕竟 G 市理工大学是所不错的学校。在他眼里，只要夏澄不选择她最初坚持的摄影专业，不去追求什么艺术家的梦想，他心里就安慰一些。

毕竟，他希望夏澄能继承他的事业。

录取通知书下来后，夏峰特地在 S 市最好的酒店摆了隆重的谢师宴。然而，夏澄以为酒宴的主角是季云深，而不是她。

季云深刚转学过来时成绩平平，过了适应期之后成绩就逐渐往上升，高考更是一鸣惊人，以全校第三名的成绩光荣考上了 G 市最好的大学 G 大电子工程系。

姑姑知道后，特地从法国飞回来。季云深名义上是姑姑收养的孩子，事实上，姑姑与他相处的时间加起来总共也没有超过五天。也不知道是不是夏澄的错觉，她总觉得姑姑不喜欢季云深。不过谢师宴上，姑姑脸上隐隐带着笑容，甚至还有些骄傲的神色。不知情的老师提起季云深是她儿子时，她竟也没有否认。

“没想到你运气那么好，居然考上了 G 大。”酒宴上，化着淡妆穿着红色长裙的夏澄站在季云深面前这样说道。季云深上了什么学校、什么专业，刚毕业旅游回来的夏澄是最后一个知道的，说真的她有点嫉妒——他一个外人，一个她曾经小觑过的人，如今却抢走了她所有的风头。

季云深身形笔直地站在她面前，眉眼淡然，脸上神色波澜不惊：“一般，否则应该能上 B 大。”

夏澄恨不得呸他一脸："你这么骄傲合适吗？"

季云深的脸上勾勒出浅浅的微笑："有吗？"

他几乎从来不笑，突如其来的笑容如沐春风，很是晃眼，眼神中似乎有星辰大海，夏澄不由得怔了一下，喊。

"对了。"季云深像是突然想起了什么事，"你在外面旅游时，陆启皓往家里打了好几个电话。"

"你接了？"

他否认："张阿姨接的。"

"他也给我打过……不必理会。"夏澄垂下眼眸。

高考结束的那天，陆启皓找过她。当时他跑得很急，额头上一层密密的汗水，向来骄傲的他脸上第一次露出无措的神色："你许久都没跟我说过话了。"

"我不想和你说话。"夏澄把脸扭到一旁。

陆启皓皱着眉头，声音里有些恳求："为什么不理我？我是不是哪儿做错了？"

夏澄不想提他的妈妈，因为她不想他从他妈妈口里听到另类的她。她只是漫不经心地对他说："没为什么，哪里有什么为什么？我不想让别人误会。"

陆启皓突然勇敢地抓住她的手："没有误会，我……"

她怔了一下，飞快地将手抽回来，低头踢着地上的小石子："你千万不要说什么没有误会，我对你没有一丝半点的男女之情。我之前之所以和你一起玩是因为你成绩好，现在，我不需要你了。"

陆启皓好看的眉头紧蹙，难以置信地看着低着头的她，与她僵持着。

"我走了啊。"夏澄不敢看他，几乎小跑着离去，脑海里全都是他僵硬的表情。他身上白色的T恤在阳光下刺眼得很，几乎刺疼了她的眼睛。

陆启皓对她挺好，其实她一直都知道。

“那也好，陆启皓上了 B 大。”季云深打断了她的思绪，“反正异地恋也没什么好结果。”

“你说什么？”夏澄几乎以为自己的耳朵听错了。

季云深并没有重复话语的意思，转身离去。

夏澄看着他离去的背影，恨不得扑上去咬他几口，平日里沉默寡言的他，说起话来还真是气死人。

在此之前，夏澄从没想过她和季云深会阴错阳差地报考到一个城市，甚至两人报考的学校挨得很近，只隔一条马路。

在G市这个遥远而陌生的城市，她认识的人唯有他。刚去G市的时候，夏澄根本没想过和他联络。两人虽说同窗一年，但真正相处的时间并不多，算不上很熟。只是开学才过几天，她就不得不麻烦他。

夏澄被分到与几个大四学姐同宿舍。学姐们忙着考研复习，天天挑灯夜读到半夜，严重影响到她的睡眠质量。

正好夏峰在 G 大附近有一处房产，夏澄索性要了钥匙搬进去。这套房子挺大，也大致装修过，只是由于长期没有人居住，屋里落了一层灰。夏澄是个家务白痴，望着空荡荡的房间，顿时有点无措。脑子转了一圈，她才发现自己可以寻求帮助的人只有季云深。她犹豫片刻，还是给季云深打了个电话：“季云深，你现在忙不忙？”

对方传来运动后微微的喘息声：“怎么了？”

怎么开口呢？已经开学大半个月两人都没联系过，如今因为这种小事就打扰他好吗？不对，他在她家里叨扰那么久，这种小事麻烦他一下没关系的吧？夏澄很快没有了心理障碍，哈哈笑了一声：“也没什么事，就是突然想和你打个招呼。”

“你应该没有无聊到这个地步。”季云深清冽的声音慢悠悠地传来，在夏澄还没来得及回复前，他又快速地接了一句，“说吧，什么事？”

“你还真是了解我。”夏澄嘀咕了一声，“是这样，我搬到外面了，你有没有空帮我一起整理下？当然，你可以拒绝的。”

夏澄问了这句话之后，本以为季云深要稍微拿乔一下，未料对方已经直接反问她：“哪里？”

“不远，就在附近的金悦花苑 6 幢 601 室，我想今晚就搬进去来着……”

“好。”

夏澄在电话里隐隐听到其他男孩子的声音：“云深，这局还没打完，你去哪里？”

季云深来得很快，十来分钟就到了。夏澄这才发现他身上穿着篮球服，许是天气热的缘故，他的脸上和头上都是汗。

夏澄像是打量怪物一样看着他：“哇，你刚才是在打篮球吗？我从来不知道你会打篮球！”

季云深的眼神躲避了一下，随即又定定地看着她，并不应答。

夏澄好奇地说道：“你什么时候学会打篮球啦？我记得以前班上有男生说你除了投篮什么都不会的。”

“所以，我就要一辈子都不会打篮球吗？”

“不过本来就是，以你的身高条件，不打篮球还可惜了。说实话，是不是我当年的话激励了你？”

“呵呵，谁记得你当年说了什么！”他轻哂，眼睛越过她直直地往后看去，“需要我扫哪里？”

夏澄有些心虚：“我刚才只是稍微整理了一下客厅。”

言外之意，其他地方都还没打扫过。

季云深不问原因，也不废话，拿了扫把开始扫地。他一边扫地一边吩咐她：“你去把拖把洗一下，等会儿要用。”

“哦。”夏澄洗了拖把跟在他旁边一边拖地一边抱怨，“我自开学起就没一天睡过好觉，在宿舍里实在是待不下去了。要不是这样，我也不至于搬出去。”

“可能过一段时间就习惯了。”

“怎么可能习惯得了？”夏澄愤愤道，“学校将我和大四的学姐分在一起！她们这学期几乎没有课，每天都睡到中午才起床，夜里一个个都当起夜猫子，窸窸窣窣，复习的复习，和男朋友聊天的聊天，严重影响到我的生活。”

“你一个人住在外面……”季云眉头紧皱，欲言又止，“要小心点。”

“知道呢。”夏澄说着深深地叹了一口气，“唉，早知道就不报G市这么远地方的大学了。我要是还在S市就住在家里，还有张阿姨照顾着，多好哇！”

“嗯。”

“对了，你为什么也报G市的大学？”夏澄有点好奇，笑嘻嘻地冲他开玩笑，“难道是偷偷看了我填报的志愿跟随我而来？”

季云深呼吸一顿，握着扫把的手紧了紧。为什么报G市的大学？报考的那一日，他无意间听到了她和苗苗的对话，然后……他垂下眼眸，声音平淡无奇：“以我的分数报考G大正合适。”

“那倒也是——”夏澄点点头，微微咧开唇，“我们还真是有缘分。”

季云深的黑瞳中折射出浅浅笑意，轻轻地嗯了一声。

夏澄又想起什么，唉声叹气道：“说起来都怪苗苗，说什么G市是美食的天堂，我一冲动才报考到这里来的。但是再好吃的食物都比不上家乡菜的味道，好想念张嫂做的土豆饼、糖醋排骨、红烧鲫鱼……你一定不知道我们学校食堂的菜有多难吃！”

“我还真不知道。”

夏澄突然想起了什么，双眼发光：“听说 G 大的食堂很不错。”

季云深点点头嗯了声。

“季云深，你真的好无趣！”夏澄良久没有听到后文，不由得泄气，瞪了他一眼，“我们好歹也同学一场，在我跟你诉苦的时候你能不能稍微表现出友爱和关怀？”

“比如？”

夏澄满脸期待地看着他：“你说呢？”

季云深认真地看了她一眼：“多加一点同情的眼神？”

“情商低下。”夏澄无语地撇了撇嘴，也不指望他的同情心了，“为了表达我对于剥削了你的体力的谢意，迟一点我请你吃饭。”

“不用。”

“放心，不是去 G 大的食堂，我们下馆子去。”

“也不用。”

夏澄往上翻了个白眼：“这是连表达谢意的机会都不给我吗？”

夏澄平日里是个四体不勤五谷不分的主儿，跟着季云深做了一个下午的劳动，着实是有些累了。她抽空坐在沙发上休息了一会儿，就迷迷糊糊地睡过去了。等她醒来时，夜幕已经降临，房间里没有开灯，光线昏暗。

夏澄想起还要搬家的事，猛然拍了一下自己的脑袋，暗骂自己在这个时候怎么可以睡着。她站起身来，这才发现周围已经收拾得干干净净。

她本以为季云深已经离去，却听到厨房里传来轻微的声响。她拖着拖鞋过去，发现厨房已经被收拾过，所有的锅碗瓢盆都井然有序地摆放着。季云深系着围裙站在灶台前炒菜，她嗅着令人饥肠辘辘的菜香味，怔怔地望着他挺拔的背影，只觉得又熟悉又陌生。

他比印象中高了一些，精壮了一些，窗外昏黄的光线落在他的身上，给人一种安稳淡然的感觉。他的皮肤比去年白皙了一些，侧脸轮廓在灯光下显得越发分明。夏澄不由得感慨时间会改变许多东西，会将一个人变得越来越好，无论哪个方面。

"睡醒了？过来把菜端到桌上。"季云深发现了她，清冷的声音从厨房里传来。

夏澄快步进来，才发现他做了四个菜，有她想念的糖醋排骨、土豆饼、红烧鲫鱼、鱼香肉丝，锅里还煲着一个青菜豆腐汤。

"哇哦，全是我喜欢的菜！"夏澄激动得热泪盈眶，来不及拿筷子就伸手抓了一块糖醋排骨塞到嘴里，糖醋醇香的味道在口中弥漫开来。

夏澄满足地发出喟叹声："好好吃！真的好好吃！"

季云深的唇角微微上扬，视线在她的脸上落定，她眯着眼睛的模样像一只餍足的猫。

夏澄飞快地将饭菜端上桌子，坐下来大快朵颐。

"真好吃。"她不住地赞叹，还狗腿地冲季云深竖起两个大拇指，"你在厨艺上很有天分，完全不输给张阿姨！"

"你喜欢就好。"

夏澄满脸崇拜地看向季云深，眼眸中充满希冀的神色："欢迎你常来做客！"

季云深慢条斯理地给她盛了一碗汤："没空。"

夏澄完全被季云深的美食征服，为了以后的口粮，只知道眨巴着眼睛想法子"引诱"他："不用着急拒绝呀！我们一起搭伙，偶尔改善一下伙食也是很好的，对不对？而且自己做饭比较有营养，又比较卫生啊！"

"麻烦。"

“不麻烦，一点都不麻烦的。你做饭，我洗碗。”夏澄急急地接上去，“我还可以洗菜，买菜也可以。”

“你会挑菜吗？”季云深斜了她一眼。

夏澄脸色一红，过年时她自告奋勇去挑水果，竟然烂了一大半。

季云深思考了片刻，还是答应了她：“如果抽得出空的话，可以考虑。”

后来夏澄才知道季云深抽得出空是多么难得。他真的很忙，不仅要忙着上课，还在图书馆里勤工俭学，除此之外他还兼职两份家教。

夏澄其实挺想不明白的，他何必将日子过成这样？据她所知，姑姑给了他足够的零花钱，只要他愿意，他的小日子必定可以过得很痛快。但另外一方面，她又能理解他这样的做法，毕竟寄人篱下的感觉不会太好。

季云深偶尔得空，会来夏澄家里“做客”。只是他空闲的时间不定，常常在她上课的时间才出现。为了方便他过来，夏澄特地配了一把钥匙给他。从此之后，她好几次上课回来都会惊奇地发现桌上多了几道丰盛的菜，或者冰箱里多出一些肉酱、甜汤之类的东西。

他做的任何东西都很好吃，她回回享受美食时，都会窃喜自己养了一只“田螺姑娘”。

每天都在盼望食物和享受食物中度过，夏澄丝毫不觉得上大学的第一个学期有多漫长。只不过，临近期末时，夏澄掰着手指头数了数，才发现两人虽然住得这样近，一个学期下来真正见面的次数也只有五六次。

马上就要放寒假，夏澄想着要不要帮季云深买回家的车票。就在此时，手机铃声骤然响起。夏澄挂了电话之后，惊出一身冷汗。

自从搬家后，她平日里除了上课以及必要的社团时间，没课时几乎都舒舒服服地窝在家里忙自己的事。刚才学习委员给她打来电话，告诉她注意一下期末考的时间。

期末考就在下周，她平日里没有与集体在一起，竟忘了复习。夏澄并不是学渣，平时上课倒也认真，真论起来也并不惧怕考试。可唯独高等数学，她本就学得糟糕，平日里的作业又敷衍了事，这个时候她才发现自己什么都不会！教高数的教授是个很严肃的小老头，在开学之初就已经警告过大家，他这门课少一分都不会给通融的。

就在夏澄毫无头绪的时候，苗苗给她打来电话："喂，橙子，你们什么时候放假呀？"

夏澄一听到她的声音就开始哭诉了："苗苗，你高数学得好吗？"

苗苗没好气的声音从电话另外一头传来："姐姐，你问一个数学白痴这种问题是不是不太合适？"

夏澄长长地叹了一口气："现在学的数学比高中学的数学更有层次感，我完全看不懂啊！"

"你少来了，再差也比我好得多。"苗苗马上想到了什么，"季云深不是在你学校隔壁吗？让他帮你复习呀。"

"他很忙啊，我也很少见到他的……"她说的是大实话。

"山不动我动，你去找他呀。"

夏澄不确定："这个时候他估计自己都忙着复习吧，能有空理我？"

苗苗爱莫能助地叹气："啊，那没办法了，你就等着挂科吧。"

"……"

"说真的，别看季云深木讷，他给我讲过题目，超好理解的。"

"好吧。"她竟完全不知道他还有这个功能。

夏澄一直都觉得季云深处于她的下风，所以她从未请教过他。一想起即将找他帮忙复习，她竟觉得有些忐忑。

夏澄给季云深打去电话，小心翼翼地问："季云深，你最近忙不忙？"

"怎么，又想吃什么了？"

"现在哪里有心情吃呀！"夏澄说完这句话又觉得自己虚伪，马上接下去，“这不是要期末考了吗？我的高等数学没学好，你能不能帮我复习一下？”

“嗯……可以。”

他答应得这么快，夏澄连好不容易找好的理由都没用上。不过，她的请求，他似乎鲜少拒绝。

为了配合季云深的时间，夏澄周末起了个大早，吃了早餐就跑到G大，寻了个空旷的阶梯教室坐下来复习。季云深整理好图书之后，就过来找她了。

他什么也不问，直接从第一课开始教她，夏澄一边听一边记笔记。她这才发现苗苗说的是大实话，明明看起来那么复杂的题目，季云深讲起来让人很容易理解。他一边帮她梳理知识一边挑例题给她做。讲题的过程中他几乎将重点和难点都给她分好了，等他讲到一半的时候，夏澄发现自己混混沌沌的脑子已经豁然开朗。

偶尔，夏澄也会有疑问：“这个式子是怎么推导的呀？”

季云深有时会帮忙解题，有时也会说：“你后天就要考试了，没办法每道题都和你讲清楚，你直接记住这条公式就好。”

“哦，那我带小抄吧。”

季云深无语地看了她一眼，在她的小本子上开始写步骤：“你看这个过程是这样子的……”

夏澄看着繁杂的计算方式，呵呵笑道：“算了，我背吧。”

“……”

夏澄看着季云深满脸无语的样子，摊了摊手：“我即便会推导，会做这些变态的题目，也没什么用，对吧？”

“……”

午饭后，季云深看了一下时间，飞快地在草稿本上写下几道题：“你先把这几道例题做一下，我去一趟图书馆，迟点过来。”

“好。”

约莫一个小时后，季云深整理好图书回来，就见夏澄趴在桌上睡得香甜。她的脸下垫着她自己的小本子，他给她布置的题目她才做了一少半儿。外头的日光透过玻璃窗照进来，她的身影几乎融化在光线中。

季云深安安静静地坐在她的旁边，眼神像阳光一样肆无忌惮地落在她的脸上。她又黑又长的睫毛覆盖下来，随着呼吸微微颤抖。未施脂粉的脸蛋因为睡着红扑扑的，睡着的她就像一个天真无邪的孩子，丝毫没有往常张牙舞爪的模样。

时间一分一秒过去，不知道过了多久，夏澄的睫毛动了一下，毫无预兆地睁开眼睛。季云深紧盯着她的眸子闪了一下，若无其事地将视线从她脸上挪开，眼底带着嫌弃的味道：“把口水擦擦。”

“呃……”夏澄这才发现作业本上有一个小小的印子，她有些不好意思地捂住脸，“你才来了一小会儿吧？”

“对。”季云深一本正经地点点头，“才两个小时而已。”

“怎么不叫醒我？”夏澄看了一下时间，懊恼地抱怨了一声。她指着作业本上的一道题：“这道题我好像还是不会，什么无穷大、无穷小的，可以再给我讲一遍吗？”

季云深点头，嗯了声。

整整两天，除了吃饭、睡觉，夏澄都在 G 大的教室里认真地学习。季云深大部分时间都陪着她，辅导她。

在季云深高强度的训练下，到了周日晚上，夏澄已经可以举一反三了，大部分不算太难的题目她已经能够流畅地写出解题过程。为此夏澄的心中充满了自豪感，她握着两个拳头骄傲道：“我实在是太厉害了，不过两天就掌握了一个学期的课程。”

呵呵。

夏澄丝毫没有听出季云深语气中的无奈和嘲讽："我感觉我下个学期可以完全不上小老头的课了，直接在期末考前两天找你就好了。"

"这只是临时抱佛脚，我相信一个寒假后这些题目你一道都不会做了。"

季云深开导她学知识要稳扎稳打，没想到夏澄反驳道："本来就是为了应付考试呀，只要明天顺利通过考试，即便后天一道题都不会做了也没关系。"

"……"季云深额头上冒出三条黑线，顿时不想和她说话了。

"对了！"夏澄突然想起了什么，"我想借一本关于摄影的书，只是我们学校唯一的那本书已经被人借走了。我之前查了一下，发现你们学校还有一本在库，你能不能帮我借一下？"

"好啊。"季云深也没多想，从书包里拿了借书卡给她，"等一下我有个家教，书你自己借。"

"好的，谢了。"

两人分开之后，夏澄就飞快地跑到G大的图书馆借书去了。她找到了那本心心念念的书，去了借书处，就听到管理员道："嗯，季云深……《家常炒菜食谱》和《最好吃的甜品》两本书快到期了，你提醒一下他。"

"好的。"夏澄心思一动，突然就来了兴致，凑过头去，"老师，他还借了什么书啊？"

"菜谱。"图书管理员翻看了一下记录，笑呵呵道，"没想到小季对厨艺这么有研究，这半年来图书馆里的菜谱都快被他借遍了。"

"看不出来呀……"夏澄稍微看了几眼，这才发现除了专业书之外，其他的竟都是食谱，有关于煮粥的，有关于煲汤的，甚至还有满汉全席全套菜谱。夏澄忍不住笑起来，却又说不上是什么原因。

“小姑娘是小季的小女友吧，有口福啊！”

“嗯，不是呢。”夏澄连忙否认，脸颊却莫名一热。不过她还真是有口福了，还有，老师你太八卦了吧！

考完试的那天，夏澄坚持要报答季云深，请他吃夜宵。她给季云深发了信息：“我发现一家非常非常好吃的烤串店，你过来吧，带你去撸串！”

前不久，夏澄和同学聚会，就是在这家烤串店吃的，浓浓的西北风味，十分独特，让人流连忘返。

季云深回她：“不用了，我晚上还有个家教。”

“你做家教的地方不是在星河路吗？这家烤串店就在这附近，我在这里等你。”

季云深起先不同意，不过在夏澄的再三坚持下，他还是应下来了。

考完试，夏澄一身轻松，无所事事地逛了会儿街，看时间差不多，就朝烤串店走去。夜色正浓，月光皎洁，在冬夜里更显得清冷。她哈了一口白气，觉得自己有点傻，为了几串烤串居然跑这么远。

去烤串店需要走过一条小巷，许是天色并不早的缘故，小巷里并没有什么人，她听到自己的脚步声在空旷的巷子里回荡。

夏澄莫名觉得有些惴惴的，不由得加快脚步往前跑，就在这个时候突然撞到一个人。她快速地朝那人说了一声对不起，还未离去，却被那人拉住。

这是个喝醉酒的男人，浑身上下都带着酒气。他似是心情不好，拉着夏澄不松手：“你、你撞完人了就想走？门都没有！”

夏澄并不想惹事，又真诚地道歉：“对不起，对不起。”

“说对不起有用的话，要警察干吗？！”

对方是个中年男人，力气大得惊人，瞪着眼睛的模样看着让人害怕。

夏澄挣脱不开，故作淡定冲他喊道：“放手，否则我报警了！”

“你报警啊！让警察过来看看你这个小姑娘有多么蛮不讲理！”他突然嘻嘻一笑，靠近夏澄，“小姑娘长得很不错嘛，不如陪我喝几杯？”

夏澄被他的酒气熏得难受，也讨厌他近距离的靠近，有些害怕地踹他，对方吃痛地松了手。夏澄立刻拔腿就跑，可还没跑几步，对方竟身手敏捷地跑上前将她扑在地上。夏澄全身的神经都紧绷起来，恐惧在脑海里蔓延，她顾不得太多，大声叫喊，疯狂地厮打着。

不过短短几十秒的时间，她却仿佛过了一个世纪那么长。突然，她觉得身上一松，身上这个男人已经被人翻到一边。

夏澄气喘吁吁地爬起来，才发现边上两个男人扭打在一起。夏澄后怕地站在一边，身体还微微地抖动着。昏暗灯光下，她终于看清楚了另外一个人，是季云深！

“云深……”夏澄怔住，心里却十分震撼，她从来没见过这样的季云深。他的模样看起来异常冰冷可怕，充满戾气，不复往日里的斯文，右手紧握成拳，手背上青筋暴起。他疯了一样和对方扭打在一起，找准机会就一拳一拳地砸在对方的身上、脸上，仿佛用上了所有的力气。

对方刚开始还让季云深吃了不少的亏，只是他估计从来没有见过这么不要命的打法，最后他只剩下求饶的份儿了：“兄弟，饶命啊！饶命啊！”

夏澄先前还觉得解气，不过季云深很快占上风后，她生怕季云深这种打法把对方打残了，连忙阻止他：“季云深，不要打了！有人过来了！”

“畜生！”季云深松开那个男人，丢在一边，然后朝她走来。

他的额发在冷风中飞舞，额头上都是汗，脸上也挂了彩，唇角乌青一片。可当时他那个眼神，她永远都忘不了，愤怒、阴鸷、心疼……

他将她凌乱的头发拨到耳后，端详着她，声音沙哑：“有没有受伤？”

“我没事。可是你受伤了……”

这一刻，她突然想拥抱住面前这个男人，一个让她充满安全感的男人。只是这种想法也不过在一念之间。

“哦，我没事。”

半个小时后。

“这有什么好吃的？”季云深的语气带着微微的嫌弃，“不就是多一些酱料而已。”

夏澄瞥了他一眼：“反正都来了，如果不吃上，我会睡不着，而且代价都已经付出了呢。”

呵……

烤串店今日的生意实在太好，竟没有位子坐了。于是两人坐在路边的石阶上，各自的手里都拿着不少烤串。

“疼不疼啊？”夏澄看着他唇边的瘀痕，忍不住用手碰了一下。

“嘶——还好。”季云深满不在乎地回答，语气中却带着浓浓的警告意味，“以后你晚上少出来，虽然这一带治安还不错，但是万一出事了……真不知道怎么办。”

“知道了，今天是个意外。以后要是出来，一定叫上你。”

“晚上你就好好地待在家里吧。”

夏澄突然想到了什么：“说真的，你很会打架呀！乡下的孩子都很会打架吗？”

“乡下的孩子力气大吧。”

“看你斯斯文文的，真看不出来。小时候没少跟人打架吧？”

“嗯，算吧。”

夏澄觉得季云深似乎并不想提这些事，不过也是，他自幼父母双亡，被其他孩子欺负也是常有的事。她又问道：“什么时候带我去你小时候住的地方看看哪？”

季云深沉吟了一下：“还是不要了。”

“为什么？高中那会儿你还说可以带我去的……是不是怕人误会什么？”夏澄小口咬着羊肉串，“被人误会是那种关系啊？毕竟你们那儿民风淳朴。”

夏澄以为季云深不会回答，他却突然就认了：“只有媳妇才能带回去。”

夏澄咧嘴一笑：“今儿怎么这么直接？不过做你媳妇也挺不错嘛，你能保护她。哎，你选媳妇有标准吗？你觉得我怎么样？”

季云深微微别开头，根本不去接她的茬：“你别说话，吃完快点回去。”

“哦。”

高数成绩很快就出来了，夏澄看到屏幕上的数字，高兴得几乎要尖叫起来。她欢乐地给季云深编辑了一条短信：“你实在是太好用了，我高数考了 90 分！”

她第一时间就想与季云深分享她从未奢求过的好成绩。若是之前，她对季云深还有各种不服气，或者戴着其他有色眼镜，如今却是一点没有了。她不得不承认，季云深算得上是个优秀的人。她一度以为他与人沟通有语言障碍，事实上，他只是不爱说话罢了，他思维敏捷，表达也十分有条理。

对方很快给她回了两个字：“呵呵。”

夏澄丝毫不介意对方简短的语言，快速地回他：“11 点到吗？我去接你。”

此时夏澄已经在家里安心过寒假，而季云深因为一份工作在 G 市多待了几天，现在还在回来的火车上，晚上 11 点钟才到 S 市。

季云深唇角莫名上扬，清冷的脸上浮现一抹浅笑。他很快回她：“不用，太晚了，你早点睡。”

夏澄没有再回复短信，她以为他帮她复习，她投桃报李载他回家也是正常的，他大半夜才回来也不知道好不好打车。她高中毕业后就拿到了驾照，迟一些的时候她就开着车去了火车站。

夜色渐浓，夏澄坐在肯德基里几乎快睡过去，直至闹铃声将她吵醒。她站起身来一边往车站口走，一边给季云深发短信："我在出站口，速来。"

叮咚——手机提示音响，夏澄看到他回了短信："笨蛋。"

夏澄看到这两个字莫名地发笑，心里默默地想：他这是感动呢，还是惊喜呢？真不知道此刻他那张平淡无奇的脸上会露出怎样的神色。

许是到了年关的缘故，即便是这个点，出站口也是人头攒动。不过在季云深出站时，她还是眼尖地发现了他："季云深，这边，这边！"

夏澄一叫完，就不由自主地咧开嘴笑了。季云深穿着一件厚厚的黑色羽绒服，还戴着帽子、围巾，整个人都围得严严实实，她竟能一眼认出他，真是稀奇。

同一时间，季云深也看到了她，她穿着橘红的外套亭亭玉立地站在那里，姣好的脸庞在灯光下影影绰绰。他的视线穿过人群落在她的身上，心口莫名一暖，快步朝她走过去。

"车停在那边。"夏澄走在前头引路，走了几步又回头看他，"需要我帮你一起拿行李吗？"

"不用。"季云深略微皱了皱眉，"大晚上的，你怎么也不多穿一点？"

夏澄眨了眨眼睛："还好吧，车里有空调啊，刚才坐在 KFC 里也很暖和的。"

"女孩子别贪漂亮，以后老了有你好受的。"季云深一边说着一边将脖子上的围巾摘下来绕在她的脖子上，"以后大晚上的也不要出来，上次的事忘记了吗？"

“你怎么总是老气横秋的呀？”夏澄嘀咕了一句，抬头望见他低垂的淡然眉眼，心里涌现出一股说不出的奇异，一时竟不知道说些什么好。

他的围巾还带着他的体温，绕在她的脖颈里，她觉得自己整个人都被春天罩住了。她轻轻地拉了拉脖子上的围巾，嘀咕：“不好看啦。”

他伸手将她脖子里的围巾紧了紧：“好了，快走吧。”

“哦。”

两人回到家已是深夜，张阿姨早早就睡下了。

“季云深，你饿不饿？张阿姨在保温锅里热着粥。”已经过了犯困的点，此刻的夏澄倒是清醒得很。

“不用，我吃过晚饭了。”季云深将行李拖回自己的房间，“你早点睡，很晚了。”

“我还不困哪！”夏澄一边说着一边退出来。

季云深回到房间，才刚将行李箱里的衣服找出来，夏澄又推门进来了。她朝着他的行李箱瞥了好几眼，满脸嫌弃：“唉，老是这几件衣服，你带来带去不嫌麻烦哪？”

姑姑没有生养过，再说季云深终究不是她的亲生孩子，她对他在许多事情上都不太上心。再加上她行程繁忙，更不会将精力放在他的吃穿用度上。她负责给钱，而季云深又尽量省着不花她的钱，这就导致季云深的衣服一直与品位无关。

季云深忽视她的揶揄，并不在意地将衣服整整齐齐地挂在柜子里：“穿着挺好。”

“不好看哪！”夏澄将两个袋子摆放在他面前，神秘兮兮道，“你打开看看。”

“这是什么？”

一个袋子里是一件外套和一件高领毛衣，另外一个袋子里是一双靴子。夏澄站在季云深的面前看他拆礼物，笑眯眯道："我本来想将它们送给你当新年礼物的，但我想着你都没新衣服过年，还是提早送给你好了。"

季云深硬邦邦地拒绝："我不太需要。"

夏澄忽视他的话，有些任性地回他："我昨天逛商场时看到的，感觉挺适合你的就买了。你先试试，要是大小不合适还能换——但是不能退，如果你不喜欢我只能扔掉啦。"

季云深轻抿了一下嘴，还是将外套和靴子换上了。外套休闲，却又修身，将他的身形轮廓修饰得越发修长。果然是人靠衣装，这样的穿着打扮似乎一下子减弱了他未脱的稚气，陡添了几分气质，有着出乎意料的英俊清朗模样。

夏澄围着他转了一圈，踮脚将他领口的褶皱抚平："啧啧，这样穿洋气多啦，你先前那件黑色羽绒服穿起来好臃肿的，人多的时候我差点都不好意思叫你。"

季云深一低头就对上她低垂的清亮眸子和如蝶翼般上翘的睫毛，她温热的呼吸喷在他的脖颈里，带着少女的清甜香气。他耳根悄然发红，突然什么话都说不出来了。

夏澄在这个时候抬起头来，季云深的眼睛不由得往旁边一躲。他的余光撞上她的眼神，她似乎一直都在盯着他的嘴唇看。他僵在原地，心跳猛然快起来，薄薄的唇又忍不住抿了抿。

"哦，差点忘记了。"夏澄猛拍了一下自己的脑袋，然后跑了出去。季云深看着她跑出去的背影，忍不住轻轻吐了一口气，心底却有一种失落抑制不住地往上涌。

夏澄很快就跑回来了，拿了一个盒子给他："还有这个是护肤品和润唇膏，我上次见你的唇裂了，天气冷，难愈合……嗯，会不会用？"

“我不太……”

夏澄见他要拒绝，冲他眨了眨眼：“不用太感动哟，我也不过是感谢一下你的英雄救美，而且我下学期的口粮还指望你呢。”

“好。”他的眼眸黝黑而温柔，在她快退出房间的时候他叫了她一声，道，“谢谢。”

从季云深的房间里退出来之后，夏澄突然停住脚步。她回头看了一眼身后紧闭的房门，不知道从什么时候起，她竟不再针对他了，甚至给他买东西也丝毫没有觉得不舍得。

不过也是，他是她的保护神、她的饲养员呀！在遥远的G市，季云深是她身边最亲切的人了。

季云深在大学生涯中，鲜少有足够长的休息时间。不过只要他闲下来，大部分的时间都在夏澄家的厨房里度过。他天生就有烹饪的天赋，无论什么样的食材，只要经过他的手都会变成美味精致的菜肴。

夏澄以为季云深在厨艺方面绝对有天赋。不知道从什么时候起，他做的菜不再仅限于中餐，西式、甜点等各色小点心他也样样精通，连品相都变得越来越好看。

夏澄常常被他做的食物惊艳，就会用相机拍照上传到朋友圈，然后配字“饲养员的新作”。

时间久了，夏澄的朋友对这个“饲养员”表现出极大的好奇。

“究竟是哪路神仙？”

“求被饲养员喂养。”

“求合租。”

夏澄基本上是不回答的，只是被问得多了，就神秘兮兮地做了统一回复：“我家的田螺姑娘。”

自此，大家都以为这位饲养员是位女性。

直至大三的某一天，这位饲养员的真实性别才开始被人怀疑。

这天系里刚做完活动，夏澄和几个同班同学聚餐。女生多了就喜欢聊聊养颜啊、八卦啊之类的话题。

也不知道是谁先起的头："橙子啊，那个数学系系草追你好久了，你怎么不答应呢？"

"就是呀，他长得好看，学业优秀，觊觎他的女生不少，小心他被别人给撬走啦！"

夏澄蒙了一下，清澈的眼眸中带着无辜的神色："你们说谁，王君吗？我们不合适啦，他比我还小好几个月呢。"

"小点有什么的？现在这个年头不是流行姐弟恋吗？"

夏澄摆摆手："我就不喜欢姐弟恋。"

另外一个女生问她："那你喜欢什么样的？喜欢你的男生那么多，我帮你筛选筛选。"

喜欢什么样的？夏澄怔住，脑海里模糊地闪过一个轮廓，却快得抓不住。

"你们少八卦了，橙子是有男朋友的。"这个时候一直不说话的余静笑嘻嘻地看向夏澄，"老实交代吧，上周末和你一起逛超市的那个男生是谁？"

"啥？"一桌子的人都满脸惊讶地看向夏澄。

夏澄顿时瞪大了眼睛："你胡说什么呀，什么男朋友，这样会阻断我的桃花的！"

"不许否认，我都拍到照片啦。"余静得意地把手机递到她面前，照片里竟是她和季云深在肉类区挑猪肉的画面。

"这能说明什么？"夏澄的视线从照片上划过，平静的心不由得泛起一丝涟漪。

“能说明很多问题呀！”余静指着照片说道，“你看这个画面多和谐呀！这种默契并不是一朝一夕就能培养出来的。”

夏澄再度看向手机上的照片，季云深弯腰在冰柜里挑选，微侧过脸正要和她说点什么，她靠在推车上正在认真地聆听。她记得当时他好像在告诉她如何才能挑到新鲜的肉。这个画面看起来确实如余静所说很和谐，富有生活气息，两人仿佛是相处了很久的小夫妻。

其他女同学也凑过来：“哇，这个男生看起来高高帅帅的！”

“怪不得橙子看不上其他人。”

“橙子，你实话实说，你一直住在外面，是不是和他在同居？！”

“什么呀——”夏澄差点被自己的口水呛到，下意识地否认，“他是我……哥哥，偶尔过来帮我做点吃的。”

“所以他就是传说中的饲养员喽？不是什么田螺……姑娘？”有人故意念重了“姑娘”两个字。

夏澄平日也是伶牙俐齿的人，此刻听着她们七嘴八舌，竟意外地有些失语。

“所以，你们之间也不是男女关系喽。”余静坏坏地笑道，“那可不可以把他介绍给我？”

“我也要！”

“求介绍！”

好哇！夏澄即将脱口而出，话到嘴边却硬生生地顿住。她心思一转，笑道：“他就是个书呆子，不解风情，大学毕业前他不谈恋爱。”

“啊？那我可以等他到大学毕业呀！”

“他性格特别闷，和陌生人不搭话。”

“那也没关系，我可以和他慢慢地处成朋友啊。”

夏澄一时词穷，有些沉闷道："那我要先问问他……"

"别逗她了，看她脸都红了。"余静推了推身旁起哄的两个女生，又转向夏澄，"你实话实说，内心是不是很舍不得？"

夏澄完全不信她脸红了的鬼话，义正词严："才没有。"

"千万不要骗人哦，骗人的话——"余静眯起眼睛压低声音，故作恐怖道，"嘻嘻，可能会发生很奇怪的事。"

夏澄听着她的声音，浑身都起了鸡皮疙瘩："去！我去上个洗手间。"她转身朝外边走去。

不得不承认，她的内心一点也不想把季云深介绍给别人，她只想将他——独占。她忍不住打了个冷战，脑中千头万绪。究竟是从什么时候起，她竟有了这样的心思，而且越来越强烈。

"对了，橙子，你下午是不是要去G大？带我一起去呗？"夏澄才刚从洗手间出来，余静就把她拉到角落里，眼睛亮闪闪的，"我听说你还多一张前排的票。"

夏澄答应得很快："没问题。"

下午有一场G大和G理工大学的篮球对抗赛，在G大举行，作为G理工大学摄影社的社长和校报负责人之一的夏澄，这种重要的拍摄任务自然落到她的头上。

"那谢了。"

就在这个时候，夏澄突然收到季云深发来的短信："我们学校新开了一家鸡排店，下午要不要来吃？"

"不要，下午还有事。"夏澄明明要去，却故意逗他。她准备下午去了G大，再告诉季云深，给他一个惊喜。

才刚回了短信，她就恍了神。她与季云深处了那么久，他鲜少推荐外面的食物给她，因为他费些工夫做出来的食物比外面的好吃得多。

季云深很快地回了一个字："哦。"

"怎么突然笑得那么欢？呆子是谁呀？"余静的视线从她侧脸上移开，无意识地从她的屏幕上划过。

"你不认识的。"夏澄下意识地回答，心里却想着她哪里有笑得很欢。

她将手机放回口袋，对着一脸犹疑的余静道："好了，你也准备下，我等下就过去了。"

篮球比赛的时间是两点，不过夏澄早早就到了，她准备在赛前给校队多拍几张照片。她走进赛场，刚举起相机，竟在镜头里看到一个熟悉又令人难以置信的身影。他身着 11 号球服，运着球从她面前经过，动作恣意而意气风发，他托着篮球轻巧地起跳、投篮，与平日的他判若两人。

这真的是……季云深？夏澄呼吸微顿，心脏漏跳了几拍。她的镜头一路跟随着他的身影，不停地按下快门。

他究竟要给她多少意外？她最初的印象中，他只是一个书呆子，平淡无奇，土里土气。而后，他的闪光点总是在不断地扩大。原来他也和普通的男生一样，会打篮球、会打架，甚至比普通的男孩更优秀，他会做非常好吃的菜，他有非常棒的逻辑思维能力……

这个时候一只干净修长的手落在她的肩膀上："喂，橙子，你往哪儿拍呢？我们队的在另外一边。你不会连我们的队服都认不出来吧？"

说话的人是王君，就是最近老纠缠她的那个男生，白皙精致的面孔上，笑容爽朗。夏澄云淡风轻地拂开他的手："哪儿能呢！我在拍横幅。"

王君又不动声色地挨过来，眉毛微扬，带着讨好的意味："你等会儿多帮我拍几张呗。"

夏澄勾了勾唇，往旁边挪了挪："你挡着我的光线了。"

"……"

这个时候，夏澄余光瞧见季云深的视线往这边瞥来，她对上他幽深清亮的眼睛不由得微微一笑。说起来，此刻的她还真有点汗颜，几年前，她还在笑话他空有身高不会打篮球，如今他却是校队中的一员。

王君见夏澄恍惚，不由得提醒了一句：“橙子，等一下你要为我加油哦！”

夏澄又试拍了一张，语气更为冷淡：“我由衷地希望我们学校可以赢。”

“如果我们学校赢了，我能不能请你吃晚饭？”

“没兴趣……”

“这位同学，你等会儿能不能帮我拍张照？”夏澄还没回话，季云深不知何时走到她身边，将自己的手机递了过去。

“哦，好的。”夏澄强忍着笑意，淡定地从他手中接过手机。旁人不知道，她却是最清楚的，季云深最讨厌拍照了。她以前求着给他拍照，他不是拒绝，就是直接挡脸，导致这么多年，她的影册中都没有他一张完整的照片。

王君本还想说话，却听到季云深一本正经地胡诌：“照片里我要露脸，最好是全身都照进去，横幅要作为背景，可以吗？”

夏澄嗯嗯点头，眼底的笑意越来越浓：“可以可以。”

“最好是投篮的照片……”

两人又沟通了几句，王君连插话的机会都没有了，只能黑着脸站在一边。

等夏澄终于给季云深拍摄了一张他比较喜欢的照片，比赛也开始了。

夏澄刚开始并没有忘记自己来时的初衷，拍了几组 G 理工大学校队的照片。到后来她的镜头只对准季云深了，她想，他真的令她刮目相看。

他不再是她印象中那个自卑地躲在阴暗处的季云深了，球场上的他身影矫健，姿态帅气，无论是盯防、运球，还是投篮，都表现出高超的水平。她看着他，只觉得金黄色的阳光在他身上越发显得光华灿烂。

中场休息时，夏澄回到座位，本想回放照片，身旁的余静靠了过来：“橙子，王君好帅呀，你有没有拍到他的照片？”

夏澄幡然醒悟，支吾了一声，神秘兮兮地对余静摇了摇手指：“原片就不给你看了。”

“嘁，小气。

“啊，对了，那个 G 大的 11 号是谁？怎么一直拦着王君？”

“11 号啊……”她若无其事地低下头，“不知道啊！”

“好像挺帅的呀！”

“不知道。”她并不想说关于他的事。

回去之后夏澄将今天拍的照片全都导到电脑上，一张一张地欣赏。她从中挑出几张给校报用的照片之后，剩下来的全是季云深。

起跳的他，投篮的他，喝水的他……全是他，眉目淡然俊逸，从容沉静。

她一张一张反复翻看着他的照片，心跳得完全没有规律，她觉得自己真的是疯了……她突然好想将这样的他藏起来。她从前觉得他与帅气、英俊沾不上边，但事实上他也可以光芒万丈，引那么多姑娘喊破了嗓子。

夏澄突然就提不起精神做任何事，拿了手边的速写本和铅笔临摹其中一张投篮的照片。她临摹了一半突然想起什么，给季云深发了信息：“你个骗子，说好了请我吃鸡排，后来怎么不请了？”

“不是说明天做给你吗？”

夏澄恍然大悟：“少来了，哼哼，请鸡排是假，请我看比赛是真吧，嘻嘻。”

“……”

“不要解释，解释就是掩饰。我知道你就是想让我知道，你打篮球也打得很厉害，我懂的！”

另外一端的季云深轻轻勾了勾唇，速速回了一条信息：“没打算解释。”

这下轮到夏澄无语了。

不知道是熬夜还是气温骤降的缘故，第二天早上夏澄一睁开眼就觉得浑身软绵绵的，根本起不了床。她脑子里突然出现昨天余静说的话，如果骗人就会发生很奇怪的事。

不会真的……那么准吧，不过她这几天本就有些上火。

夏澄想起床去上课，可努力挣扎了一会儿，终究是意志力不够，又迷迷糊糊地睡过去了。也不知道什么时候，一双手轻轻地拍在她的脸上，一个略带温柔的声音在她耳边响起："你今天怎么没有去上课？"

夏澄努力睁开眼睛，发现季云深竟弯腰站在她的床头，她几乎以为自己烧糊涂了才出现了幻觉。她用力眨了眨眼，伸手捏了捏他的脸，还是温热的："你怎么会在这里？"

"正好有空，过来给你做鸡排。"

她委屈兮兮地捂住自己的额头："我头疼，好疼好疼。"

她这才发现她的声音嘶哑得像公鸭嗓子。

"我看看。"季云深看着她烧得通红的脸颊，将手覆在她的脑袋上，眉头紧紧地拧起，"很烫，应该是发烧了。"

他的手冰冰凉凉的，覆在她的额头上，她竟觉得舒服了很多，又或许是因为他出现了，她莫名地感到心安。

"我带你去医院。"

"不要去医院。"夏澄轻轻蹭了蹭他的手，又闭上了眼睛。

一想起去医院就要打针吃药，她不由得抱紧被子，像个耍赖的孩子："睡一觉，发点汗就好了。"

季云深拗不过她，只能把被子往她身上压了压："傻子。"

季云深转身出去，过了一会儿就端着一碗香菇小米粥进来了。他将她拍醒，柔声道：“先喝点粥垫垫肚子，等下把药吃了。”

“好。”夏澄被他扶着起来，她的身后被细心地垫了枕头。她本想软着手去端粥，他并没有给，只是低头将粥一勺一勺地喂给她。

夏澄吞咽着香甜可口的小米粥，心莫名地发暖。她的目光慢慢移到他的脸上，眼前这个干净纯朴的男孩，这个与她并没有血缘关系的人，她对他也算不上好，可这几年他对她一直很尽心。他给她做她喜欢吃的菜，为她打跑坏人，替她整理房间，替她补习功课，帮忙修改论文……她突然没办法想象，如果没有他，她的日子会过成什么样子。

她想起昨天余静问她的话，内心是不是很舍不得。她现在突然想明白了，是啊，很舍不得啊，这样好的他，她怎么舍得让给别人哪？她连和别人分享他的机会都不想给。

“怎么了？烧傻了？”季云深见夏澄直勾勾地盯着他看，不由得伸手覆在她的额头上。

夏澄的心猛地跳了一下，下意识地躲过去，笑眯眯地看着他：“你是不是有坚持用我给你买的护肤品？皮肤也细腻了好多。”

季云深嗤了一声：“看来你好多了，还有心情开玩笑。”

“我没有开玩笑啊，我说真的。你篮球打得这么好，是不是每天都坚持打篮球啊？不过皮肤都没有晒黑。”夏澄见季云深无奈的模样，不由得眨眨眼，“吃完你的粥，果然精神都好多了。”

一碗粥吃完，夏澄的额头上都是汗。季云深起身去卫生间拿了毛巾替她将脸上的汗拭去：“你再睡一会儿，我出去买药。”

“好。”夏澄躺下来之后，困意袭来，再次昏昏沉沉地睡去。

不知道过了多久，门被人轻轻打开，一只温柔的手覆在她的额头上。

“夏澄。”有人轻轻呼唤她的名字，可她并不愿意醒来，随即，一个冰冷而柔软的触感落在她的额头上，“继续睡吧。”

她的眼睛微微动了一下，放在被子里的手微微握住。她听到了自己的心跳声，怦怦怦跳得剧烈，她几乎以为她的心要从胸腔里跳出来。只是脑子里太迷糊了，她几乎以为这是一场梦。

后来，她是被电话铃声给吵醒的，她看了一下显示屏有些好奇地喂了一声："爸，干吗呢？"

夏峰略带着急的声音从电话另一头传来："你声音怎么了？是不是生病了？"

夏澄翻了个身，竭力用正常的声音道："没事啦。"

"你呀……听起来鼻息很重。现在你在哪里？有没有去医院？"夏峰不无担心地说道，"你一个人在外边也不知道好好照顾自己，我明天要去 G 市……"

"醒了？"门这个时候被打开，季云深见夏澄在打电话又轻轻关门出去了。

不过电话的另一头，夏峰还是听到了这边的动静，他迟疑地问了一句："谁在你那边？"

"是云深。"

夏峰沉吟了一声："他在你那里？"

"是啊。"夏澄捂着嘴打了个哈欠，"他正好有空，让他照顾我一下。"

"你个破孩子，这种事还麻烦别人。"

嘁——夏澄压低声音："以前你让我照顾他，你怎么不觉得也麻烦我？"

"……"

第三章　巧遇

“季云深。”夏澄睡得迷迷糊糊，突然睁开眼叫他。

“什么？”

“我就是想问你……”夏澄用力地转着脑子。问什么呢？你有没有对我意图不轨？你是不是对我存着不该有的心思？你是不是有点喜欢我？其实她只是想知道，他吻她的那个梦境是不是真的。

“说吧。”

“你是不是拿走了我的速写本？”

“什么？”

就是速写本啊，那本画了满满一本的关于你的速写本啊！上面的他有的来自照片，有的来自他的动作画面，有的来自她的想象……

那本她珍视的画册，似乎就是从那个时候起，突然就不见了。

夏澄心思微转，最后还是笑嘻嘻地问：“你女朋友是不是很漂亮？”

季云深沉默了一下：“不知道。”

正好是一个红灯路口，车子戛然而止。

“不知道是什么意思？”夏澄将自己的脸凑过去，“说一下呗，她漂亮，还是我漂亮？”

季云深偏过头来近距离看着她白皙的脸庞。许是喝了酒的缘故，她的脸红扑扑的，平添几分妩媚。她温热的气息喷在他的脸上，带着很重的酒气。她微仰着头直勾勾地看着他，两只眼睛熠熠发光，很有求知欲的样子。

季云深不说话，直至夏澄懊恼地坐回去。良久，他想说点什么，耳边唯有浅浅的呼吸声。他转头看了她一眼，她已经沉沉睡去。

严格说来，夏澄在 G 市只被季云深照顾了两年半。大三下学期，夏峰也不知道怎么想的，突然就说已经给她联系好国外的学校，让她出国“镀层金”。他甚至生怕夏澄拒绝，还说姑姑要介绍一位著名的摄影家给她，对方能够花点时间指导她。夏澄左右猜不透夏峰的心思，只当他在与人攀比。

夏澄终究没有放弃这么好的机会，也生怕夏峰突然反悔，“顺”着夏峰的意思出国去了。她在 F 国待了三年，完成学业后又被夏峰召回来安排到 S 市的盛夏公司里给夏凛当助理。自从夏澄进了公司之后，感觉人生都黯淡了不少。

夏凛是夏峰的堂弟，却只比夏澄大六岁，正是招蜂引蝶的年纪。在夏澄眼中，夏凛长相俊美不凡却是只花心大萝卜，总是有约不完的会。他还常常以提高她的业务能力为由，给她安排大量的工作。

在国外的这几年，夏澄过得无拘无束，自由散漫惯了，如今整天围着工作转实在是抓狂得很，但夏凛毕竟是她的小堂叔，她有点敢怒不敢言。

夏凛仿佛也看到了她的委屈，敛了表情，语重心长地对她说道：“小橙子，别怪叔叔对你严格，这也是你爸的意思。”

夏澄呵了一声：“少来。”

“你爸说了，你如今正是花儿一般的年纪，不多管你一些，保不齐什么时候你就让人给骗走了。”

夏澄嘀咕了一声：“他现在倒想起这茬了，当初怎么那么狠心非将我丢到国外去？殊不知国外……更容易被人骗走啊！”

“所以，现在要拘着你一些。”夏凛见夏澄瞪着他，不由得咳了一声，“行了啊，才给你那么点工作你就喊累喊苦，我之前带着云深的时候他一人抵三，一句废话都没有。”

“人家有能耐呗。”夏澄翻了个白眼。季云深深藏不露，他的能力超凡，她如何能比？即便她再不服气，认识他那么多年，她再也不敢以最初的眼光小觑他。

自她出国之后，她和季云深就没有再见过面，甚至极少联系，不过他的事她多多少少知道一些。季云深还没有毕业就被G市极有名望的维诺公司——一家手机研发公司高薪录用，只是姑姑要求他回来，他二话不说就应了下来。

季云深刚回S市时，由夏凛带着他。他吃苦耐劳，业务能力出色，短短一年就干到运营总监的位置，熟悉业务的他同时又打理着姑姑名下的一家小公司和画廊。

其实夏澄搞不明白，季云深为什么要到盛夏工作？盛夏虽说是家大公司，但也就是一家瓷器公司，与他的专业完全不搭。从前夏澄问过季云深毕业后有什么打算，他的打算就是维诺公司，如今他的打算，她真是看不清。

他如今也是个大忙人，夏澄回国已经三个月有余，却连他的面都见不着。

夏澄忙了整整一个季度，才终于闲下来，被夏凛批准放一周的假。放假第一天，苗苗参加 S 市当地的教师招聘面试，夏澄便主动请缨当她的司机，早早地送她去考点。

夏澄闲来无事，就在面试地点外面等她，而就在这个当口她被一个阿姨介绍了个对象。夏澄无意相亲，奈何架不住阿姨的舌灿莲花，只好把自己的电话号码交了出去。阿姨离去后，夏澄静心想想，对方被阿姨夸得天上仅有地上绝无，或许真有什么出众的地方。

苗苗从考场里出来，哭丧着脸，整个人都显得有气无力：“我完蛋了！有道教育学的题目我回答错了。”

夏澄连忙安慰她：“没事，你试课成绩应该不错的吧。”

苗苗捂住脸，越说越低落：“试课我超时了，而且抽到的那课我完全没准备过。我笔试成绩一般，面试也不突出，估计是没什么戏了……”

夏澄抱住她：“没事的，或许运气好能上也说不定呢。”

“算了，反正也是打酱油的。”苗苗苦笑，“只可惜白花费你一早上的时间了，还要你那么早起床送我来。”

“不会呀！”夏澄冲她眨了眨眼，故意神秘兮兮道，“刚才有位热心的阿姨给我介绍了对象，说不准我陪你来考试，白捡了一个老公呢。”

“什么对象？帅不帅？有没有照片？”苗苗顿起熊熊八卦之火，俨然已经忘记她先前参加了一场表现得并不怎么样的考试。

“听说是个很英俊又很优秀的外科医生。”

苗苗满脸兴奋：“医生吗？白衣天使呀，这个好！”

夏澄的手机在此刻嘀了一声，一条陌生的短信进来，上面只有简短的“你好”两字。夏澄冲着苗苗摇晃了一下手机：“对方给我发短信了，你说我要不要回短信？”

“必须回呀！好歹见见嘛，万一成就一段佳话我也成半个媒人呢，哈哈哈。”

“……”

“你前段时间还说你爸逼着你去相亲，万一自己有先看上的也是好事呀，是不是？”

夏澄撇撇嘴：“那倒也是。”

对方工作忙，夏澄趁着午休时间与他稍微闲聊了几句，确定了见面的时间和地点——就在今晚，约在Jean’s。

夏澄装扮完毕就被苗苗推出门了，由于一路畅通，她提早到了，就点了杯水果茶慢慢喝。

说起来，从她回国以来，夏峰就挺担心她的婚事。他总说女孩到了她这个年纪还不谈恋爱并不是一件正常的事。夏峰还特地提醒她，别跟苗苗靠得太近，夏澄看着他小心翼翼的模样，啼笑皆非，再三对他保证：“我绝对喜欢男人。”

她对苗苗只有纯友谊，她百分百确定自己喜欢男人。可这些年，追她的男人那么多，她却从来没有心动过。

在她喝到第三杯的时候，一双笔直修长的腿出现在她的眼前。好听的声音在她耳畔响起：“抱歉，正好有个小手术，所以耽搁了些时间。”

“没什么，我也刚来……”夏澄愣了愣，竟意外地觉得这个声音有点耳熟。她缓缓抬起头，视野中映入一张熟悉的脸庞，轮廓分明，眉目精致。

夏澄恍惚了一下，即便隔了那么多年，她还是第一时间认出了他——陆启皓。对方定定地站在原地看她，邪魅的凤眼中逐渐渗出笑意：“好久不见，夏澄。”

“好久不见。”夏澄僵硬地勾起唇角，她想此刻她浑身上下都写着“尴尬”两个字。

“看来我们之间很有缘分。”陆启皓在她面前的沙发上坐下来，湛湛黑眸在昏暗的灯光下显得极妖娆，他的唇角微挑，“你的眼睛往哪里放？连看我都不敢吗？”

夏澄呵呵地笑：“我只是有点不敢相信会这样凑巧。”

若早知道是他，她便不来了。他仿佛一下子看透了她的心思，眼眸深沉：“我要知道是你，我就早点来。”

似乎，几年不见，他变得油嘴滑舌了。夏澄抬起头来，发现陆启皓很专注地看着她，眼神深沉如大海，让她有了沉溺的恐慌。夏澄慌乱地躲避了他的视线，她并不想改变他们之间纯洁的友谊关系。

陆启皓抬手将夏澄面前的杯子斟满，他低垂着脸，恰到好处的弧度，英挺而俊美。他动手将自己面前的杯子斟满，优雅地举杯啜了一口：“挺不可思议的，这些年联系了你那么多次都无果，如今你就真真实实地坐在我面前。”

呃……

“我一直觉得我当年挺傻，你不跟我说话，我也不跟你说话了。后来我想了很久，我并没做什么对不起你的事，你那天是不是生理期身体不好？”

夏澄被他的直白弄蒙了，口中的茶水都差点要喷出来：“别那么搞笑好不好？我就是纯粹不想和你玩了呗。”

陆启皓顿了顿，很快给她找了个理由：“高考在即，你压力大吧。”

夏澄怔了怔：“啊，是，压力很大。”

两人毕竟是高中同学，曾算有过许多交集。多年不见，他们有许多话题可以聊，谈及最近几年发生的事，谈及他们曾经的梦想，有些惆怅，也有些释然。

“你以前很喜欢拍照片，照片拍得很好。”

夏澄有些不好意思地笑了笑。

“如今也是，你去年在国际摄影大赛中 happiness 那组照片很震撼。”

夏澄有点骄傲，又略略诧异：“你知道？”

陆启皓眼中闪过一丝得意：“Orange Xia。”

Orange Xia，的确，这个名字在摄影圈也有点儿水花。

陆启皓成功地打开了话题，时间在聊天中不知不觉过去，直至苗苗给夏澄打电话，夏澄才惊觉时间不早了。她放下杯子，连忙起身：“我要先走了。”

陆启皓站起身，绅士地微笑：“我送你。”

“不用了，我家就在附近……”

“这么晚了，怎么可以让一个女孩子独自回家？”

陆启皓引她坐上他的车。夏澄坐在副驾驶位上，摆弄了一下车里可爱的挂件，不经意地说道：“这个挂件还挺可爱。”

陆启皓惋惜地叹了一口气：“只可惜不是女朋友送的。”

夏澄满脸笑意：“陆大才子想要女朋友送还不简单？”

陆启皓转头深情款款地望着她：“这几年都忙着读书、工作，没空找。刚打算找了就碰到你，我觉得可能缘分来了。”

夏澄缄默不语，并没有顺着他的话说下去。她从没打算与陆启皓有任何的发展，也不认为青春期的朦胧感情能有多么情深。他了解她，所以投其所好，但她并不认为这就是爱情。

自这次见面之后，陆启皓时常在短信里对夏澄嘘寒问暖，并约她出去。苗苗得知这个消息之后，笑得特别暧昧：“我算是找出你这么多年都不谈恋爱的症结了，你压根就是一直念着陆启皓。”

“呸！”夏澄想都没想直接否认，“与他无关，感情这种事是要靠机缘的。”

真论起来，她认识的陆启皓是个很优秀的男孩。高中时代的他擅长钢琴，擅长运动，每次考试都是遥遥领先。如今也是一样，年纪轻轻就已经是小有名气的外科医生，出类拔萃，人中翘楚。可即便如此，她对他早已没有最初的那份悸动。

“得了吧，缘分这种东西可不是你说了算。从前我就觉得你和陆启皓之间有说不清道不明的关系，如今总算可以光明正大了。”

夏澄很是无奈：“光明正大个鬼呀！我跟他从来就没有那种关系好吧。”

“不要掩耳盗铃啦。”苗苗根本听不到她的解释，趴在沙发上唉声叹气，“唉，你找回了你的初恋情人，人生已经圆满。可现在正是我最痛苦、最失意的时候……”

夏澄上前戳了戳她的脑袋：“不就是份工作嘛，你至于吗？”

“当然至于了。”苗苗翻过身来，可怜巴巴地看着她，“没有工作我就没钱，没钱买衣服，没钱吃饭，好可怜哪。”

夏澄安慰道：“成绩还没出来呢，或许能上也说不准。”

“百分之一百没希望啦。”苗苗叹了口气，“我心里有数。”

“我们公司缺个出纳，你要不要先进来试试？我之前和小堂叔提过，不过他说先试用一段时间。”

“真的？”

夏澄点点头：“你的专业是计算机，熟识各种软件，美术设计也不错。小堂叔说需要你这样的人才。”

啊啊啊！苗苗激动得双眼发光，扑上来就将夏澄抱了个满怀。如今工作难找，盛夏公司员工待遇好，福利高，在当地颇有盛名。

她如此热情，弄得夏澄特不好意思，其实她是有私心的——这样她就可以解放了嘛。

苗苗入职之后，对这份新工作很是满意，工作认真，兢兢业业。如此一来，夏澄也不必身兼数职，有更多的时间忙工作室开张的事。

关于工作室，夏澄在归国之前就已经和学姐严晓商量好着手准备着，只因要瞒着夏峰，再则手中工作繁忙，她能腾出的时间总是很少。

夏澄先前一直住在公司的宿舍里，不过宿舍资源少，她要与人合住，多少觉得不方便。如今她要去工作室的时间增多，索性搬出来住到苗苗名下的小公寓。

夏峰得知这件事后，不由得打电话过来敲打一番："澄澄，你也该找个男朋友了，天天和一个女孩子腻在一起同吃同住同睡同工作是什么意思？"

夏澄差点被自己的口水呛到："我说爸，你是什么意思？我们好端端的闺密情被你一说怎么就染了一层异样的色彩？"

"你长期住别人家里会打扰到别人。"

"不会呀，家里就苗苗一人，而且我有付房租。"

"这像什么样子？要不明天就搬回家去，每天开车来回也不远。"

夏澄根本就不理会夏峰的强硬态度："爸，你就不能给我点私人空间吗？我都这么大了，你别什么事都干涉我好不好啊？"

"你是我女儿，我不管你谁管你？"夏峰顿了顿，"上次问你的事考虑得怎么样？什么时候去见见？"

夏峰上次和夏澄提过一个男孩，是他朋友的儿子，从小在美国长大。最近那个男孩从美国回来，夏峰让夏澄抽空带他去转转。夏澄心里门儿清，这种就是变相相亲，她可没打算和一个连中文都说不溜的男人发展。

她飞快地回道："我不打算见。"

夏峰顿时被气得牙痒痒："你自己没能耐，就早点给我带一个能干的女婿回来！你现在这个也不见，那个也不见，到时候你让我指望谁去？”

夏澄闭嘴不说话。爸爸这些年来一直都很辛苦，她知道。他总是与她说自己想早点退休，可是她对商业并无多大兴趣，她只想做自己想做的事。夏峰逼着她相亲其实也是想找一个能接手他生意的人，最好是能够商业联姻。但她并不愿意，她不想像妈妈一样，找一个总是很繁忙的男人，连陪她的时间都没有。

夏峰轻叹了一声：“澄澄，爸爸老了。”

夏澄心里愧疚，忍不住问了一句：“爸，万一我看上个医生呢？难道也要让他弃医从商吗？万一看上一个教授，难道让他弃教从商？”

夏峰心里咯噔一下：“你是不是交男朋友了？”

夏澄懒洋洋地回他：“有，才怪呢。”

“要是谈男朋友了，必须先带来给我过目。”夏峰严肃地警告，他见夏澄又不回话，知她心里不愿，不由得长叹一口气，“你们这一个个的，还让不让我安心了？”

“你们？”夏澄惊叫了一声，“你不会有什么私生子吧？”

“臭丫头！”夏峰呵斥了一声，“还有云深！这个孩子性格闷，婚姻大事也够我头疼的。”

夏澄眉头微蹙：“人家自己都没发话，你又瞎操心什么？再说了，人家与你非亲非故的，未必理会你的好心呢。”

“他好歹比你这个臭丫头听话多了。”

夏澄呵呵笑了一声：“听话是什么意思？你随便给他塞一个女朋友他也能接受？”

“爸爸岂会随随便便坑他？我给他介绍的都是德才兼备的好姑娘，就是他这闷葫芦性格，其他姑娘看不上。”

夏澄莫名地觉得胸口憋闷，语气略带嘲笑：“他这是见过几个姑娘了呀？怎么这么没用？”

“你管好自己吧。”

夏澄挂了电话，心里总觉得含着一口气，咽不下吐不出。此刻，她正好收到陆启皓的微信：“阿武开了一家东北菜馆，晚上要不要一起去捧个场？”

阿武是他们高中的同班同学，从前关系还算不错。

“好啊。”夏澄快速回了微信，又后知后觉地怔住了，她就这样答应会不会让人误会。

对方很快回复：“我刚下班，你在哪里？我去接你。”

陆启皓根本不给她拒绝的机会，夏澄也只能赴约。

陆启皓接到夏澄时，白皙俊朗的脸庞上，眉眼飞扬，充满喜色：“最近总约不到你，是不是很忙？”

“还好啦。”夏澄含糊地应付过去，最近她为了不赴他的约，真是找齐了各种借口，她自己都已经搞混淆了。

她转移话题：“你呢？”

“很忙。”陆启皓实话实说，他刚下手术台，眼底还带着淡淡的倦意。

他偏头看了她一眼，眼底满是似水柔情：“但脑子里一直在想你。”

陆启皓俊朗的侧脸甚是好看，迷人的眼神格外温柔，如若不是夏澄的意志力够坚定，恐怕早已沉溺其中。夏澄微勾了勾嘴角，假装不经意地转头看向窗外。

阿武开的东北菜馆并不远，十来分钟就到了。这家东北菜馆的名字就叫“阿武东北菜馆”，装修得气派而别具风格。由于刚开张，门口还摆放着许多好友送来的花篮。

陆启皓先前和阿武预约过，两人才到门口，阿武就笑盈盈地迎了上来：“班长，橙子，你们来了。”

陆启皓笑容可掬："那是当然，你开店，我们怎么样都要来捧场。"

阿武一边引他们进来，一边笑道："今天可巧了，白天接待了三位老同学，晚上又接待了三位老同学。"

夏澄的视线好奇地往里面探去："还有谁？"

"云深啊。"阿武冲他们眨眨眼，笑得特别神秘，"这小子可算开窍了，今天还带了个漂亮姑娘。"

夏澄脚步一顿，顺着阿武的视线一眼就看到了坐在角落里的季云深。她只能看到季云深的侧影，因为光线太过明亮，他脸上的表情看得并不清楚。

骗子！夏澄的嘴角凝起一丝讥讽，他确实很忙啊，忙到与她联系的时间都没有。

"那是云深？"陆启皓也朝那个方向看过去，"好些年没见，我几乎要认不出来了。"

"是啊，快认不出了。"夏澄也接了一句。

走得近了，夏澄才发现季云深身上那件白衬衫有点眼熟，那是他去年生日时，她在国外精心给他挑选的礼物。她再仔细打量，他身上那对袖扣，也是前年他生日时她送的礼物。

夏澄的视线不经意地落在他的脸上，真的好久不见了！他与之前判若两人，神色依旧平静冷淡，五官似被时光修饰过，眉眼之间仿佛晕染了一层耀眼的光晕，骨子里透着优雅与从容。

夏澄挪开视线，心里极度不爽快。曾经的土小子变成如今这个样子，可有她一半功劳。如今他就以她改造后的形象与别的女人相亲，她都不知道自己是生气，还是骄傲。

夏澄还在纠结着要不要假装不认识季云深，陆启皓已经走上前去，微笑着开了口："云深，介意我们一起吗？"

季云深抬起头，看到站在陆启皓身后的夏澄，漆黑眸子中出现一丝短暂的错愕："当然不。"

夏澄和陆启皓坐下来，夏澄第一时间将视线落在坐在季云深对面的女孩子身上。女孩子束着马尾辫，长相清秀，白白净净，看起来很斯文的样子。夏澄看向季云深，面带微笑："这是你的女朋友吗？"

看得出来坐在他对面的女孩子对他略有好感，她垂下眼眸，也不否认，脸色唰一下就红了。

"这是我朋友。"季云深的视线在夏澄和陆启皓身上掠过，嗓音清冷。

"我懂。"夏澄抿了一口陆启皓给她倒的大麦茶，意有所指，"朋友的意思有很多种。"

季云深神情依旧淡然，什么也没有说，也不做解释。

"你别逗别人。"陆启皓低低地训了夏澄一句，嘴角含笑，话语中充满了宠溺的口气。

季云深的眼眸闪了一下。

夏澄微微一笑，冲着女孩子伸出手来："我是夏澄，他是陆启皓，我们都是云深的高中同学。"

"你们好。"女孩子也朝着夏澄伸出手，"我是李瑶。"

"好像打扰到你们的约会了。"夏澄大大咧咧地说着，却是一点也没有要走的意思。

"不会。"李瑶摇摇头，小声地开口。

夏澄笑了笑："你别看云深闷葫芦似的不爱说话，其实他背地里不是这个样子的。"

李瑶似被勾起了好奇心，季云深却慢悠悠地吐出一句："我背地里是什么样子，你很了解？"

夏澄并不看他，只是看着李瑶："也不是很了解，毕竟太久没见过面，只剩下几年前的印象。”

“只怕印象也模糊了，毕竟我们算不上很熟。”

“……也是。”夏澄握着茶杯的手紧了紧，屏着气一字一顿，“我们不熟。”

“云深是个实在人。”陆启皓咳了一声，顺势接上话，“话不多，做事利索。”

服务员在这个时候上了菜，大家开始顾着吃菜。一桌人除了一直在找话题的陆启皓，似乎没有谁再愿意开口。夏澄觑了季云深一眼，他微低着头，长长的睫毛投影在眼睑上，整张脸都埋在灯光里，根本看不出来他在想什么。

这里的菜品口味很不错，可一顿饭吃得没滋没味的，空气中莫名有一种怪异而尴尬的气氛。

直至李瑶小声说了一句“我先走了”，季云深站起来送她回去，这顿饭才这样散了。

陆启皓看着两人走远，冲夏澄说道：“我们是不是坏人好事了？”

“那倒不至于，不过我觉得他俩没戏。你看这姑娘本就腼腆，不怎么爱讲话，刚才我们都尽量给他们搭线了，季云深竟也不找话题搭理人家。”

“云深这做法我倒真看不懂了，你说他性子闷吧，他从前也没闷成这样啊！”

“就是。”夏澄的脑海里浮现三年前的他，虽算不上活泼开朗，但也不是话少到离谱的人。她认识的他，高冷、体贴，还有一点点毒舌。突然之间，曾在她脑海里浮现过很多次的情节再次涌上心头。在那个陌生的城市，因为有他，她才觉得有了家的味道。

明明他们曾经相处融洽，不知从何时起，两人竟变得比陌生人还要生疏些。

回去的路上，夏澄脑海里一直循环着季云深说的那句“毕竟我们算不上很熟”，她的心火烧火燎地难受，他们俩怎么算不上很熟？简直胡说八道！

回到家，她没忍住，给季云深打了个电话。对方很快就接了，夏澄语气有点冲：“季云深，今晚真是不好意思，打扰到你了。”

季云深云淡风轻：“不会。”

“真的不会吗？”夏澄倚在窗户前望着远处的万家灯火，有些愤愤，“因为我这个外人的出现，你们好像都没怎么讲话。”

“你们不出现，我们也未必有话题聊。”

夏澄往上翻了个白眼：“你这样合适吗？该出手时就要出手好吗？和人家女孩子相亲却一句话不说，你这样很难相到好姑娘。”

“是吗？”

“当然哪，稍微说点甜言蜜语很容易追到手的。”

“你在向我传授经验？”

“废话！听说你相了好几个姑娘都没有成功，是不敢下手，还是勾不住别人的心哪？我要不要教教你如何对女孩子讲甜言蜜语？”

季云深顿了顿，淡然道：“是陆启皓讲给你听的那些？”

夏澄呸了一声：“你这是哪儿跟哪儿呀？！”

季云深一字一顿道：“我对别人之间的情话没有多大的兴趣，这些话你还是留着自己回味吧。”

“回味个鬼呀！我和他……”夏澄有些抓狂，“才不是那种关系。”

他顿了顿，回她：“这与我没有关系。”

这与我没有关系……呵！多么让人伤心的话啊！夏澄抓在窗框上的手指慢慢收紧，指关节泛白：“的确没有关系，我们本来就不熟。”

夏澄很快恢复了轻松的口吻：“不过不管怎么样，你的品位还是受了我的影响。你如今的穿着打扮，比从前不知提高了多少个档次。”

“嗯，的确要谢你。”

果然是生疏，生疏得他们竟找不到话题聊下去。夏澄不知自己什么时候挂了电话。挂完电话之后，她只觉得自己的心情糟糕透了。

她不知道该怎么形容这种沮丧的情绪，就像是抓在手里很久的宝贝突然被人抢走了，而她在别人手里看到这个宝贝，却根本没办法证明是她的，毕竟时间足够久远。

苗苗从外面进来，就见夏澄陷在沙发里，一副无精打采的样子。她不由得上前戳了戳夏澄的脑袋：“你怎么了？和陆启皓玩得不愉快？”

“不是。”

“那是什么？是玩得太愉快了感到懊恼？”

“你想太多了！”夏澄耷拉着脑袋，有点不大想搭理人。

苗苗眨了眨眼：“反正就是，你们恋爱了，对吧？”

夏澄不答反问：“苗苗，你说，恋爱了是什么感觉？”

苗苗正朝卫生间走，回头冲她抛了个媚眼：“我又没恋爱过，我怎么知道？但是我知道恋爱的女人都是神经病，一会儿喜气洋洋，一会儿失魂落魄。”

夏澄喃喃出声：“即便是那样我也认了……”

周五下午，夏澄特地带着苗苗翘班。她的工作室几处布景刚做完，她想带苗苗去转转，好让苗苗提点意见。

两人才走到公司门口，却发现不远处停着一辆车。车窗此时被人摇下，露出陆启皓那张眉目俊美的脸。他挑着桃花眼，冲她们招了招手：“上来吧，我请你们吃晚饭。”

“现在才三点，够有心的。”苗苗懂事地将夏澄往前推了一把，然后快速地搭上另外一辆出租车离去，“我还有事儿，就不去了。”

夏澄冲着消失得飞快、在车窗内朝她挥手告别的苗苗翻了个白眼：“你这只猪……”

陆启皓冲着外头的夏澄道：“这里不好停车，快上来。”

这里的确不好停车，陆启皓大有她不上来他就不走的架势，夏澄也只能硬着头皮上了车。自上次见面之后，陆启皓俨然已经将她当成准女朋友，偶尔聊天时他的话语都存着暧昧。夏澄并没有想好如何与他处下去，见到他不禁觉得有些尴尬。

车子启动之后，夏澄随意地问了一句：“你今天下班挺早的呀？”

他唇边的笑容漾开，若莲花般清雅：“特地来接你。”

夏澄呵呵笑了一声。

“从前我并不是很明白一日不见如隔三秋是什么意思，如今倒是领会了。”陆启皓修长的手指轻轻敲击方向盘，语气轻快，“无论何时、何地、做任何事，脑子里都会不由自主地想起那个人。”

夏澄连呼吸都变得轻了。

她在心中感慨，如果当初没有陆母的出现，如果当初他们在同一个地方上大学，如果他们当时任由那份悸动延续，如今的一切是不是会变得不一样？她不知道，一颗心只有那么大，装下一个虚无的影子，就再也装不下别人了。

陆启皓的嘴角略略扬起：“你怎么不说话？太感动？”

“没有。”

“那是——压力太大，嗯？”

“……没有。”

“我没有别的意思，我们只是朋友。我们——来日方长。”他的脸上带着灿烂光华的微笑。

陆启皓请夏澄用餐的地方是本市有名的意式餐厅。两人点完餐，还来不及说点什么，夏澄只觉得眼前一个影子一晃，一个她压根想不到的人竟出现在她的面前。

对方身着唐装，并不是很高，看着却很有精气神，这个人可不就是她爸。夏峰的突兀出现，使得夏澄有些目瞪口呆："爸！你什么时候回来了？"

陆启皓本来背对着夏峰，他一听到夏澄喊爸爸，挺得笔直的脊背不由得微微僵硬。

"你怎么会在这里？下班了？"夏峰见到夏澄也是一副错愕的表情，随即他看向夏澄对面的男人，眼睛不由得一亮，"这位是？"

陆启皓有一副好皮相，容易让女人一见钟情，也容易让其他人第一眼就对他有好感。

陆启皓快速地调整面部表情，站起来优雅地略弯腰，冲他伸出手："伯父，您好。"

"你好。"夏峰上上下下地打量着陆启皓，面上神色难辨，"我本来打算见一个老朋友，没想到他爽约了。"

"伯父，您请坐。"陆启皓马上领悟，将自己旁边的位子让出来给夏峰，自己则坐到夏澄的边上。

有了夏峰的加入，夏澄整个人都变得轻松起来，空气中的尴尬似乎都消散了。她几乎不用怎么说话，夏峰和陆启皓一直在聊。她只需在一旁啜着饮料，吃着美食，听着他们聊天的内容从现实生活扯到新闻时事。

陆启皓语言幽默，谈吐不凡。平日里总是严肃的夏峰此刻也频频笑出声来，这顿饭持续了两个小时，夏澄以为夏峰和陆启皓聊得很愉快。

直至夏峰接到一个电话，他才站起身来："我还有点事先走了，澄澄你也早点回去。”

“知道了爸。”

夏峰刚走，陆启皓挺直的脊背也松了一些。他拿纸巾擦了擦鬓角的汗，笑盈盈地看着夏澄：“早知道未来岳父会来，我应该穿得更正式一点。”

夏澄顿时被噎住了：“谁是你未来岳父啊！”

他眉眼之间充满自信与得意：“我觉得未来岳父喜欢我。”

“你自我感觉不要太良好哦！”夏澄不由得往上翻了个白眼，但她心里倒觉得陆启皓挺能刷好感度。不过也是，在她的认知中，就没有哪个老师是不喜欢他的，许多同班同学的家长对他的印象都很好。

他除了长相好，有才华，为人也礼貌、大方，几乎让人挑不出什么错处。

“不如咱们赌赌看。”他突然暧昧地靠近，气息喷在她的脸上，“如果你爸爸同意，我们就交往，好不好？”

夏澄倏然红了脸，垂着眼抿着唇，没有说话。

陆启皓的唇边都是笑，只当她是默认了。

夏澄与陆启皓分开之后，夏峰打来电话让夏澄回一趟家。夏澄回到家，就见夏峰正坐在沙发上怡然地煮着茶。夏澄走过去坐在他的身边，笑吟吟地问道：“爸，怎么样？不错吧？”

夏峰头也不抬：“不好。”

“哪儿不好？”夏澄眨了眨眼睛，“长得不够好？不够有才华？还是其他的什么？”

“一个小小的医生，能有什么能耐？他能赚多少钱？他能养得起你？你看看你身上那件衣服，要花去他一个月工资吧？”

夏澄目瞪口呆，良久，指着夏峰道：“你真俗气！”

夏峰是个生意人，却也是个俗人。他会以金钱衡量人，也会以世俗的眼光看待世人，他会因为陆启皓的家庭、职业否定陆启皓这个人，这让她不喜欢。

茶煮好了，夏峰斟了一杯放到夏澄的面前，淡然道："我吃的盐比你吃的米还要多，我自有看人的眼光。我说不行就是不行，你不必再和他相处下去了。"

夏澄的火气莫名上涌，她对陆启皓算不上有多深的感情，但夏峰的话实在太过刺耳，她生硬道："要交什么样的男朋友，我说了算，不需要你干涉。"

夏峰很笃定："你不听我的话，自有苦头吃。"

"你什么意思我明白，不就是想找个商业巨子当女婿吗？不过你女儿恐怕没这个本事，卖不起价钱，也勾搭不来那样的人。"

"为了个外人，你就这样跟你爸说话？"夏峰眉头紧拧，口吻十分严厉，"你要是有云深一半听话就好了。"

夏澄只觉得太阳穴处的青筋突突乱跳，有些火冒三丈："他听话是因为老实，我怎么同他比？难道你还能左右他的择偶标准？"

夏峰闻言心情很不错："我托人给他介绍了几个女孩子，昨天他选了我建议的那个。"

夏澄跳动的心突然停顿一下，愣了许久才反应过来。她的喉咙堵得发慌，一种涩意在她的心头无限地蔓延开来。她噌地站了起来，良久，才回了一句："我和他不一样，只有傻子才会让你随意摆布！"

夏澄突然就生了恼意，拿起包包就跑出去了。她一刻钟也不想待在家里，她一点都不想和夏峰说话。从家里出来，她几乎是无意识地朝着一个方向跑去。她的内心似乎有一只虫子在乱碰乱撞，却找不到出口。

夏澄不知道自己是什么时候停下来的，她弯身撑着双膝大口大口地喘着气。眼泪不知何时从她的眼眶中滑落，一滴一滴砸在地上，溅起尘埃。她清清楚楚听到了自己的心，它在告诉她，她太难过了。

这个时候手机振动了一下，屏幕上显示陆启皓发来的微信："岳父喜欢我是吧，所以我的身份可以升级了吧？"

夏澄眉头紧锁。

她对陆启皓谈不上喜欢不喜欢，但这个时候她不忍心伤害陆启皓的自尊心。她用力眨了眨眼睛："其实升级不升级也没什么差别。"

"好开心，谢谢宝贝。"陆启皓发来欢天喜地的表情，后面紧跟着一长串的亲嘴表情。

夏澄看着手机屏幕，一脸呆滞，脑子里顿时出现无数问号，一时之间她竟不知道回什么好，甚至连先前的哭泣都忘记了。

"亲爱的宝贝，终于等到你，还好我没放弃。你知道吗？这一天我等了好久好久。"那么煽情的话语，她真不愿意给他机会说出口。

夏澄只觉得自己的脑子嗡嗡作响，此刻的她根本没办法在他狂喜的时候，给他泼一盆冷水。同时，她又觉得，给他一个机会也没什么不好。她并没有什么理由，一定要单着，她还有从头再来的机会。

事实证明，陆启皓确实是个完美情人，除了工作太忙了，实在是找不出什么缺点。他对她很照顾，让她有了一种被捧在手心里的感觉。夏澄想，以后她有了孩子一定要对他很好很好，缺爱的人真的很容易被人骗走，即便不是因为爱情。

两人确定关系之后，陆启皓提出他妈想见她。夏澄一想起陆启皓的母亲就有点想打退堂鼓，不过她想着陆启皓以后会有自己的房子，不用跟他妈住一块，应该没有什么矛盾点。再则，陆启皓的妈妈在他高考的时候多看着他一些也是无可厚非，如今他们都长大了，自由恋爱，她应该不会再与自己针锋相对。

夏澄跟着陆启皓回家，陆母比起五年前看起来年轻多了，许是这几年她不用再替陆启皓操心的缘故。陆母见夏澄来，模样很热情，笑盈盈的，丝毫不见当初那个尖酸刻薄的样子。

夏澄突然就放下心来。

陆母因着夏澄的到来，准备了一大桌的菜。饭桌上，陆母问了夏澄几个问题，夏澄都认真答了。陆母认真地听着，唇边带着微笑，还时不时地让夏澄多吃菜。

陆母的手艺好，夏澄吃了不少，有些讨好地跟她套近乎："阿姨，您烧的菜真好吃，我以后向您学习吧。"

"好哇！"陆母慈祥地笑着，"你喜欢吃就多吃一些。"

陆启皓往夏澄的碗里夹了不少菜："就是，你喜欢吃时常到我们家来便是。"

一顿饭接近尾声，陆启皓去打了个电话。陆母问夏澄："小澄啊，以前也跟我们家启皓谈过恋爱吧？"

"啊，没有呢。"夏澄挺不好意思地笑，"当时只是同学开玩笑的。"

陆母不动声色地问了一句："是吗？"

"是呀！当时我们都是以学业为重，而且学校里抓得严，我们哪里敢哪？"

陆启皓这个时候回来了，他笑着问道："在谈什么呢？"

夏澄正想说什么，陆母接了话去："锅里还热着甜汤，我给你们盛一碗。"

夏澄在陆家度过了一个愉快的下午，回去的时候，陆母还对她说："有空再来呀！"

夏澄从陆家回去，有一种如释重负的感觉。只是很快，她发现事实与她想象中的不一样。

就像她爸爸一样，明明不满意陆启皓，但表面功夫做得滴水不漏，丝毫没有表现出来。而陆启皓的妈妈不喜欢她就算了，还到处造谣她是个不好的女孩子。

什么她小小年纪就不检点，在中学时期就与男孩子勾勾搭搭。还有什么她与她妈是同一路人，就是见着男人就挪不动脚的那种。还有她的爸爸、姑姑、小堂叔全被造了谣，总之她同她的家人全都被贬得一文不值，那些难听的话不堪入耳。他们生活的圈子就这么大，最后这些话一句不落地落到夏澄耳中。

夏澄听到这些话之后，气得浑身发抖，全身的血液都要倒着流。原来在陆母的眼中她是这样一个人，原来一切都是她自作多情。陆启皓同她说的他妈妈很喜欢她，总是惦记着她到家里吃饭什么的话，全部都是假的！

什么他们得到了最好的祝福，全都是鬼话！他的母亲从来就不喜欢她，从前不会，以后也不会。

陆启皓再次来找她时，夏澄几乎是气急败坏地将陆启皓推开，冲他吼道："陆启皓，你回去告诉你妈妈，我们分手了！"

陆启皓也是蒙了，逆光站在树荫下，轮廓分明的脸上，血色一丝一丝消失干净。夏澄口不择言地说了许多难听的话，他一声也没有吭。最后夏澄竭力让自己冷静下来，一字一顿认真地同他说："你同她说，以后我们都不会再见面了。"

夏澄转身就走，陆启皓快步上前将她紧紧抱住。他把脸贴在她的后背上，喃喃低语，语气坚决："澄澄，我也不知道怎么会这样。这些事情我会处理的，给我时间好不好？"

他的怀抱很温暖，却熨帖不了她冰冷的心。夏澄吞咽了一下，认真地说道："不是我不想给你时间，是这件事其实并没有转圜的余地。"

"对不起，真的对不起，可我不想分手。"他飞快地接下去，"我从没有和你说过我的家庭吧，我自幼丧父，我是我妈妈唯一的希望，她在乎我，所以才会做出一些不理智的事情。"

“这都不是理由。你妈不喜欢我，当年就厌恶我……”头发被冷风吹拂，覆在夏澄的眼上，她苦笑，“陆启皓，我不想让你夹在中间为难……我并不是非你不可。”

陆启皓低头亲吻她的发丝，夏澄微蹲下身子躲过去。然后，她听到他的声音：“澄澄，我要娶你，怎么样都要娶你。我那么喜欢你，我们错过了那么多年，这次再也不分开。”

其实，“再也不分开”只是一句很动听很动听的情话罢了。

陆启皓说他会处理，夏澄并不相信，她以为他们之间并不会有结果。她并没有爱陆启皓爱得死去活来，她并非非他不可，她不会因为他放下身段去讨好他的母亲，因为不值得。

自那次见面之后，他们的联系渐渐少了，陆启皓不联系她的时候，她几乎不会主动问候他。有时候梦醒之时，夏澄都觉得她怎么就糊里糊涂谈了一场恋爱，一场索然无味的恋爱。

天气渐渐转凉，夏澄接到一个消息，姑姑从法国回来了，于是全家人去法国餐厅为她接风洗尘。

夏群从国外带了整整一箱礼物，大部分是给夏澄的化妆品和衣服。夏澄惊喜得很，亲昵地搂住她的脖子：“姑姑，您真好，我爱死您了。”

夏峰瞪了她一眼，语气不是很好：“吃饭就吃饭，拉拉扯扯的干什么？”

夏澄知道夏峰还在为前段时间她与陆启皓的事生她的气。她冲着夏峰吐了吐舌头，对夏群道：“我爸最近横竖看我不顺眼，不管我做什么都是错的。”

夏群向来与夏澄亲昵，好笑地看着她：“你爸说你找了个医生男朋友。能入你的法眼，应该是个不错的人吧？”

夏峰不喜欢陆启皓，不过终究还是将此事放在心上的。夏澄沉吟了一下，本想说出实情，可当她的视线不经意地落在季云深那张总是波澜不惊的脸上，话语在舌尖转了一圈，说出来的话却是："是还不错，下次我带出来给你见见。"

总不能他谈着恋爱，她却是只单身狗吧。

夏峰脸色微沉，只当没听到。他随即把话题转移到季云深的身上："云深你呢？女朋友什么时候带出来见见？"

季云深抬起头，斯文地用餐巾擦了擦嘴角："下次吧。"

他不说话的时候，整个人几乎没有什么存在感，可即使说话也是言简意赅。不过相处时间长了，大家也都习惯了他这个样子。

夏澄抬眸看了季云深一眼："择日不如撞日，正巧今儿个大家都在，不如把你女朋友叫过来给大家看看。"

姑姑似乎对这个女朋友挺感兴趣，眼眸弯弯："是呀，云深，不如现在叫过来。"

夏澄斜睨了季云深一眼，口气里藏着连她自己都没有察觉的酸味："我倒是想看看我爸的审美怎么样。"

夏峰瞪了夏澄一眼，夏澄只当没看到。

季云深紧抿着唇，像是隐忍着怒意。他顿了顿，说道："她最近去外地出差了，等她回来再安排见面吧。"

夏澄撇了撇嘴，小声嘟哝："骗人。"

包厢里面空调足，季云深有些热了，将外套脱下来挂在一旁。他里面穿着一件蓝格子的衬衫。他极少穿艳色的衣服，这样的颜色很衬他。夏澄不经意地多打量了他几眼，他的五官棱角分明，特别耐看，身上的气质清冽而贵气，现在的他算得上是一个有魅力的成熟男子了。

季云深估计是发现夏澄在看他，抬头看了她一眼，随即又半垂下眼，以一副长辈的口吻道："你应该多把心思放在工作上。"

他突然这样说她，夏澄忍不住皱了皱眉头：“你管不着。”

夏群不明所以，揉了揉夏澄的脑袋：“澄澄还小，应该多玩玩，到处走走，上次 Smith 还提起过你……”

夏群本想提起以前给夏澄介绍的那位摄影家朋友，不过见夏峰对这些事并不感兴趣，也就没有再提。

“她还小？”夏峰冷着脸看向夏澄，“我把她安排到夏凛那儿，她倒好，不正经工作，天天缺勤到处跑，居然还找了个小医生……你看看云深，将你姑姑那家小公司打理得多好……”

夏澄刚开始还觉得没什么，夸云深就夸云深吧，可到了后来夏峰逮着什么说什么，连她小时候那些陈芝麻烂谷子的事都给翻出来讲了。夏澄觉得夏峰要是再说下去，她都怀疑自己是不是十恶不赦了。

夏澄求饶：“行了爸，陈年往事就让它们过去吧。”

夏澄借着上厕所的由头逃也似的离开了，在厕所里磨磨蹭蹭了大半天。回包厢的那一刻，夏澄眼睛一挑，视线落在大厅靠窗的角落里坐着的一对男女身上。那个男人虽然背对着她，可她还是眼尖地认出了他就是陆启皓，他身上还穿着她前不久陪他买的衣服。

夏澄下意识地屏住呼吸，蹑手蹑脚地藏在方形柱子后面，打量着那边的动静。

坐在陆启皓对面的女孩子看起来很文静，很腼腆，脸色微红，总是低着头。法国餐厅、一男一女……无非在相亲吧，本来是美好的画面，可因为对象是那个男人，夏澄的嘴巴里像是吞了苍蝇一样难受。

明明昨天他还在微信里一口一个宝贝地叫她，让她早点睡、多穿点衣服。一转眼，他却在跟别的女孩子相亲。

夏澄深呼吸了几下，尽量将自己隐在角落里，她拿出手机给他打电话：“喂，启皓，你在哪儿？”

“我在医院附近……”陆启皓四下转了转头，声音降低了些，“有什么事？”

“我想你。”她一字一顿地说道。

这是他们谈恋爱后，她第一次对他说这样的情话。

“我也是。”他没有回应，也不可能回应。

夏澄想起电影《手机》里的桥段，觉得莫名讽刺。她盯着陆启皓的背，一阵麻木和空洞在胸口无限地放大。她突然就觉得，他明明就在那里，却离她很遥远。

夏澄咳了一声，语气轻松：“你现在想不想我？”

“别闹。”陆启皓顿了顿，用训孩子的口吻，“我在忙。”

“陆启皓，我们分手吧。”夏澄轻闭双眼，平静地说完这句话就挂了电话，关了机。

季云深不知道什么时候出现在她的身边，拉着她的手往包厢里走：“怎么这么久都不回来？”

夏澄低头看着那只握在她手上的大手，感觉温暖、厚实，仿佛给了她无限的力量。她默默跟在他的身后，并没有挣脱开他的手。

此刻的她说不清楚内心是什么感觉，是背叛，抑或是无奈，她在心里说是难过，其实也并没有，或许还有解脱的感觉。

夏群见夏澄回到包厢后耷拉着脑袋无精打采的样子，不由得关切地问了一句：“你这是怎么了？”

“没什么，就是有点不舒服。”

姑姑见夏澄软绵绵的模样，露出一副了然的样子：“云深，不如你送澄澄回去吧，我和你舅舅等会儿要去见一个客户。”

季云深嗯了一声，起身带夏澄离开。

季云深启动车子后，目视前方，并不看夏澄，轻声说道：“你想哭就哭出来吧。”

“没什么想哭的……”

“在我面前，你不用忍着。”车子开始往前行驶。

“没有。”夏澄深深地吸了一口气，突然之间竟有些胸闷。

“或许，这仅仅只是一个误会。”

夏澄转过头来，看着他那张平静的侧脸，内心变得极度不淡定：“你觉得现在的我很可怜、很可笑吗？你是不是觉得失恋的女人一定要号啕大哭、要死要活的？”

“我不是这个意思。”

“你是不是还在心里窃喜，你终于猜中了我和陆启皓的结局？”夏澄见他不语，语气变得越发尖锐，“我们根本就不熟好吗？我和陆启皓是不是在一起、是不是分手关你什么事？我是不是难过又和你有什么关系？我们根本没有熟到我能在你面前哭的地步好吗？！”

夏澄先前还不觉得，如今一种低落的情绪如水草一样在她的心底蔓延开来。如果不是他，她根本不会开始这场恋爱。她知道这样说很不负责任，但已经于事无补。

季云深沉默了许久，突然幽幽地开口：“你很介意？”

“什么？”

“这不是你一直以来期许的吗？”

“期许什么？和你装不熟吗？”夏澄听懂了，莫名地直起了身。她本想解释什么，说出来的话却是“你有病吧”。

“或许吧。”季云深的睫毛轻颤了一下，语气中的深意令人探不清。

季云深突然将车子停在公园旁边，下车给她买了杯暖暖的珍珠奶茶。他蹙着眉，抿着唇，语气认真：“他不值得你这样。”

“你不是说或许有误会吗？”

季云深扯了扯唇，不回答。

“好，那就当没有误会。可，他不值得的话——”夏澄含着珍珠奶茶，含混不清地说着，“那谁值得？”

他偏头看向她，夜色中他的眸子反射出一两点光亮，幽深得不见底：“你心中总有判断。”

“季云深，你喜欢她吗？就是我爸给你挑的女朋友。”夏澄忍不住问出来，嗓音有些干哑，她生怕他看出来点什么，又飞快地接下去，“如果刚才你发现她跟别的男人相亲，你的心里会不舒服吗？”

他没有思考，回答得很快：“不会。”

“你真冷血。”

季云深这样回答她：“不喜欢，所以才不在乎。”

当夜，季云深将夏澄和她的相机打包送去了机场。他给她订好了去大理的机票和住宿的酒店。他说：“你应该去散散心。”

夏澄被季云深送上飞机之后，整个人都是晕乎乎的。她想不明白为什么要去散心，她会因为这样一段不痛不痒的感情感到伤心难过吗？她其实一点都不想去散心好吗？但是她现在坐在飞机上是怎么回事？为了不浪费飞机票吗？

哦，天哪！真是……有病啊！夏澄猛拍自己的脑袋，这么点破事根本不值得她去逃避。工作室再过一段时间就要开张了，她这个时候还有闲工夫旅游，夏澄实在不敢想她的合伙人严晓知道之后会是什么反应！

好在凑巧，夏澄才下飞机，严晓给她接了一个云南婚纱旅拍的活儿。这是工作室成立后的第一个单子，新娘是严晓的表妹。夏澄为了能拍出最美的照片，花了不少心思。

没有化妆师和助手在，无论是妆容、道具，还是找风景，她都是亲力亲为，好在这对新人信任她，也配合，拍出来的效果特别好。

她并没有将拍摄当作工作，沿路有美丽的风景、精致的食物，还有新人最灿烂的笑容。看着别人的幸福，她觉得自己都被这份快乐感染了。这些天，她的脑海里没有季云深，没有陆启皓，没有 S 市的纷纷扰扰。在这个干净澄明的地方，她觉得自己的心都透亮了许多。

七天之后，夏澄结束了工作回到 S 市，她才下飞机，苗苗就疯狂地给她打电话："澄澄啊，你这几天失踪到哪里去了，给你打电话也不接，太过分了好吗？！陆启皓三天两头来敲我家的门，我已经要疯了！你有什么话就跟他说清楚，我要撑不住了。"

"……"

"人家还是单身哪！一个大男人天天蹲我家门口算怎么回事呀？邻居看我的眼神都不对了呀！"

"……"

"你再不回来帮我解决问题，我就要和你绝交！"

"我耳朵没聋！我听到了。"夏澄冲着电话里喊了一声，然后又忍不住乐和起来。

夏澄再度见到陆启皓竟有些恍如隔世的味道，他瘦了，也憔悴了。他远远地看着夏澄，不敢靠近，随即跑过来紧紧地抱着她。他不愧是外科医生！他这样，夏澄觉得自己那颗不争气的小心脏跳得快了许多。他轻轻地叹了口气："澄澄，我以为你不要我了。"

夏澄用尽了力气把他推开，故意用很冷淡的声音对他说："是，我不要你了。我们已经分手了。"

陆启皓目光坚毅，语气坚决："我不同意分手。"

夏澄的语气软了一些："可是，我们迟早会分手。"

"我们结婚吧。"陆启皓打开一个精致的盒子，里面是一枚钻戒，钻石在阳光的折射下散发出璀璨的光芒。

陆启皓单膝着地，在她面前缓缓跪下，神色认真而深情："澄澄，嫁给我吧。"

夏澄下意识地往后倒退了一步："我们真的不合适。"

"户口本和身份证我都带了，只要你同意，我们现在就可以去民政局登记。"

陆启皓执意不起来，夏澄只好在他的面前弯下身来："陆启皓，你知道，你妈妈不会同意的。"

"她会尊重我的选择。"

"你是个学霸，虽然我并不像你，可我也对得起我的学业。我家世清白，颜值不低，三观端正，家里条件也不错，我真心觉得我没那么差劲。可在你妈妈的眼中你是世界上最好的儿子，而勾引她儿子的我，是世界上最下贱的女人。"夏澄直直地望进他漆黑漂亮的眼眸中，"启皓，我一直觉得，我们没有缘分。"

"如果我们没有缘分，你现在就不会在我面前。"他伸手拉住她的手，因为握得太紧，略略有些颤抖，"我的心里一直一直只有你一个人，我喜欢你很久了，不想再和你分开。"

夏澄的眼神躲闪了一下，如果说她一点都不感动，那是假的。只是她很快想起了那天的事，唇边染上讥讽："我们是不是分开都不影响你找别人哪！"

"那天的事我没有解释，是怕你误会。"陆启皓马上明白了夏澄说的事，飞快地说下去，"她是我妈妈朋友的女儿，我妈哭着逼我去见。"

夏澄不由得苦笑："是呀，她逼你，你就会妥协。所以这件事永远过不去的。"

"生米煮成熟饭，她会接受的，她只是一时想不开。"他拉着夏澄的手，"澄澄，只要我爱你，你爱我，我们永远都不会分开。"

这个时候，他的手机突然响起来。陆启皓拿起手机看了一眼，就挂掉了，然后手机再次响起来。夏澄瞥了一眼他的手机：“你接电话。”

陆启皓沉默地叹气，接起电话之后，他妈妈尖锐的声音从电话里传来，她应该是知道了户口本不见的事。陆启皓用很平静的口吻说：“妈，我们结婚了。”

陆母开始哭，大声哭：“你被那个狐狸精迷得七荤八素的，连妈都不要了。你爸走得早，我辛辛苦苦养了你……我不要活了，我死了算了……”

后面的话夏澄都听不下去了，她以死相逼，陆启皓不耐烦，却还是耐心哄她。突然对方的声音戛然而止，陆启皓吓白了脸，慌乱地大声疾呼：“妈？妈？！”

他快速地站起来，拿起车钥匙往外边走：“我妈有心脏病，受不了刺激。”

夏澄冷静地看着他：“就算我们结婚了，你还是会向着你妈妈的是不是？她如果一哭二闹三上吊，你还是不会不管她的。其实，你那些甜言蜜语不说也罢。”

“对不起，现在我很乱。”他偏过头来，眼底充满歉意，很多话都卡在喉咙中。

夏澄用最温柔的声音回他：“没关系。”

“说到底，终究还是你不爱我。”他怔怔地看了她一眼，然后用最快的速度冲出去，夏澄在窗口看一眼车子的尾灯，又抬起头看向黑漆漆的天空。

半晌，夏澄对着他离去的车说道：“再见。”

说这句话的时候，她比她想象中冷静。

第四章 秘密

所有的记忆戛然而止。

其实陆启皓说得没错，终究还是她不爱他。她心里难受，只是因为感到背叛，却并不是失恋后的撕心裂肺，甚至她还觉得解脱。

许是酒的后劲上来，夏澄突然觉得一阵恶心，忙要求季云深将车停在旁边，弯下腰吐得稀里哗啦。此时一阵风吹来，扬起她的裙摆，她看见裙摆上和鞋子上有小部分秽物。

“好脏。”夏澄傻了眼，无措地站在原地。

情绪突然爆发，她忍不住呜呜哭出声来。

“没关系。”季云深看着站在原地哭得像个孩子的她，抬手扶了她一把，“我带你去处理干净。”

季云深带着夏澄去了最近的一家酒店，将她塞到浴室。整个过程中，夏澄没有抗拒，没有挣扎，可眼泪往下淌，一刻也没有停止过。

脑海中的那些记忆一点一点地拼凑起来，她似是明白了什么，又似是不明白。

站在浴室中的她，任由淋浴喷头里的温水落在自己的身上。身上的污秽被冲得干净了一些，她才机械地开始脱自己身上的脏衣服。她本想将换下来的衣服挂在旁边的衣架上，只是脚上无力，一不小心滑倒在地上，咚一下发出重重的声响。

“怎么了？”季云深本在外面烧开水，听到里面的动静，想也没想就推门进来了。

淋浴喷头里的水往下洒着，夏澄光着身子坐在地上，头发湿漉漉地贴在她的背后。她双手捂着自己的胸口眼睛红红地瞪着他，表情委屈得不行，嘴巴颤动着却是一句话也说不出来。

季云深怔住，进退两难地立在原地，眼睛瞥向别处：“你怎么样？”

夏澄想要站起来，但是不小心踩到地上的衣服整个人又往前扑了过去，重重地摔在地上。她觉得自己的脑子都不够清醒了，迷迷糊糊地忍不住骂了一句。

真是太丢人了！

季云深先前还犹豫着，这下也顾不上什么，上前将她扶起来。

夏澄半合着眼，虚虚地环着自己的胸口，都不知道是疾言厉色地喊季云深滚出去，还是索性装晕算了。但此刻的她只觉得又痛又冷，浑身都没有什么力气，理智几乎离她远去。

季云深见夏澄醉得厉害，软软地依偎在自己的怀里，也只能认命地将她收拾干净。触手的肌肤滑腻又滚烫。终于将她收拾干净，季云深拿了块干爽的浴巾将她包起来。

季云深将夏澄抱回床上，他第一次知道她这么瘦这么轻。经过刚才这么一折腾，季云深浑身也湿透了。他替夏澄盖上被子，正要离开，却发现她紧闭的眼角处有眼泪一滴一滴顺着面颊流下来，却似砸进他的心里。

他认识她这样久，很少看到她哭。他忍不住缓缓在床前半蹲下来，温柔地擦拭她的眼睛："你不要哭。"

季云深这样柔声细语地哄她，夏澄的眼泪不知不觉掉得更凶了，只是她执意不肯睁开眼睛。

泪打湿了她的枕头，季云深有些手足无措，拿了纸巾替她擦拭眼角的眼泪："刚才，我什么都没有看到。"

她的眼泪越擦越多。

季云深轻轻地叹了一口气："他再好，也是别人的了，以后还会有其他人出现。"

夏澄此刻似再也忍不住，睁开蒙眬的双眼："我不想要别人……"

她一点都不想要别人哪！

情绪突然不受控制，哇的一声，她就哭了出来。

季云深擦拭她眼泪的手顿住，他以一种奇怪的姿势僵在原地。他蹙起眉头，目光沉沉地看着哭得伤心的夏澄，一种莫名其妙的怒气蹿上他的心间。

倏然间，他做了一个连他自己都想不到的动作，他堵住了她的嘴巴。他不想要她哭，他一点都不想要她再去想陆启皓——那个贯穿了她整个青春又辜负了她的男人。

夏澄被季云深突如其来的举动惊呆了，她忘记了思考，双手都不知道往哪里放。一股细小的电流从她的唇部扩开，传到四肢百骸。她睁着眼睛，身子僵硬，任由两张唇碰触在一起。

她泪眼蒙眬，眼前的视线变得不太清晰。

她脑子里的记忆越发模糊，被酒精麻醉后的脑子完全不能运转。

两人在几次试探之后，也不知道是谁先主动加深这个吻。他的吻有点生涩却又有点霸道，有点冲，又有点疼，可她就是打心底觉得欢喜与期待，她的心怦怦跳动着，从未跳得这样厉害，却又让人觉得踏实。那是一种被满足的感觉，被他身上好闻的味道包围着，她的心都要融化掉了。

不知道过了多久，她几乎要窒息的时候，季云深松开了她。他重重的喘气声响在她的耳旁："夏澄，你知道我是谁吗？"

她颤颤地睁开眼睛看他，熟悉又陌生的脸庞挨得极近。他长而翘的睫毛几乎刮上她的肌肤，鼻梁直挺，薄薄的唇上染上水光潋滟的色彩，他的衣领解开几颗扣子，湿漉漉地贴在锁骨上，性感而诱惑……夏澄忍不住吞了一口口水。

季云深捧着她的脸逼视着她："看清我。"

夏澄眨眨眼，她看得很清楚——他似乎就是那个一直一直存在于她的脑海里的影子。

他微张薄唇，一字一顿道："我是季云深。"

夏澄下意识屏住呼吸，视线飘远，看着不远处昏黄的壁灯，朦胧而缠绵，本已能看清的视线再度模糊。直到这一刻，她才真的确定自己的心意，她心里的那个影子是季云深。

夏澄默默地将缠在他腰上的手放下来，头低垂下来。季云深挑起她的下巴，总是波澜不惊的眼眸中带着狠戾的味道："你们才分手多久，他女朋友已怀孕三个月了？他对你毫无留恋，你难道还想着他不成？"

夏澄默不作声地把他推开，将被子捂在自己的身上。困意很快席卷而来，后面的一切她都不记得了。

次日，夏澄醒来时，发现房间里黑漆漆的，不知道是什么时辰了。她轻轻地动了动，才发现旁边还有人。

季云深靠坐在她的身旁，与她保持着一些距离。她不知道他是否睡着，也不知道这个姿势他保持了多久。

这个时候，季云深略带沙哑的声音传来：“你醒了？”

夏澄顿了顿，轻轻地嗯了一声。

夏澄应完，又忍不住闭上眼睛装睡。昨晚的情形一幕幕涌上脑海，那个温柔缠绵的吻真真实实地存在，她记得他温暖的怀抱，记得他身上散发出来的好闻的味道。

她懊恼地往被子里缩了缩，竭力将昨晚发生的事情从脑海里抹去。她怎么可以和季云深搅和在一起，更何况……他还是别人的男朋友。

昨夜一定是月色太过温柔，气氛太过旖旎，还有她身上的酒气太过醉人。

“小心闷坏了。”夏澄想要当乌龟，季云深却不允许，强势地将盖在她脑袋上的被子撩开。

夏澄闷闷地说了一句：“不用你关心。”

“我会负责的。”

季云深没头没脑的这句话让夏澄不由得愣了一下：只是负责吗？随即她怒从心生，咬牙切齿道：“负责？你怎么负责？”

季云深没想到夏澄会有这么大反应，眉头轻拧，语气充满歉意：“昨晚，我不是故意的。”

“季云深，请你离我远一点！”夏澄呼吸一滞，起身用力地去推季云深，语气中是难掩的失望与愤怒。此时此刻她一点都不想要和季云深处在一个房间里。

季云深瞳孔微缩。

夏澄由于用力过猛，被子不小心滑落，堪堪遮在胸前。夏澄见季云深的眼睛朝她瞟过来，不由得黑着脸拿一边的枕头砸在他的脸上：“你不知道非礼勿视吗？”

季云深绅士地转过身去，抿唇进了卫生间。

因为昨晚醉酒，夏澄的头还有些昏昏沉沉，人也不是很舒服，但她就想马上离开这里。她将床头灯打开，发现自己昨天穿的衣服已经叠整齐，干干净净地摆放在床旁边。她并没有想太多，快速地套上衣服就跑出去了。

冬日里的早晨气温很低，天空灰蒙蒙，冷风灌进她的脖子，夏澄浑身都战栗起来，她快速地招了一辆出租车回去。

今天是周末，苗苗不用上班，还赖在床上睡得香甜。夏澄不忍吵醒她，蹑手蹑脚地从衣柜里翻睡衣。她正要去浴室洗把脸，苗苗却突然起床去上厕所。两人站在厕所门口大眼瞪小眼许久，还是苗苗先说了话：“那个，橙子……你昨晚一夜未归。”

夏澄微眯起眼，呵呵笑一声。

苗苗盯着夏澄看了半晌，揉了揉惺忪的眼睛，手慢慢朝着她的脖颈处指过去：“这该不会是……传说中的吻痕吧？”

夏澄还来不及解释什么，苗苗已经反应过来：“你跟季云深……上床了？”

夏澄冲她翻了个白眼：“你胡说什么？！”

苗苗有些心虚，言语显得小心翼翼：“昨天晚上你喝醉了，我不应该把你交给他的，我以为他会带你回家。他那么老实的一个人，居然也会乘人之危。”

夏澄还没说上话，苗苗又继续安慰她：“发生就发生了吧，这事也不能全怪季云深。你喝醉酒了肯定还有印象，如果你不同意，他也不会强迫你啦。”

夏澄眯起双眸瞪着眼前这个穿着小内内、头发凌乱的女人，恨不得一把掐死她，胡说八道什么呢？！苗苗可不吃这一套，不怕死地继续说下去：“橙子，季云深比陆启皓靠谱多了，而且我觉得他也喜欢你。”

“喜欢个鬼！”

“你从来没有正眼瞧他，你当然不知道……啊！喂，你干什么？”苗苗话还没讲完，夏澄将门一推，将她关在了门外。

“喂，我要上厕所，我要上厕所，我要憋不住啦……”

夏澄换了睡衣，打开水龙头洗脸，外面的鬼哭狼嚎渐渐远离。她的脑子昏昏沉沉，有些往事不经意地在她的脑海里自动浮现出来。他喜欢她吗？简直是胡说八道好吗？！

苗苗继续在门口狂敲门：“橙子你快点出来啦，你再洗几次澡也挽回不了什么，不如面对现实。先放我进去上厕所啊！”

“真想憋死你算了，你个猪！”夏澄懒得搭理她，稍稍收拾了一下自己就回卧室睡觉去了。苗苗从厕所里出来，并没有回自己的房间，而是挤上了她的床。

夏澄最后那点困意都被她闹没了：“走开！”

“哎哟，橙子，我在安慰你耶。”苗苗躺在她的身边，撑着脸看她，“你有没有觉得自己很可怜，有没有觉得世界很不公平？”

夏澄闷闷地说了一句：“没有。”

“陆启皓跟别人结婚生子了，你还是孤单一人。你就真的没有觉得不公平？”

夏澄反唇相讥：“我们之间可没有所谓的公平不公平。”

“哇，你也太淡定了吧。正常女人失恋了可不是你这个样子，你除了昨晚失常了一点，好似与平常也并无不同。”

“否则呢？要死要活吗？”

“我肯定你和陆启皓没有上过床。”苗苗坐起身来，“否则你不会这么快就治愈好失恋的伤口。”

夏澄无语地撇了撇嘴：“为什么谈个恋爱就一定要上床？再说了，

我和陆启皓还没到那种要上床的关系。”

“啊，所以昨天是第一次？”苗苗完全不在点上，她脸上的笑容漾开，一脸星星眼地看着夏澄，“你昨天有没有一点自愿？他、他那方面怎么样……”

夏澄越听越不对，直接将胡苗苗压在身下，拿着枕头对她一顿猛打：“胡苗苗，你吃错药了呀？！你问的都是什么问题？！我跟你说，我和季云深，清清白白的，什么都没有，什么都没有！”

“什么嘛，你从来不跟我讲真话。”苗苗捂着脑袋，可怜兮兮地看着她，“我才不信，脖子里的吻痕还在呢，要不你脱掉衣服给我看看？”

“滚——”面对这样的闺密，夏澄真的好无力。

两人闹着闹着就睡过去了，直至喧闹的门铃声将人吵醒。夏澄翻了个身，踹踹旁边的人：“你去开门。”

苗苗往被子里缩了缩，含含糊糊道：“刚才还那样子凶我，现在用到我了吧，我偏不去。”

“你爱开不开。这儿是你家，反正不是来找我的。”

苗苗没法子只好去开门，她出去后就没有再回来。夏澄在温暖的被窝里赖了许久，却再也睡不着，索性穿着睡衣走出卧室。夏澄才出卧室，就闻到从厨房里传来的阵阵香气，她这才觉得饥肠辘辘。

夏澄给自己倒了杯温水小口小口地啜着，心想：太阳要从西边出来了，这可是自己认识苗苗以来，第一次见她下厨，不知道早餐会有怎样的惊喜。

杯中的水见底，她正要转身去厨房看看，一个低沉清冷的嗓音从身后传来：“过来吃饭了。”

夏澄几乎以为自己幻听了，手中的马克杯险些捧不住摔在地上。她慢慢地转过头去，就见到季云深竟云淡风轻地站在她的身后，他的身影在晨曦中显得有些虚：“怎么是你？”

季云深神色并无多大变化，只是言简意赅道：“给你做饭吃。”

夏澄怔在原地，一时竟无言以对。

“别闹脾气。”他伸手来拽她。

夏澄像触电般挥开他的手：“不要碰我，还有，我没生气。”

“你有。”

“……”

夏澄朝上翻了个白眼，说实话，此刻的她都不知道如何面对他。与其说她在生气，还不如说她是在尴尬。

夏澄绕过季云深坐到桌前，这才发现他已经做了一桌子的菜，菜色有香橙荸荠、西红柿炒蛋、豆腐黑鱼汤、蘑菇炖肉，看起来全是解酒菜。

季云深给她盛了一小碗小米粥，还端了一杯柠檬蜂蜜水给她。夏澄低下头拿了筷子默默吃起来。她是真的馋了，馋他做的菜的味道。这个味道一如往昔，令她的味蕾大感满足。

鼻子莫名地觉得有些酸酸的，她已经好久好久都没有吃过他做的东西了。从前她每隔一段时间都能在他那儿点菜，如今，这种特权似乎被时间吞没了。

季云深挨着夏澄坐下来，他还未说话，夏澄已经出声：“苗苗呢，她去哪里了？”

“她出去办点事儿。”

夏澄心里默默地扎苗苗小人，这个叛徒！

季云深似乎是在做什么挣扎：“我们没有任何血缘关系。”

“废话！我难道不知道？”

“而且在法律上，我们也没有任何的血缘关系。”

“嗯……”这点夏澄一直都知道。姑姑虽然名义上领养了季云深，但终究还是没有将他的户口迁到自己名下，没有将他作为自己法律上的孩子。高考后姑姑好像提过这件事，后来也不知道什么原因不了了之。

“所以，我可以对你负责。”季云深很自然地伸过手来，覆在夏澄的手上，他微微侧头，语气比之前更柔和了一些，“以后我每天都做饭给你吃。”

季云深白净的脸上染了一抹红晕，却只是假装淡然地看着夏澄。

这是许诺？是表白？还仅仅只是……

夏澄的心不由自主地慌乱，好不容易平静下来的心再次悸动起来，只是她随即便觉得不对。他怎么也不问问别人愿意不愿意？还是他觉得把人家女孩子亲一下就要对她的终身负责？他虽然在大城市生活那么多年，但骨子里的那点封建还是难以一下子消除啊！

“谁、谁要你负责了？！”

季云深瞟了她一眼，波澜不惊道：“要不你搬来和我住？老住在苗苗这儿也不好，影响她找男朋友。”

这是要求同居？

夏澄整个人都惊呆了，差点被噎到。眼前这个人真的是季云深吗？那个自她回国之后，几乎没有理睬过她的人，突然要求她和他同居？简直是开玩笑吧。她费力地咽下口中的鱼，说：“你确定你现在是正常的吗？”

季云深抿唇望着她，眼神清澈而坚定。他拉下她的手，紧紧地握着，并不允许她抽走：“昨晚，我想了一整夜，这就是我想和你说的话。”

他的言语不加任何修饰，真诚得令人难以招架。他的视线一直落在她身上，她的头皮几乎发麻。许是太久没有这样近距离地处过，她已经忘记了如何与他相处。

季云深见夏澄还在发怔，继续说道：“你再不说话的话，我就当你同意了。”

“不过是亲一口，不至于到需要你负责的地步。”

季云深坚定："需要。"

"可你凭什么以为我需要你的负责？"

"就凭……我永远不会负你。"

夏澄喉头一热，只觉得有什么涌上脑海。她很快冷静下来，几乎有些恶狠狠地凶他："季云深，你这样脚踏两只船好吗？"

他愣了一下随即轻笑出声。他的眼睛很亮，亮得像天上的繁星。他轻轻地拍着她的脑袋："我觉得挺好的。"

夏澄的每一个字从牙缝里挤出来："你说什么？"

就在这个时候，苗苗从外面进来了。她人还在门口就开始叫起来了："啊啊啊啊，季云深，你让我去两站地之外的超市买什么海螺牌的酱油，怎么不等我吃饭？好歹给我留点吃的呀！"

苗苗换好鞋子，见两人都抬头盯着她看，尴尬地哈哈笑起来："哎呀，还有好多菜呀，我真的快要饿死了！"

"啊，我是不是打断了什么？"苗苗抬手捂住眼睛，"要不，你们继续，你们继续？"

夏澄："……快过来吃饭吧。"

有了苗苗的加入，这顿饭才吃得轻松了一些。苗苗自觉自己刚才进来得不是时候，所以在整个吃饭的过程中她一直低着头。

夏澄觉得季云深一直盯着她看，连吃饭都没有了胃口。于是她隔一会儿就踢苗苗一下，苗苗抬起头来茫然地看着夏澄："你踢我干什么？"

"你……"

季云深站起来抓住夏澄的手臂往外走："走了，我们出去聊聊。"

夏澄还没反应过来就被抓着往外走，手里的筷子都没来得及放下。苗苗瞄了两人一眼，又飞快地低下头来，假装什么都没有看见。

季云深带着夏澄出来，他站定，将房间里的门半掩住："我要先去公司了。”

“哦。”

“你等下把蜂蜜水喝了，若是还头疼就给我打电话。”

“嗯。”

夏澄以为季云深交代完这一切就要离去了，没想到他突然将她揽在怀里，密密实实地拥抱住。他温柔的唇覆在她的发丝上：“好好休息，一切都会过去的。”

“嗯……谁、谁让你亲我了？”

季云深弯起眼眸，眼底都是笑意，连眉梢都泛着喜悦：“你同意的。”

“我什么时候同意的？”夏澄气鼓鼓地瞪他，“你这样我很生气！”

“如果，我没有一脚踏两船，你是不是就不生气了？”

“什么意思？”

“你可以不生气了。”季云深又抬头揉揉她的脑袋，满脸宠溺，“我迟点来看你。”

夏澄眨了眨眼，她可不可以理解为，他……只有她一条船？他根本就没有什么劳什子的女朋友！毕竟他从来没有正面回答过这个问题。

夏澄看着季云深离去的背影，不由得怔怔，从前那个保守的季云深怎么可能对她想摸就摸，想抱就抱，想亲就亲？昨晚那一吻，他已经完全将她视作所有物了？

夏澄此刻觉得脑袋很乱，有个答案呼之欲出，她却不敢确定。

苗苗的脑袋从门缝里挤出来：“云深走啦？那你进来呀，一动不动的，准备当望夫石呀？”

“滚！”夏澄直接无视她，进屋整理衣服。

苗苗在旁边帮她一直折叠起来，脸上充满好奇：“橙子，你要搬走了，跟季云深同居？啊！这么快就抛弃了我，我好可怜哪！”

“胡苗苗！”夏澄抬高声音，“我只是想清净清净……回一趟家！”

季云深说他迟点过来，她才不想见到他呢。

苗苗啊了一声：“要不你别回去了！只要你还在，他就是常驻厨师，我就可以天天吃到那么美味的菜了！”

“爱去哪儿吃去哪儿吃！”

“别呀！你大学那会儿天天吃季云深做的菜，都吃得不稀罕了，现在好歹让我沾沾光啊！”

苗苗见夏澄一脸诧异地看着她，不由得嘻嘻一笑：“得了吧，这事儿瞒不了我。除了季云深，还有谁会给你做那么精致的美食啊？”

夏澄哼了一声，不说话。

“橙子，你精力够好的呀！”苗苗用色眯眯的眼光打量着夏澄，“是不是他没有满足你，所以你刚才都不理他？”

“胡苗苗，你够了啊！”夏澄恨不得捂住自己的耳朵，更加坚定了自己要搬走的想法，苗苗实在太聒噪，有一点风吹草动就念叨个不停。

“讲真的，你第一次见到他……那个，有没有害羞啊？”

“害羞个鬼，害羞个鬼啊！”夏澄抱起一旁的抱枕对着她打。

“你脸红了！你分明脸红了，你在欲盖弥彰！”

“脸红你个鬼啊！”

夏澄暴躁了，但是她是真的脸红了，脸开始发烧了。如果苗苗不提，她几乎忘记记忆中的一件小事了。

还记得高中那会儿，有一次她和季云深提起水性的问题，季云深表示他的水性很好。她家后院正好有个游泳池，她便让他去游泳池里游上几圈，季云深没有泳裤，她还拿了夏峰的泳裤给他。

季云深的水性确实很不错，一到水里就像一尾活鱼，逍遥自在。夏澄坐在岸上乘凉，顺便欣赏他的泳姿，突然看到水里漂着一层黑色的东西，想也没想就拿钓鱼竿去钩了，钩起来才发现是……泳裤。

其实也是，夏峰胖胖的身材和季云深那时干瘪的小身材对比，反差太大了。

季云深站在水里，双手捂住自己的小腹，木愣愣地看着她，神色错愕、迷茫又羞愧，一副被调戏了的良家妇女样。

夏澄当时也是年少胆大，故作淡定地撇了撇嘴，很淡定地把鱼竿伸到他面前："就一根小拇指有什么好看的，拿着吧。"

当时她倒不觉得，如今想来竟意外地想笑。

哈哈哈哈。夏澄不禁笑出了声。

"你在笑什么？回味吗？"

夏澄快速地敛了神色："胡苗苗，我跟你绝交、绝交、绝交！"

家里因为有张阿姨打理，房间还是保持着她出门时的样子，干干净净，清清爽爽。夏澄从衣柜里找出宽松的家居服换上，坐在阳台的悬挂椅上，捧着热茶，晒着太阳，实在是惬意极了。

这个时候门口有人敲门。夏澄以为是张阿姨，也没在意，随口说了一声："进来吧，门没锁。"

"小橙子！"随即一个略带笑意的轻佻声音从门口传过来。

夏澄回头一看，见到一张皮肤白皙、笑容明媚的面孔，不觉有些惊讶："张允？怎么是你？"

张允是张阿姨的远房外甥，也是夏澄在F国留学时的同校师兄。他俩幼时就相识，在一个小学里上过学。后来，他上高中时随父母移民到国外，两人之间的联系便渐渐少了。直至她大三那年到F国留学，两人才重新碰上。在国外的那三年里，她没少受他照顾。

张允大大咧咧地在她旁边坐下来，很不满地拍了拍她的脑袋："你回国后竟然再也没有主动联系过我。”

夏澄心虚地给他倒了杯茶：“你什么时候回来的？你女朋友有跟着一起回来吗？”

张允略一思考：“哪个女朋友？你是说 Lucy 还是 Judy？”

夏澄往上翻了个白眼，他的女朋友她知道的就已经不下六个了，Lucy 和 Judy 她都不知道是谁。她摊了摊手：“算了，当我没问。”

张允端起茶杯喝了一口：“我来之前给阿姨打电话，她说你住在外边，平日里极少回来。没想到我一来就见着你了，运气真不错。”

“公司远，平日里来回不方便。”

张允冲着夏澄眨了眨眼，有些揶揄地说道：“是不是在和你的田螺先生……同居？”

“什么田螺先生？”夏澄的脸下意识地红了一些，“你不要胡说八道。”

“你之前总说我做的吃的太难吃，房间太邋遢，和你的田螺先生没法比……”张允摸着自己的下巴，看着夏澄略微泛红的脸庞，眉眼含着笑意，“小橙子，你不要和我说，你回国那么久了，还没有搞定他？”

夏澄有些尴尬地眨了一下眼：“这么久远的事，我哪里还记得呀？”

“不可能忘记。你当时说过他是个很好很好的人，错过他会遗憾一辈子。”

夏澄脸色越发红了，反驳道：“我才没有这么说！”

那是她第一次在国外过年，异国他乡，莫名地想家。那时她就在张允家蹭饭，因为气氛太好，她还被张爸劝了一些红酒。后来她不知不觉有些醉了，和张允说了许多话，话里话外全是田螺先生。

“他真的是个很好很好的人，好到让我有心碎流泪的感觉。每次我想起他，这里都是暖暖的。”这是她当时的答案，半醉半醒之间，她捂着自己的胸口说，“现在，我真的好想他。”

张允见夏澄陷入沉思不说话，不由得戳了戳她的脑门：“我当时和你说过的话你还记得吗？”

“遇见喜欢的人就要表白，人生那么短暂哪有时间让你去犹豫。”

夏澄不由得好笑，那个时候她醉醺醺的，竟不知怎的将这句话记在了心里。她垂眸抠了抠自己的指甲：“一晃眼，真的好久了。”

“喂，和我还有什么不好意思的？别转移话题。”张允敲敲一旁的玻璃桌，有些八卦地问道，“还是说，你发现这个人并没有你想象中那么好，你不再喜欢他了？”

“那倒不是。”夏澄偏过头认真地想了想，“其实我还是觉得他很好。”

只是这种感情，她还不是特别明白。

落地窗突然被推开，一个高瘦的身影笼罩过来。夏澄转过头来，就见季云深笔直地站在那儿，白皙洁净的脸上并没有什么表情，嘴角轻抿，情绪难辨。

季云深出现得突然，夏澄并不知道她与张允的对话被他听到了多少。不过她没有想太多，之前发生的事历历在目，一见他，她手心就莫名地出汗。

因着张允在场，夏澄不好太沉默，敷衍地问了一句：“你怎么过来了？”

“他是……”张允很快就反应过来，“你哥哥？”

“他是……”夏澄怔了一下，思考着怎么介绍他。

“季云深，我并不是她哥哥。”季云深语气亦是淡淡的，冲他伸出手，“你好，张允。”

“哥哥也未必是正经的哥哥，比如是情哥哥什么的……”张允话还没说完就被夏澄踹了一脚，他咧嘴一笑，握住季云深的手，“云深，你好你好。”

夏澄惊讶地看着他们交握在一起的手，不由得好奇地问道：“你们认识？”

“见过几面。”张允神秘地笑笑，给季云深让了个位置。

“不可能吧，你们怎么可能认识？”夏澄的视线狐疑地在两人之间徘徊，完全找不出他们交集的地方。

张允笑着给出了答案：“我和你小堂叔视频的时候。”

“原来是这样。”

张允提到的小堂叔自然就是夏凛，他与夏凛两人虽然差了些年岁，但是打小认识，关系也特别铁。虽说两人生活在两个不同的城市，但平日里也没少联系，若是一方去了另一方的城市，另一方必定会去接机。

“那当然不止。”张允勾起唇角，笑得异常邪魅生动。他的眼神不经意地在季云深和夏澄之间扫了一下，后面的话无论夏澄如何问，他就是不说。

冬日的暖阳，慵慵懒懒，让人舒服得几乎忘记了所有的烦恼。三人坐着喝茶聊天，气氛太过活跃，夏澄几乎都忘记了她和季云深之间的那点尴尬。

天色将晚，夕阳只剩下余晖。张允瞄了一下屋里的钟表：“已经这样迟了，我先走了。”

“再见啊。”

张允起身离开，季云深却岿然不动，半点要走的意思都没有。夏澄静默半晌，终是忍不住先开了口：“你之前不是去公司了，怎么这么快就回来了？”

“事情处理完就回来了。我听苗苗说，你的身体不是很舒服，回家休息了。”

“没有没有，我好得很。”夏澄连连摇头，心里将苗苗骂了个半死。

季云深嗯了一声，又问了一句：“我白天那个提议，你想得怎么样了？”

“想都不用想……”

季云深看着她的眼睛，认真地提意见：“你根本就照顾不好自己，听说你们每天吃外卖。”

“外卖……也好吃的。”

“不健康。”

“我尽量找健康的。”

“你常常修图修到半夜，找不到吃的只能饥肠辘辘地去睡觉。”

“我会买点吃的存放起来的。”

“你瘦了。”也太轻了。

“现在以瘦为美。”

“你就知道反驳我。”季云深叹了一口气，“我们晚上出去吃吧，之前我已经和张阿姨说过晚上不用做你的饭了。”

“谁让你自作主张了？你刚才不是说外卖不健康的吗？”夏澄拧起眉头。

季云深仿佛根本就没有听到她的说辞：“有一些你很喜欢吃的点心，走不走？”

“不要。”夏澄说这句话的时候明显没有刚才坚定。

季云深微微一笑，眼眸清澈：“有些话，你确定要我和你在这里说？”

“不要。”夏澄妥协。

她之前总是怪他没时间理她，如今他这样黏着她要负责，她又觉得很慌乱。

季云深将夏澄带到目的地，夏澄才发现季云深居然带她去了他所住的公寓。她整张脸都皱起来，明知故问：“怎么到这里了？”

“你最喜欢吃的，不就是我亲手做的食物吗？”

夏澄撇撇嘴，翻了个白眼，嘀咕了一声：“瞎说什么大实话呀！”

季云深带着夏澄上楼，门才打开一点，里面浓郁的香气就传了过来。夏澄深深地嗅了一口香气，她想她对季云深做的食物实在是没有什么抵抗力。如果没有吃到里面的菜，季云深就是赶她走她都不愿意走了。

“进来吧。”

既来之则安之，说起来这还是夏澄第一次到季云深住的地方。

季云深从鞋柜里拿出一双柔软的长毛粉色兔子拖鞋给夏澄，夏澄边换鞋边打量里面的装潢设计，由衷道：“设计得挺好的，家具也好看，很有北欧的风格。”

房间的设计完全不似他的性格那样呆板，没有传统欧式那般沉稳厚重，细节装饰陪衬得当，大气得很，整个房间显得清雅别致而有档次。

不过设计还是其次，主要是他的房间也太干净了，苗苗那儿和这儿一比简直犹如狗窝。夏澄认真地想，有季云深这样的室友还是很幸福的。

季云深从厨房端了小碗鸽子汤给她：“你先喝点汤，点心在烤箱里，还要等一会儿。”

“好。”夏澄捧着碗，深深地嗅着那令人垂涎的香气。

季云深回到厨房后，夏澄收到苗苗发来的微信：“亲爱的橙子，你在干吗呢？感觉没有你陪着我，我要彻夜难眠了。”

夏澄完全是本能地在炫耀，拍了一张照片给她：“喝汤。”

精美的白瓷镶花小碗，里面装着炖得烂烂的鸽子肉，上面还浮着冬虫夏草、红枣，看起来让人食指大动。

对苗苗这种吃货来说，看得到吃不到是一种折磨，她愤愤地回了微信：“羡慕嫉妒恨！”

“So delicious！”

夏澄还没炫耀完，季云深端着一个小盘子出来：“这是风琴土豆。”

“这是土豆？长得也太好看了一点。”夏澄还没有尝味道，光是看样子，就已经双眼发直了。烤得金黄的土豆，从中被切开，一片片连着，每两片中间夹着鲜红培根肉、胡萝卜末、玉米粒、青椒粒，最上层还有已融化的芝士。

夏澄舔舔嘴巴，趁着季云深转身之际，拍了一张照片发给苗苗："这个风琴土豆，看起来很不错有没有？"

过了三秒，胡苗苗迅速回她："你完全就是一副爱炫耀的小女人模样！我恨你！"

"滚！"

"好吧，我滚了，好让你跟你家季云深卿卿我我！"苗苗这次回得急，直接用的是语音。她略尖的声音从手机喇叭里传出时，季云深正好端着豆沙糕出来，夏澄怔了一下，慌得忙去按手机上的两个喇叭孔。

即便如此，"卿卿我我"这四个字还是被他听到了。

呃……夏澄此刻根本不敢去看季云深的表情，恨不得把苗苗从手机里拉出来，暴打一百遍。

豆沙糕每个都做得很精致，个头很小，不知加了什么材料，看起来水润润的。夏澄忍不住又拍了一张豆沙糕的照片给苗苗，苗苗回她："姐滚远了，什么都看不见！"

喊！

季云深又从里面端出了香橙牛肉、南瓜浓汤、烤翅和草莓布丁。每一样都很精致，许是怕她吃腻，量也并不多。

他出来的时候就见所有的食物几乎没有动过，夏澄正弯着腰在摆来摆去，他不由得问了一句："不要吃吗？"

"留个纪念哪！"夏澄用相机将食物拍好，才正襟危坐，开始慢条斯理地享受美食。

季云深已经忙完，没有再离开，坐在夏澄的旁边看电视。他挨着她坐，夏澄稍微坐正都能碰到他的手臂。

似乎，她稍微直起身都能感受到他温热的呼吸喷在她的脖颈处。她屏住呼吸，偷偷地要往旁边挪，他突然叫她：“澄澄，我这个屏风好不好看？”

他手指随意一指，夏澄也随意一看，连连点头：“好看好看。”

古色古香的屏风，精美的雕花，与整个房间的搭配显得格外流畅。

“我知道你会喜欢。”季云深顺势把手搭在她的肩膀上，将她半搂在怀里。

夏澄心里咯噔了一下，僵直地挺起背，用力地咀嚼着嘴里的食物，小声抱怨道：“虽说拿人手短吃人嘴软，但是你也不能猴急着吃我豆腐吧？”

“谁说这叫吃豆腐的？”季云深看着精瘦，其实手臂修长有力，他加了几分力气，把夏澄整个人箍在他的怀中，让她连挣扎都不能，“这顶多叫兄妹情。”

“谁、谁跟你是兄妹情了？”夏澄皱起眉头。从他到她家里的第一天起，她就没有将他当作哥哥。

“也是，我们从来就不是兄妹。”季云深双眼炯炯地看着她，眼神明亮而干净，他刻意念重了“兄妹”两个字，“从前不会，以后也不会。”

夏澄一直以为季云深是个懦弱而自卑的人。曾经他不敢看她，不敢和她说话，而如今他盯着她的眼睛，毫不退缩。她发现，如今不敢对视的人竟是自己，被他这样盯着，她脸上的温度悄然升高。

“前几年，阿姨让我改姓，把户口迁入夏家，我拒绝了。”

“为什么？”夏澄好奇地瞪着他，“你成了姑姑法律上的孩子，你得到的东西远比现在要多。”

“可是失去的……会更多。”季云深望着她，目光灼灼。

她合上眼眸，咳了一声：“嗯嗯嗯，你要不要吃一点？”

“我想吃豆腐。”他搂住她的手移到她的脸上，将她压向自己，随即一个温暖柔软的东西便贴上她的唇。

嗯……夏澄拿着叉子僵在沙发上，这样清醒地承受这么亲密的动作，她真不知道应该怎么做。

是要把叉子叉到他脸上去吗？

此刻的夏澄特别懊恼，男人和女人力量悬殊，有时候真是没法对抗。夏澄感觉到他温热的舌头在她的唇上流连，跃跃欲试，多番试探。她推不开他，只好紧闭双唇，努力地拿眼睛去瞪他。

什么老实、刻板！她记忆中的这些形容词根本不适合他！

几个回合之后，她终于败下阵来，被他撬开了嘴巴。夏澄被他吻得晕乎乎的，等她喘匀了气才想起了什么，脸上的红晕悄然退下，她拿了个抱枕砸他：“你肯定是个老手。”

他反驳：“我没有。”

夏澄放下碗，直起身子，质问他：“你谈过几个女朋友？”

他微笑，言语中难得露出戏谑的神色：“我有没有谈过女朋友难道你不知道？”

“我怎么会知道？”夏澄的胃口顿消，怒气莫名地爬上脑海，太阳穴处一跳一跳的，“我也不想知道，我走了。”

她未曾参与的时光里，他和其他女孩子也做这样亲昵的事吗？他如今的滑头又是从谁的身上实践过来的？

夏澄心中一片酸涩，竟不忍心将这些事仔细想下去。

她欲离开，季云深突然从后面将她拦腰抱住：“不要走。”

“你管不着。”

季云深拦腰将她压在墙上，将她困在墙与自己的胸怀之间，她的鼻尖都是他若青草般的气息。不知从何时起，他身上竟有了如此霸道的气势。

“你在生什么气？”他恢复了往日里的平淡声线，波澜不惊。

他要是再强势点，或者再装柔弱些，夏澄可能还跟他闹上了。偏生他这样，她都不知道如何跟他置气。可她又不甘心，只是冷声冷气地哼了一声：“你别对我动手动脚。”

“开始一段新的恋情是忘却失恋的最好办法。”

“什么？”

“莫非，你还是不愿意忘记他？莫非你还妄想着和他复合？”

“你胡说什么？”夏澄愤怒地转过头来看他，血液涌上她的头顶。她不喜欢季云深这样的口吻，冷静又带着淡淡的嘲弄，令她连解释的欲望都没有。

“现在，他的‘澄澄’不是你，不管是巧合还是什么……怀孕的是他的‘澄澄’，而不是你。”他故意把“澄澄”两个字念得很重，话语越发犀利，“他不可能转身的，即使转身了，以你的性子也不会屈就。”

“季云深，你别自以为是！”夏澄真的是恼羞成怒了，什么他的“澄澄”、你的“澄澄”，“你这样说，简直就是侮辱我。”

“那你能不能证明给我看？”他加诸在她身上的力气一下子松开，俊脸越靠越近，眼眸深幽，卷翘的睫毛碰上她的眼睑，鼻尖几乎碰上她的。

她倒吸一口冷气，身体僵硬地靠在门上：“我才不是那种随便的女孩子，我、我也是很有节操的。”

他身上散发出来的荷尔蒙气息几乎令她沉溺其中，她连说话都不由得结巴起来。

“不要和我提节操，除非你放不下他？”

夏澄明明知道他在用激将法，可她就是忍不住。他这样近距离盯着她看，呼吸浅浅，那种气息竟像虫子一样撩拨她的心。她脑子一热做了自己一直想做又不敢做的事，对着他的嘴狠狠地咬了过去……

原来，毫无顾忌地亲吻是这样幸福的一件事——幸福得想要掉眼泪。

他的唇舌温热滚烫，直直地烫到她的心底，令她浑身都颤动。她小心翼翼地拥着他，轻轻、温柔地一遍一遍吻着他，贪婪、意乱情迷地吻着他，真的好满足。

做完这种属于情侣之间才有的亲昵事之后，夏澄心慌又意乱，心跳如擂鼓。而季云深，整个人都僵住了，脸上是那种迷茫、诧异又狂喜的表情。

他似回味，又似在怀疑这个吻的真实性。

寂静了片刻，还是夏澄先打破了空气中的暧昧，她红着脸从他的腋下钻了出去："那个，我借用一下你的电脑。"

夏澄不敢再看季云深，拿起包包飞也似的跑到他的书房。

自她将先前在云南拍的那组旅拍婚纱照挂在朋友圈和微博之后，好评无数，在很短的时间内累计了不少订单。只是最近太忙，她几乎没有时间修片，此刻她忍不住找点事做，一口气修了好些图，发到微博里当作抢先版预告。

在等评论的时候，她又忍不住将之前拍摄的美食照也发到微博上去。

夏澄正准备关掉微博页面，收到了大学同学余静给她发的私信："橙子，我在一家美食杂志社当编辑，我能不能留一个版面给你，谈谈田螺先生？"

夏澄微微一笑，飞快地回她："要图片是没有问题的。"

"不是这个意思。我的意思是，能不能谈谈田螺先生的美食，还有田螺先生和你的爱情？"

"……"

"你朋友圈还有许多照片，如果用煽情温暖的文字包装一下，可以做好几期了。”

“你想太多了，余静同学。”

“我早知道田螺先生是谁了，就是看你什么时候告诉我，没想到过了这么多年，你居然还藏着掖着！”

“我们分开了好多年。”夏澄盯着屏幕看了好久，忍不住微笑，又慢慢打出一行字，“不过，我们或许快要在一起了。”

“What？！求具体！”对方的反应比她想象中要大。

具体呀，具体并不想说呀！夏澄回了最后一句话：“如果需要的话我把原图给你，至于文字……你自己琢磨。”

明明是让余静琢磨，到最后却是她自己琢磨上，无心工作了。她和他在一起的那些日子，平平淡淡，如今想来竟觉得全是甜蜜。

夏澄脑袋靠在手臂上，鼠标无意识地在电脑屏幕上点来点去，无意中点开了一个文件夹，却发现全是她的照片。

夏澄有些傻眼，第一张照片是她大一时帮自己拍摄的。蔚蓝天空下，她戴着墨镜站在海边，张手迎风而战，头发和飘逸的长裙裙摆迎风飞扬。第二张是她在动物园里站在熊猫馆前的照片，比着V字，笑靥如花。后面还有许多照片，每一张都是她，但大部分都是表情古怪、搞笑逗趣的，看着这些中二期的照片，夏澄忍不住捂脸，这些全是她的私密照，她从未和人分享过。

季云深在这个时候端了杯牛奶进来，夏澄站起身眯着眼睛，阴恻恻地质问他：“你什么时候盗走了我的图？”

季云深将杯子放下，看了一眼电脑，半点没有被抓包的窘态，笑得很温柔：“有一次你生病，我用过你的电脑。”

“你……”他回答得这样光明磊落，夏澄根本发作不得，她突然想起什么，“那你有没有看过我的速写本？就是……”

他停顿了片刻："你的手绘照片画得很好。"

那，他什么都看到了呢。夏澄耳根悄然发红："嗯，所以你把我整本速写都拿走了？"

"没有。"季云深目光灼灼地望着她，语气充满试探，"你上次也提过这本速写本，对你很重要。"

她别开眼去，并没有回答。

夏澄自然不会认为季云深撒谎，只是她丢了那本速写本，一直都很遗憾，那是一本记录她最美好时光的画册。

这种遗憾只在脑海里停留了几秒，她的眼睛悄然发亮："季云深，你没事偷我照片干吗？难不成你喜欢我，从那个时候开始？"

许是觉得说开了的缘故，她竟也能轻松地问出口。

他瓮声瓮气："不喜欢。"

她不甘心，快速地说道："那你看着我的眼睛对我说。"

季云深目光点点，眼底深邃不见底。他伸手将她搂在怀里，声音低沉温柔得不像话："我多么想如我心中所想，对你视若无睹，可是——我食言了。"

他什么都没有说，可夏澄却觉得自己听懂了。她主动环抱住他的腰身，声音有些哽咽："我好像知道你的秘密了。"

一个和我相同的秘密，一个难以言说的秘密。

第五章 喜欢

有时候，男女之间的感情并不用说破，一个眼神，一个拥抱，一个吻，皆是暗示，暗示着彼此的感情纠葛。

夏澄不知道自己和季云深之间现在算是什么关系，他们没有对彼此承诺，没有说任何亲昵的情话。

但是她知道，他们在一起了。

次日，夏澄没有拍摄任务，去盛夏公司上班。

夏澄成立工作室的事夏峰已经知道，对于夏澄的自作主张，他非常生气，但已于事无补。他知道夏澄的性子，也知道自己拘不住她。他在妥协的同时又提出要求，她得空必须在公司里待着，多学、多看。

毕竟是家里的产业，有些事少不得要亲力亲为。

夏澄去茶水间时碰见同来倒茶的苗苗。夏澄还没说话，苗苗的眼睛滴溜溜地在她身上打着转，满脸艳羡的模样："橙子，你这条丝巾哪买的？

好漂亮哦。”

夏澄下意识地抚了抚自己脖子里的丝巾：“啊？去年买的呀！”

“是吗？”苗苗压了压声音，语气暧昧，“我都不记得了，有可能是配上了吻痕之后，更艳丽啦。”

夏澄狠狠地瞪了她一眼：“苗苗，你找死呀！”

“我只是实话实说，你不必反驳。”苗苗兴奋得满脸通红，“快说，你昨晚背着你姐姐干什么坏事了？”

夏澄看着她满脸八卦的样子，恨不得直接将手中的马克杯盖在她头上。

“说实话，感觉怎么样？昨天又是愉快的一夜哦？”

“你找揍啊，我们是纯洁的！”夏澄强调“纯洁”两个字，说完了她又有点心虚。他们确确实实是清白的，但，在黑暗的掩盖中，好像也放肆了一些。

“我理解，我理解。”苗苗生怕夏澄真的揍她，慌忙拿了一块糕点就跑走了。

夏澄想起胡苗苗那挤眉弄眼的样子，恨不得将她追回来暴打一顿。就在这个时候，手机及时地发出叮的一声。夏澄打开手机一看，是季云深给她发的微信：“天冷，注意保暖，多喝热水。”

夏澄刚想回信，夏凛推门走了进来。因为房间里暖气足，他身上只穿着件粉色的衬衫，格外骚包。他瞥了夏澄一眼：“竟敢在上班时间开小差！”

“哪有，我只是过来倒水。”夏澄下意识地将手机放到了口袋里。

“你倒杯咖啡给我。”夏凛也不点破，在窗户边的桌子旁坐下。

夏澄倒了杯咖啡给他，自己拿了块小蛋糕在他对面坐下来，随意道：“领导啊，我们茶水间里的点心能不能改善改善啊？天天都是这几样，都吃腻了。”

“当初是你说这家点心不错，现在又是你嫌腻。”夏凛斜睨了她一眼，“你真是身在福中不知福！你自己说附近的几家企业，哪家有我们公司福利好？”

“味道是不错，可总吃相同的食物也会腻味的。我觉得我们应该把午餐也改改，哪有每周都固定吃啥的？”

“还挑食……要不这样吧，这次我们公司的活动你来负责食物这部分吧，你喜欢哪家的吃食，你负责去订。”

呃……前段时间公司一连拿下了几个大单子，为了庆祝一下，工会已经在策划下个月的活动。只是其中食物种类繁多，想要搞定还真是个麻烦事。

夏凛见夏澄犹豫，啧了一声：“用你们小年轻的话说就是‘You can you up，no can no bb’。”

呵呵。夏澄翻了个白眼。

平日里夏凛在大家的眼中是个雷厉风行甚至有些苛刻的领导，只有夏澄知道，他就是个私生活不检点的纨绔子弟。

“我是无所谓，这种甜腻腻的糕点我又不爱吃。”

“好吧……”夏澄无奈，用手机打开S市的美食网查阅起美食。

这个时候夏凛突然问道：“澄澄，有没有什么单身的女性朋友介绍给我？我觉得我也应该正经找个女朋友了，老这么单着不好。”

“你说啥？”夏澄几乎以为自己出现幻听了，夏凛竟难得说出这样正经的话。他从前和相亲女孩的那点事夏澄可是知道一些的，他在爱情里随意抽身，没有半点犹豫。

“还不是你小爷爷，今年开始就没消停过。”

“深有感触，深有感触啊！”夏澄叹了一口气，“我们真是同病相怜哪！”

“少来吧，至少你爸不像你小爷爷，最近频繁地要寻死觅活的。”夏凛无奈地直摇头，“所以，你有什么朋友可以介绍给叔叔的？”

“我朋友不行，你太老了！”夏澄嗤之以鼻。

夏凛的表情一下子就狰狞起来，腾地站起来敲她的脑袋：“老什么！我才三十二，才比你们大六岁，怎么会老？”

“好吧，你不老，你不老，你花心！”

夏澄直戳小堂叔的弱点，他冷哼了一声：“今年过年的压岁钱，你就别想要了。”

夏澄一下子就蔫儿了：“不要吧……”

最后，夏澄并不用去负责美食的事，因为公司将活动地点定在了M市。这是一个临海城市，环境优美，特色小吃种类繁多。

许是繁忙的工作使大家变得很压抑，所以大家一到M市，一个个都像是脱缰的野马，闹腾得厉害。晚餐定在这里最有名的一个酒吧，这里有绚烂的灯光、本市最好的乐队和最好吃的食物。大家玩得很疯，因为没有了开车的顾虑，喝了不少酒。

夏澄向来不喜欢这种喧嚣，一个人窝在角落里喝饮料，时不时和季云深发一条信息。

季云深：“你们现在在M市？”

“是呀，在酒吧。你明天才回来呀？”夏澄靠在椅背上懒洋洋地回复着。

正巧季云深上周就出差了，否则这次也应该会同他们一起。

“嗯。”

“好可惜。”

“可惜什么？”

“可惜了这儿的美酒，还有美人……”夏澄往前面的舞池看过去，舞池里有许多摇曳生姿的女子，妆容精致，身材火辣。

“在我眼中，谁也不及你万分之一。”

骤然看到这句话，夏澄有些忍俊不禁，她从来都没有想过会听到季云深的甜言蜜语。

她还来不及回味，这个时候，不远处传来一阵尖叫声。

夏澄顺着众人的视线看过去，顿时目瞪口呆。她平日里可没有坏人看好戏的兴致，可正在演这场戏的两个人，一个是她的好友苗苗，一个是她的小堂叔。

苗苗平日里在朋友面前虽然有点张牙舞爪，但在外人面前绝对是个恬淡安静的主儿。可她今日喝了酒，胆子大了不止十倍，一反往日里低眉顺眼的样子，扯着夏凛的领带，微仰着脖子，含糊的声音恶狠狠的：“夏总，你要对我负责，你必须要对我负责！”

她大大咧咧地踩在沙发上，身体前倾，这样的动作在酒吧的炫光下演绎出一种不一样的味道。周围一时消了音，所有的喧嚣都停了下来，同事们暧昧又不可思议的眼神都落在两名主角身上。

夏凛一副被雷劈了的神色，失去了平日的凛然之气：“小姑娘，你是不是找错对象了？”

苗苗大着舌头：“不！我找的就是你！”

这一切毫无征兆，夏澄飞快地上前拉住苗苗，低声道：“有话好好说，这里人多……”

“人多怎么了？我就是要说！每天都是加班、加班、加班，我都二十六了，连个男朋友都没有——因为你不给我时间相亲。”

周围有笑声传来，夏澄也忍不住扑哧一声笑了。说实话，她在公司里出现的时间越来越少，苗苗身兼数职，的确累人，难得有周末时间还要在家里想图案，时常熬到半夜。

夏凛轻轻地呼了一口气，随即脸一板，又恢复了他当领导的气度，循循善诱："你这么优秀，怎么会找不到男朋友？我一定会替你留意留意。"

"你就知道找托词。"

"要不我把我外甥介绍给你，这个人很优秀的，就是性格闷了点。这个人你也认识的……"

"你说的是季总监吧？"苗苗忙摇头，"我才不要，人家名草有主的。"

夏凛嘀咕着："有谁看得上他？"

"反正我不要。"苗苗咕哝了一句，然后不知道是真醉了，还是装的，整个人软趴趴地靠在夏澄怀里。

"你们继续玩儿啊，我带她去睡觉。"夏澄觉得这个时候还是把苗苗拖走比较好，苗苗醉得也太厉害了。

以前每次敬酒苗苗都是最闹腾的那个，如今夏澄才知道苗苗其实是最没有酒量的那个，听其他同事说苗苗也没喝上几杯。夏澄实在拉不动苗苗，只能将她扔在床上，拿了毛巾给她随意擦拭了一下。

这个动作不由得使她想起那日，她喝醉时，季云深似乎更温柔地对待她。

电话响了，是季云深的电话，夏澄按下接听键，他低沉好听的声音从电话里传来："澄澄，你那边冷不冷？"

"还好。"

"你那里靠近海边，晚上温度低，你要多穿一些。"

"我知道啦。"

两人还没有讲上几句，闭着眼的苗苗嘟哝着，有些不耐烦地挥了挥手："好吵，嘘！"

“那我去外边接。”夏澄戳了戳苗苗的脑袋，“小麻烦精啊！”

夏澄走到走廊里和季云深通电话。两人之前的话语并不如其他情侣之间那样暧昧露骨，但心却突然像被什么熨帖过，温暖如春。她无意间从玻璃窗中看到自己，她的嘴巴都快咧到耳后去了。

原来恋爱是这个样子的，即便平淡，与他相关的所有事也令人欣喜。

挂了电话，夏澄正准备进房间，这才发现自己先前出来得匆忙，连房卡都没有拿——她被锁到外面了！她并没有马上去找前台，而是站在走廊的尽头，倚在窗前，看着外边黑夜下的车水马龙和繁华都市的灿烂灯火。

他醇厚淡然的话音犹然在耳，温暖地撩拨着她的耳朵，似乎他不在，她就变得孑然一身，冷冷清清。

夏澄重重地叹了一口气，给季云深发了一条短信：“云深君，我被关在门外了，求安慰。”

“你是笨蛋哪！”

“你才是笨蛋！”好啊，竟然还会骂人了，明明都是为了你。

“到 402 来。”

“什么 402？”

“过来，快点。”

夏澄盯着屏幕上的字反复看了好几遍，心忍不住怦怦跳起来，一种莫名狂喜的情绪在她的胸口缭绕。她朝着走廊的另外一头走去，越走越快，怀着一种连她都未曾发现的期待。她小跑过去，终于在 402 门口站定，用手按住胸口，深深地呼吸了一口气。她还没按门铃，门就开了，还没有反应过来，就被扯入一个温暖的怀抱中。

鼻翼之间是她熟悉的味道，还混合着刚沐浴过的淡淡的清香。她被他紧紧箍在怀中，几乎透不过气来：“你怎么过来了？不是说明天才回吗？”

“想见你。”

季云深的话突然就击中了她的柔软。她也想见他呀，真的好久都没有见到他了。随即夏澄又有点不习惯这样的亲昵，想要退出他的怀抱，他再一次将她埋在自己的怀中：“不要走。”

夏澄弯着好看的眼睛，勾唇笑道：“不走，我去哪里睡觉呀？”

季云深眼睛含笑，用下巴指了指房间里唯一一张大床。

夏澄不可思议地看着他湛黑的眼眸，眼底竟带着别样的执着：“你在逗我吗？”

“当然不是。”季云深慢慢说道，“我胆小，你陪我。”

呵！他胆小？他果然在逗她。只是此刻季云深靠得这么近，她的鼻息之间全都是他的气味，犹如田野里清冽的风，她真的完全都不能思考了。

“是不是还没有洗澡？”季云深这个时候突然放开她，转身从行李箱里拿出一件白色的 T 恤递给她，“就先拿这个换洗一下吧。”

夏澄没有再多说话，直接被季云深推入了浴室。

夏澄在浴室里磨磨蹭蹭地洗完澡，套上季云深给她的 T 恤。他比她高出许多，他的 T 恤几乎可以给她当裙子穿。她站在镜子前转来转去总觉得有点别扭，但……好像也没有别的选择。

她出来时，就见季云深安安静静地坐在床头翻看着一本杂志。她蹑手蹑脚地走过去，躺在床沿上，离他远远的。

她以为季云深要说点什么，事实上他只是瞥了她一眼，随即熄了灯。房内突然一片漆黑，静寂无声。

夏澄忍不住低声询问：“睡觉啦？”

“否则呢？”黑暗中传来他好笑的声音，“你想做点什么？”

她干巴巴地说道：“睡觉，都累了。”

房间里恢复了先前的安静，两人只能听到彼此的声音。

时间一分一秒过去，夏澄先前狂乱的心跳慢慢平息，睡意渐渐袭上来。她知道，她一直都知道，他是正人君子，克制守礼。

不知道过了多久，久到夏澄以为自己快睡着的时候，一个温暖的吻落在她的额头。夏澄紧闭着眼睛，连呼吸都变得小心翼翼，生怕他知道她还没有睡着。他洁净的气息并没有离去，他的唇离开她的额头，落在她的眼睛、鼻子上，然后是嘴巴。

她的心又抑制不住强烈地跳动起来，这种被珍惜的感觉在黑暗中无限扩大开来，显得异常真实。

季云深的手指伸过来拨开她脸上的头发，描绘她的五官，轻轻的，痒痒的，她忍不住瑟缩了一下。

他低声笑了，语气温柔得不像话："我知道你没有睡。"

夏澄没办法再装睡，忍不住睁开眼睛："喂，你在干吗？"

"我在害怕，这一切都是我的幻想。"夏澄被一双强而有力的手密密实实地搂入怀中，她趴在他的身上，脑袋安静地靠在他的胸前。

他低声说："暖暖的，软软的，连心跳都是真实的。"

夏澄嘀咕："废话。"

"以前总觉得你遥不可及，第一眼看到你时，你开朗、阳光、张扬，而我是卑微的尘土，我一直觉得你和我属于两个世界。而如今——你就在我怀里。"

"没办法。"她低低地笑着，"入了你的陷阱，爬不出来了。"

"是呀，没办法，忍不住将你拖入我的陷阱。"他蹭了蹭她的脸，有了黑暗做掩护，一切都显得肆无忌惮，"你知道，我一直生活在深山里，是个很老实的人，认定了就是要一辈子的，是要负责的。"

夏澄忍不住低声笑起来："你少来。"

"否则呢？始乱终弃吗？"

“季云深，你以前可不是这样子。”又或者，她从来都不够懂他。

黑暗中他的眼睛含笑，也不说话，滚烫的唇在她的脸蛋上流连。不知何时他的手顺着她的衣服下摆滑入。

“你干吗？”被他抚过的地方，发烫得厉害。她强忍着害羞和紧张，手虚虚地隔着衣服按在他的手上。

他沉吟了一声：“好奇。”

“好奇什么？”

“好软。”

他的手按在她胸口的柔软上，夏澄强忍着羞涩，故作一本正经地问道：“会不会觉得太小？”

“很美好。”

她不知道他的“很美好”是什么意思，但她也觉得很美好。他躺在她的身边，身体有轻微的战栗，这样拥抱着，整颗心都得到了从未有过的满足。

这一觉睡得并不好，因为心脏跳得太快了，但是她感到从未有过的踏实。

早上六点多的时候，夏澄就被电话吵醒了。她迷迷糊糊地接起来，就听到苗苗哀怨的声音传来：“喂，橙子你去哪里啦？你是不是不要我啦？”

嗯。

苗苗继续控诉开来：“我都喝醉了呢，你怎么可以扔下我一个人？你太过分了！”

“哎哟，姐姐，昨晚是你将我关到门外去的。”

“你少胡说八道了，我怎么会干这么不靠谱的事情？”

“不靠谱的事你干得还少吗？”

“在人生地不熟的地方，我居然被抛弃了一整夜，一整夜呀！”

“别演戏啦。”

“你快回来，我好饿。”

“哦……”

“要不我去找你吧？”

“还是不要了。”夏澄去浴室里换回自己的衣服，出来的时候季云深还躺在床上，一副懒洋洋的模样。

夏澄弯腰戳戳他的脸：“季云深，你要不要起床和我们一起吃饭？”

“不要。”他眼睛也没睁开，“我好困。”

“困毛困啊，我们睡的时间不少了好吗？走呗走呗……”夏澄手按在他的身上想要摇晃他。

“嗯……”他突然叫了一声，脸上露出略显痛苦的声音，“你按到哪里去了？”

“呃……那个。”夏澄这才发现自己似乎按错了地方，她尴尬地把手拿起来，“对不起，会不会出事？”

他幽怨地看着她，也不说话。

“我走了。”

夏澄慢慢地往后退，就听到季云深瞪着她，一字一顿道：“你硬生生地把它压下去，真的……好难过。”

“我真得走了。”夏澄头也不回，飞也似的跑了。

好丢人哪，可是她真的不是故意的嘛！

夏澄回到她原来住的房间，苗苗已经洗完脸了，她好奇地冲着夏澄眨眨眼：“你昨晚去哪里鬼混了？”

“换了个房间睡而已。”夏澄摊了摊手。

“干吗要浪费钱嘛。”苗苗挽住夏澄的手臂，有些不确定地问道，“我昨晚是不是丢人啦？”

“还好啦。”

“你干吗不拦着我呀？”

“拦不住……”

“哼。”苗苗显然也不想再提昨晚的糗事，“我们去吃饭吧。”

苗苗拉着夏澄到了一楼的大厅吃自助餐，这个时候就见到季云深站在门口。苗苗像是见鬼了一样张大了嘴巴：“他怎么在？！”

“对呀，他怎么在，什么时候来的？”夏澄装出一副很吃惊的样子，仿佛才看到他。

不过她这点小伎俩根本就骗不到苗苗，苗苗恨恨道：“果然是见色忘义，有了男人就忘记了好闺密了，呜呜呜，好伤心。”

“哎？云深，你怎么过来了？”这个时候夏凛的声音从身后传来，他走过来拍拍季云深的肩膀对着苗苗道：“小姑娘，以后不要动不动就哭鼻子，你看，其实我们家云深是很不错的，是不是？”

苗苗一看到夏凛，有些不好意思地往夏澄身后站了站，听到他的话，眼睛一瞪，连忙摆着手：“夏总你不要乱点鸳鸯谱，无福消受啊，吃饭、吃饭去了。”

苗苗飞快地溜了，留下季云深、夏澄、夏凛三人面面相觑。

夏澄从 M 市回来，夏峰正巧在家，她连躲都来不及。

夏澄想夏峰一定是到了更年期，明明从前并不怎么管她，如今每次一见到她就要训上一顿。

夏澄捂着耳朵就要回房，夏峰命令其坐下：“怎么？翅膀硬了，爸爸都不能说你了？”

“爸，你可真闲。”

“我闲？要不是为了给你攒嫁妆，我难道不知道享清福去？”夏峰眼睛一瞪，恨铁不成钢，“你倒好，天天不干正经事，好不容易谈个恋爱，是个什么人哪！”

你不用替我攒嫁妆啊，我干的事也很正经啊，我又重新开始认真谈恋爱啦。夏澄明着不敢说，认错态度倒是很好：“爸，我错了还不行吗？”

夏峰轻哼了一声说：“我吃的盐比你吃的饭都多，早就跟你说了这种人不可靠、不可靠，你就是不听，现在后悔了吧？”

夏澄点点头：“后悔死了。”

夏峰略略皱眉，十分不满：“你什么态度，这么敷衍？”

夏澄又露出一副真诚认错的模样：“爸，您说什么都是对的。”

夏峰这才点点头，又不确定地问了一句：“你和那个臭小子真的分手了吧？”

“必须分哪，那种臭小子怎么配得上你女儿呀？”

夏峰的视线犹疑地在她脸上转了两圈：“你最近是不是又恋爱了？”

夏澄心里咯噔一下，难不成爸爸从夏凛那里听说了什么？她心中略略恐慌，却还是笑嘻嘻地说道：“是呀，就在我们公司呢。”

“不可能！”夏峰满脸不相信，“我早斟酌过了，公司可没谁合适。”

夏澄莫名不想说话，他既然斟酌过，只怕季云深从未入过他的眼吧。想到这里，夏澄只觉得自己的心一路跌到谷底。她故作天真：“感觉小张、小王几个都不错啊！”

“他们若是敢对你献殷勤，明天就可以卷铺盖走人了。”夏峰见夏澄脸色不好，以为她心里还念着陆启皓，有些语重心长道，“爸爸这些年忙着工作，疏忽你了，才导致你识人不清。”

夏峰突然说这么沧桑的话，弄得夏澄也内疚了，有些玩笑道：“啊，不会，你都是在给我攒嫁妆嘛，否则你早就享清福了，哈哈哈。”

夏峰瞥了她一眼，慢条斯理地喝了一口茶："你若不结婚，嫁妆怎么会有用武之地？我最近替你相看了几个年轻人，要不你什么时候见见？"

夏澄再一次觉得自己和夏凛同病相怜，这上一辈天天要求他们相亲什么的，太烦了。她的嘴角抽搐了一下，满脸黑线："还是不要了吧，我这才刚失恋。"

夏峰沉下脸，十分强势："见也得见，不见也得见，难不成你还要等着陆启皓把孩子生出来，你才死心？"

"当然不是。"

"不是最好。"

"爸……"夏澄想和夏峰提季云深的事，张了张嘴却又不知道怎么往下说。

"这次一定要听我的，否则以后有你哭的。你看我替云深选的人就不错，他最近开朗多了，电话里的声音我听着都明亮了许多。"

"你这听音辨情绪的能力还挺高啊。"夏澄嘀咕着，突然故意试探，"爸，你老云深云深的，你是不是喜欢他这样的当你的女婿？"

夏峰若有所思，随即郑重道："我万万不会选他这样没有家世没有背景的人当女婿。"

家世、背景，她根本就不在乎啊！

"你就只知道看重什么家世、背景啊，土不土啊？！"

"别人尚且不说，云深靠着我们家吃饭，我又怎会将你交给他？若他有这样的心思，这些年我栽培他的心血也就白费了。"

夏澄眼睛黯了黯，心底渐渐泛起冰冷，下面的话她却不敢再问下去。她不敢想，如果她和季云深根本就走不到最后，那么，如今的柔情蜜意算什么？多年来等待的朦胧感情又是什么？那这段感情还要不要坚持下去？

第二天在A市有一个婚礼跟拍，夏澄因为睡得不好，是顶着两个黑眼圈过去的。因为路途遥远，又加上拍摄了整整一天，她只觉得十分疲累。

第三天下午她一回到S市，就接到夏峰的电话，要求她马上赶到Jean’s的A10包厢。

夏澄半睁着眼睛：“去干吗呀？”

“让你去就去，哪里那么多废话！”

夏澄急急地叫道：“不会让我去相亲吧？”Jean’s算是S市比较高档的餐厅，也是相亲、约会集中地。

“你可以选择不去，以后你就乖乖地待在公司里，哪里都不许去。”

“你威胁我？！”

“我已经和对方约好了，约了六点钟。”

“我的天……”夏澄又气又恨，却又无处发泄。

夏澄挂了电话，很快就收到夏峰发过来的资料。照片上是一个戴眼镜的男生，长相斯斯文文，算不上特别好看，却也十分顺眼。后面还附上资料，张晓楠，一米八二，B大经济学硕士，擅长大提琴，无不良嗜好，父亲系聚丰董事长，家有华苑区别墅……

后面的资料还挺长，有他从小到大的获奖情况、演出情况。这资料真是齐全，夏澄几乎以为是爸爸雇用了私家侦探调查得到的。

夏澄匆匆忙忙赶到，服务员带她去了A10包厢，她推门进去：“不好意思，我来迟了……”

“没关系。”低沉的声音，淡淡的语调，坐在包厢里的男人头也不抬，修长白皙的手指翻着手中的菜单，“想要吃点什么呢？”

夏澄呆若木鸡地站在原地，面前这个男人的身形轮廓太过熟悉。

她难以置信地眨了眨眼，再三确定昏黄灯光下的男人就是季云深。

她进退两难，问道："你是不是走错地方了？"

季云深沉默了半晌："我以为你不会来。"

"我……"夏澄张了张嘴，竟不知道如何接话。

她确实不想来，也不应该来，但最后她还是出现在这里。

季云深抬起头，还是一副云淡风轻的模样，眼眸黝黑深沉："饿了吧，我已经点了几样菜，还有什么想吃的？"

"我不想吃。"她什么都不想吃，她一点食欲都没有。

她脑海里响过雷声阵阵，她人生中仅有的两次相亲，都碰到了她不想见的熟人。夏澄头疼地抚住额头，略略遮挡住低垂的眸子："我有点困，我回去睡觉了。"

夏澄想要推门出去，季云深已经快速地站起身来，将她按在一旁的沙发上。他半弯着身子，一拳重重地捶在她的身侧，身侧的沙发深深地陷了进去。

夏澄吓了一跳，他已经欺身过来，将她整个人都罩在怀里。她的鼻尖是他温热的呼吸，还有他身上淡淡、洁净的香气。只是他并不说话，就这样在黑夜里沉沉地望着她。

"你、你干吗？"夏澄结结巴巴地说道。不知从何时起，这个男人近在咫尺，会给她一种泰山压顶的气势，令她喘不过气来。

"我需要解释。"他再也不想隐忍，那张总是平淡无奇的脸上露出些许狰狞的神色，每个字都是恨恨地从他的牙齿里挤出来。

夏澄索性装傻："我之前并不知道这件事。"

"你没有拒绝。"

夏澄垂下眼眸。

周遭突然安静下来，静谧得连呼吸声都听得清清楚楚。沉默了片刻，季云深慢慢说道："是不是陆启皓可以，而我不可以？还是说，谁都可以，唯有我不可以？”

夏澄怔住，心脏骤然紧缩。他在她面前很少有什么情绪，而这次他明显受了伤。他的拳头紧紧握住，因为过于用力，微微有点颤抖，沉闷的语调从他的口中蹦出：“他可以，我也可以。”

夏澄记忆中，他从前也说过这样的话。高中那会儿，他还是那个又黑又瘦的黑小子，他们的关系渐渐融洽时，她没少在他面前提陆启皓的好：“陆启皓特别优秀啊有没有？他常常考年级第一名，他这次物理又考了满分，数学卷最后的附加题都解出来了……”

一开始季云深还是默默地听着，有一次他说了一句话：“我在我原来的学校也总是考第一名。”

“这就是你们那儿跟我们这儿的差别呀，我们这儿可是重点高中！你不觉得你的知识面很狭隘吗？你的作文根本没法看，你的英语口语也不好，也就数学稍微好一点。你考试的排名和陆启皓差得远了？”

他沉默许久：“他可以，我也可以。”

季云深一直把自己摆在一个自卑的位置，这么多年，夏澄以为他摆脱了，可似乎没有，他下意识地把自己和陆启皓比，因为他不知道自己已经是个多么耀眼的人。

如今的他脱胎换骨，举手投足之间已经完全没有了当年的土气。他气宇轩昂，普通话标准得可以当电台主持人，英语口语也十分流畅，工作上的业务更不必说，只要交到他手里的任务就没有不妥妥帖帖完成的。

夏澄情不自禁地捧住他的脸，很认真地对他说：“季云深，我最后认真地和你说一次，我不喜欢他。”

季云深的眼中流露出一抹狂喜，随即问道：“那你喜欢我吗？”

夏澄迟疑了一下。

季云深眼底的狂热慢慢退却，他低低地笑了一声，那笑中有嘲讽之意：

“其实，你也不喜欢我。”

“我……”她低低自语，声音几乎哽咽，心说：我怎么会不喜欢你？

不知从何时起，那种不亲近慢慢变了质，变成喜欢。或许是他第一次为她做菜，或许是他为她打架，又或许是他教她学习的时候……在岁月变迁中，这种喜欢一点一点地渗透到思念里，变成了爱，变成了不可自拔。

她知道这句喜欢对季云深有多么沉重，说出口就是一辈子。她想和他在一起，光明正大地在一起，可她不敢走错一步，她怕毁了他。

“呵……没关系，一直都是我一厢情愿。”

什么一厢情愿？她是那种会陪别人玩一厢情愿游戏的人吗？夏澄的语气也尖锐起来：“你什么都不知道！”

“是，我什么都不知道，我对你而言只不过是……”

他自嘲地笑笑，慢慢站了起来，他比她高出许多，以迫人的姿态、骇人的眼神看着她，语气却是云淡风轻：“抱歉，我越界了。”

他的语气明明不重，夏澄却一下子被唬住了，眼泪瞬间就溢满眼眶。季云深没有再看她，甚至连停顿都没有，以最快的速度消失在她的面前。

咚咚两声敲门声响起，服务员推门进来，将先前季云深点的菜放到桌子上。

夏澄看着面前的菜，忍不住用手背拭眼泪。她心里空空荡荡，难受得厉害，居然觉得茫然——她看不到她和季云深的未来是什么样子。

就在这个时候，夏澄突然收到苗苗发来的信息：“亲，我好像谈恋爱了。”

苗苗的这条短信在夏澄的心中泛起千层涟漪，她愣了好久才反应过来：“这是什么情况？”

夏澄想了想，又快速地给她回了一条信息：“Jean’s，速来面谈。”

苗苗听到有免费的饭蹭，以最快的时间飞奔过来。她看到满桌的菜，兴奋得双眼冒光：“啊！全是我喜欢吃的菜，你特地为我点的吧？”

“喊，你还有什么不喜欢吃的菜吗？”

饶是夏澄已经做了掩饰，身为多年来的好闺密，苗苗还是在第一时间看出了她的不对劲。她凑过去仔细地看着她的眼睛:“橙子，你哭过啦？”

夏澄有些泄气地吐了一口气：“只是风眯了眼睛。”

“是季云深对不对？”

夏澄沉默。

“你是不是做了什么让他伤心的事？”

“我去！”夏澄本以为苗苗会安慰她，没想到竟指责她的不是了，“你到底站哪边的？”

“我只站在真理的位置上！”苗苗义正词严地说道，“他对你，简直没的说。他对你，就是默默付出付出再付出，要不是你惹他，他哪里舍得让你生气？”

夏澄瞥了她一眼：“你又知道？”

“我有什么不知道的？我有眼睛会看，我有耳朵会听。他把他整个青春年少所有的注意力都倾注在你身上，几乎成为你的影子，而你从来看不到他。其实，我早就觉得他喜欢你了。高三那会儿，你在学校上晚自习，云深住校，每晚你回去，他都远远地跟在你身后送你回家再回校。大冬天里，你那从没空过的热水壶里的水，哪次不是他给你倒满的？你骨折受伤那次，他给你整了满满一本错题集……”

苗苗见夏澄想要反驳，根本不给她插话的机会，飞快地接下去：“大学里更不用说，我听到的、看到的只有他将你宠得没边儿，试问他如果不是早早就喜欢你，哪能那样事无巨细地照顾你？”

“他一直喜欢我？”夏澄的心像是被什么击中，只觉得震惊。苗苗说的这些事情，她从前并不知道。那些她从不曾注意的小细节都令她感动。

苗苗瞥了她一眼：“少嘚瑟了！”

“我从来没有怀疑过。”自从和他在一起之后，她再也没有怀疑过他对她的感情，夏澄咬住唇，眼眸清亮，“我只是不敢相信。”

“我也觉得不敢相信。你们平日里没少针锋相对，但似乎只有他和你在一起的时候，他才有了生气。”苗苗忍不住笑出来，“我很早很早之前就问过他怎么不找女朋友，他说自己有喜欢的人。别看他老实，内心却倔强，是个认死理的人。他喜欢你，只会无限期地喜欢下去。”

夏澄抿紧了唇，幽幽地说道：“我也喜欢他。”

“那你就告诉他呀。”苗苗见夏澄眼神躲闪，心里大致猜出了是什么事，“你说了，他会很开心的。”

“我之前也是这样想的。”夏澄吐了一口气，“我一直觉得即便是羞于说出口，也要努力说出来。电视里那些男女就是因为一些误会，将自己虐个半死，我并不想这样。”

“所以呢？”

“季云深总觉得我待他不如陆启皓，不过是因为陆启皓被公开了，而他没有。”夏澄有些头疼地捂住脑袋，“可是，他怎么能和陆启皓比？”

苗苗啊了一声：“不会比不过吧？”

“怎么可能？陆启皓与我并无其他关系，如若我真喜欢他，我努力争取总也有希望。可季云深不一样啊。他到我家已经快七年了，虽然法律上并无关系，但所有人都把他当作姑姑的亲儿子，我爸爸的亲外甥。我爸在生意场有那么多合作伙伴，他怎么可能允许我和季云深在一起？！我爸是绝不会允许这些丑闻发生的。”

“这怎么是丑闻？”

“我从头和你讲吧。我姑姑是个生性浪漫的画家，年轻时出去采风邂逅了季云深的父亲，不顾家里人的反对，和条件并不好的他定了亲。”

苗苗瞪大了眼，吃惊地发出声音：“我去！你们是表兄妹呀？！”

“表兄妹你个鬼呀！自然，他们最后没有成，季云深的父亲另娶别人，一个与他门当户对的女人。季云深出生后不久，他的父母外出打工时遭遇车祸，双双离世。”

“可怜小云深孤孤单单的了！他父亲的眼光还真是不好，娶了有钱人家的大小姐，这辈子的生活必定是和和美美。”

“这事倒也不好说。”夏澄叹了一口气，“我只听小堂叔说过，姑姑这人吧，从小娇生惯养，喜欢的非要讨到手，讨到手了就不要了，依照我姑姑如今的生活方式，两人也未必能走得长久。反正艺术家的想法，普通人并不能理解吧。”

苗苗补刀了一句：“好吧，作为半个艺术家的你，普通人也照样不能理解呀！”

夏澄瞪了她一眼，继续说下去：“出了这事之后，姑姑就一直待在国外不回来。这事毕竟久远，家里人也不愿多提，就小堂叔和我透了点口风，其中究竟如何我也不知道，反正家里人都觉得门当户对非常重要。我再找对象，家里人也不愿意我同季家扯上关系。”

苗苗皱起眉头：“这……也不影响的吧。”

“先不提季云深是我的假表哥，他的经济命脉还捏在我爸的手里。这些年，季云深明着是我姑姑在抚养，事实上却是我爸在培养。我爸话里话外的意思，我倒听得明白，我若是忤逆他，他给了季云深多少，就会统统收回去。”

“这……”

“虽说有我们自己家的公司给他当跳板，但云深有今天这样的成绩他也拼了很久，我并不想他一无所有，那时候他连谈判的资格都没有。”

夏澄趴在自己的臂弯里，“真的好烦恼，好不容易谈个恋爱，却要天天担心失恋。”

“那你就这样放弃了？云深知道吗？”

夏澄摇摇头。

“你连争取都没有争取过就准备放弃？”

夏澄沉默：“他比谁都更想要一个锦绣前程。大学里我问过他毕业后有什么想法，他和我说他要出人头地，要赚很多的钱。你看，他的梦想多么踏实呀，却也难。我总不能这个时候破坏他的梦想吧。”

“橙子，你对云深不公平。”苗苗飞快地接下去，“云深未必接受你认为他需要的东西，在你和梦想之间，他未必会选择后者。”

“我再想想。”沉默了好久，夏澄的脑海里毫无头绪。

她不想再想下去，只是望着苗苗：“对了，谈谈你恋爱的对象吧，他是怎样一个人？”

苗苗愣了一下，眼底倒有些眉飞色舞的模样：“他是一个很幽默的人。”

“长得怎么样，有没有照片？”夏澄有些好奇地凑过来，却见苗苗摇摇头，“我还没有见过他。”

夏澄吃惊：“什么？”

“我们是在‘知心’上认识的。”

“网恋？”“知心”是一款近期比较流行的相亲聊天软件，在各大电视台推广，随着几个相亲节目的推动，顿时成为未婚男女的福音。

前些时候，苗苗在手机下载了这款 APP，还跟夏澄说过公司附近都是写字楼，男人的质量应该比较高。夏澄还笑话过她，跑到高档别墅区门口搜索附近的人，质量才更高。

“其实……虽然是网恋，但是我觉得我找到了灵魂契合的另一半。”

夏澄看着她春心萌动的样子，不由得给她泼冷水：“你少来啊，隔着网络你怎么知道对方是人是鬼？万一是个长满麻子的丑男人，你怎么办？”

“不可能啦，他应该长得挺帅的！”苗苗将手机屏幕举过来，“这是他小时候的照片。”

夏澄一看屏幕，几乎笑喷：“我是小帅帅，天哪，取了这样一个土得掉渣的名字，绝对不会是个帅哥！连照片都不敢放真实的，你确定靠谱？不过这照片有点眼熟来着……”

“可爱的小孩子长得都眼熟。这是他五岁的照片，从五官上来看，他绝对长得不难看……不过，我也没放照片哪，别人都是外貌协会的，不放照片根本不跟我聊，他不一样。”

呵呵，夏澄不敢苟同。

就这个“我是小帅帅”的话题，两人在Jean’s聊到很晚，夏澄觉得自己心里那点忧伤似乎都被抹去了。

季云深从来没有与她生过气，她以为隔上一天，他们之间就会像什么都没有发生过一样，被时间抹布擦拭得无影无踪。可事实并不是如此，季云深仿佛突然就从她的世界里消失了，再也没有出现在她的视野里，再也没有和她联系过。

他连家也没有回，甚至连家庭聚会都没有出现。唯独有一次，张允和她隐约提过，季云深向他打听哪里有出租的房子——可，那是F国啊！她再多问一句，张允竟什么也不再透露了。

夏澄心中的恐慌无限蔓延。他要出国做什么？留学？工作？远离她？因为不知道事情的真相，她胡乱猜测着，越发地挠心挠肺。

第六章 爱你

在夏澄最失落的时候，苗苗准备和“我是小帅帅”见面了。

苗苗单枪匹马去见一个陌生人，夏澄终究不放心。苗苗平日里虽然看起来大大咧咧，实际上却是个心思单纯的傻大姐。

夏澄得知苗苗的约会时间，提早到了他们之前约好的地点——中心路的肯德基，点了一个全家桶窝在角落里。

周末的肯德基人很多，夏澄换了发型混在人群中，苗苗一时难以发现她。夏澄喝着饮料吃着炸鸡块，没一会儿就见到苗苗拿着亮闪闪的手提包，踩着八厘米的细高跟艳光四射地进来了！

苗苗五官本就生得好看，只是她平时疏于打扮，总是一副清汤挂面的模样。如今，她化了个精致的妆容，头发高绾，露出饱满而光洁的额头，显得气质靓丽。她身着一条简约带钻的蕾丝上衣，配一条浅绿色的长裙，摇曳之间，一双修长白皙的腿在参差不齐的裙摆下若隐若现，这是夏澄第一次见她这么有女人味。

苗苗挑了一个靠门窗的位子坐下，拿出手机发短信。夏澄想，苗苗应该在跟那个小帅帅说自己已经到了。

夏澄支着脑袋，直勾勾地盯着门口，她迫不及待地想知道“我是小帅帅”到底长什么样。

肯德基的门不停地被人推开、合上，约莫五分钟后，一个熟悉而挺拔的身影跃入她的视线。

夏澄惊讶地眨了眨眼睛，这人不是她的小堂叔吗？这个从来都认为油炸食品是垃圾食品的人今儿个怎么到肯德基来了？

夏澄眼睛一眨不眨地盯着门口，只见夏凛伫立在那儿，四下打量着，似在找寻什么人。夏澄的视线无意识地移到了苗苗的身上，脑海里突然产生了一个非常狗血的念头。

很快地，一个高分贝的尖叫声验证了她心里的想法。

“天哪！你是小帅帅？”这是苗苗的声音。

“你是欢欢？”这是夏凛的声音。

“哎哟，天哪！”

苗苗叫的也是夏澄心中想的。哎哟，天哪！这天雷滚滚的一幕啊！

苗苗的眼底满是失望、懊恼，面色瞬间变得惨白，整个人都显得很无措。她精心打扮去和网友相亲，没想到会约到自己的顶头上司，这种结果苗苗显然无法接受。

苗苗提着自己的手提包夺门而逃，只可惜，她今日穿着一双她向来穿不惯的细高跟，只听到啪的一声，她以一种极其尴尬的姿势摔倒在门口……

她真是疯了！苗苗忍着飙泪的冲动，飞快地爬起来，跌跌撞撞地往外跑去。

整个过程，夏澄都处于呆滞状态中！电光石火之间，她突然想到怪不得之前苗苗给她看的照片那么眼熟——在小爷爷家的相册里，有一张她和小堂叔小时候的合照。她猛拍脑袋，若是她及早发现，不就避免了这一幕吗?

夏澄顾不得想太多，拿起包包飞快地跟了出来，可外头已经不见两人的踪影。夏澄看着街上的车水马龙，忍不住叹了一口气。

夏澄找到苗苗时，她在家里正哭得起劲，脸上的妆被眼泪冲得脏兮兮的。夏澄假装什么都不知道，蹲在她面前："怎么啦？我给你买了排骨和卤鸭，要不要吃？"

哇——苗苗见到她就扑上来，往她身上蹭眼泪，哭得更伤心了。

夏澄有点心疼自己新买的衣服，只是见她哭成这样，也没忍心推开她。

"你知道，我碰到谁了吗？"苗苗哭得一抽一抽的，"我一直以为小帅帅是对面写字楼的小帅哥，没想到、没想到居然是……哇！"

夏澄嗯了一声，小心翼翼地问："谁呀？"

"夏凛。"

"小堂叔？"夏澄亲眼见证了这个过程，但还是做出一副瞠目结舌的样子。

苗苗抱着她哭了好一会儿，终于哭够了，才将夏澄带来的食物抱在怀里，一边吃一边抽噎道："你知不知道，我每次被夏凛压榨都会跟小帅帅抱怨，我那变态老板如何如何的，天哪！聊天记录都还在，以后我还怎么面对他？我要辞职！我要辞职呀！"

呃……

"我还和小帅帅说老板不是人，把公司里的女人当男人使，把男人当狗使。我说我是女壮士，是女人中的战斗机……我还老跟小帅帅提，我们那个圈圈叉叉的老板，又让我加班，祝他早日精尽而亡……"

"这么深的怨恨哪？"夏澄不由得抚上自己的额头，"怪不得你之前在聚会上喝醉了，还哭着拉住他让他负责。”

苗苗扁了扁嘴巴：“我要早知道他们是同一个人，我直接当鹌鹑不就好了吗？说什么大实话呀！呜呜呜。”

夏澄脑补了一下夏凛知道真相的画面，唇角不由得抽搐了一下：“真是难为你了，居然对他不满到这种地步。”

“其实我也就是抱怨抱怨，每次拿到工资的时候，我心里还是很欢喜的。”苗苗渐渐止住了哭，面颊上还带着泪，她转头无措地看夏澄，“唉，我不会连这种欢喜的机会都没有了吧？我的工作还能不能保得住？”

“放心吧，他公私分明，不会在工作上为难你的。”

“你不懂，他刚才送我回来时，那幽幽、欲言又止的眼神，我怕死了。”

“别想了，盛夏我爸的股份占了大部分，你工作的事我还是能说上话的。”夏澄拍了拍苗苗的肩膀。话虽这样说，但她心里却没有底，按照夏凛那个睚眦必报的性子，虽不至于辞退苗苗，但往后的日子不知道会怎样折腾苗苗。

苗苗往日里是个天真少女，但内心住着一个恶魔，抱怨起来绝对没有分寸。夏澄能够想得到，苗苗只是说了表象，内里还有许多没好意思说。

好在苗苗的情绪来得快去得也快，这才没伤感多久，很快就将注意力转移到别的地方去了。她啃着香喷喷的卤味，突然道：“好久都没有见到季云深了，你们都没有联系过吗？”

“没有。”夏澄沉默下来。这么多天，她没有半点季云深的消息，她期待听到这个名字，又害怕听到这个名字。

“那你都不找他吗？”苗苗见夏澄诧异，不由得戳了戳她的脑袋，“我说，你惹毛人家你还有理了？态度呢，态度呢？不会真的就这样放弃了吧？”

“嗯……”

她这样应着，可是怎么可能！每天无论工作、睡觉，还是吃饭，她都很想他。不知不觉之间，她已经拿出手机，翻到他的朋友圈，一如之前，空无一物。

“唉，别苦着张脸，他等下就出现了。”

“喊，你又知道？”

“废话，我的桃花谢了，你的桃花应该要开一开吧，否则俩人都失恋，多郁闷哪！”

“苗苗，我想去 F 国。”

“F 国你个脑袋呀！你不是说那里的食物很难吃吗？喂，你不能动不动就逃避呀，还逃到那么远的地方。”

“不是的，他既然不找我，那么我就去找……”夏澄还来不及回话，一条短信打断了她：“到我家拿礼物。”

夏澄看到发信人姓名，情不自禁地站了起来。她再三确认发信人，心怦怦地狂跳起来。她的眼角有笑意缓缓绽放，略略颤抖的手指飞快地回信息给他：“什么礼物？”

“你去哪里了？”

“回来了吗？”

“什么时候回来？”

夏澄一连给他发了好多条信息，但是他没有再回她。她也不急，只是这样站着，盯着屏幕发呆。

“橙子，你怎么了？”苗苗见夏澄一副石化状态，不由得凑上去要看她手机上的内容。

“什么？啊，我先走了。”夏澄几乎听不清楚苗苗在说些什么，拿起外套就往外走去。她现在并不是很确定季云深回来了没有，但至少他肯理她了。

“喂，喂，是不是季云深？我刚才就说了吧……啊！喂！你穿错我的鞋子啦。”

身后的声音渐渐远去，夏澄越走越快。

这段时间，她没有办法得到季云深的任何消息，她差点以为自己要永远失去他了。她打定主意要去找他了，他竟回来了。

当夏澄来到季云深住的地方时，她险些落泪。她不知道如何形容自己此刻的心情，开心、兴奋，又有点委屈。

她一直走到他的公寓门口，想反身离开，又觉得无功而返不是她的作风。

夏澄按下门铃，音乐电铃响了好一会儿都没人开门。她心里的那点儿小激动又慢慢地被压下来，她的眼中出现失望的神色，原来他并没有回来。

她垂下眼眸，正要转身离开，却陡然听到里面传来轻微的声响，紧接着门就被人打开了。

“你在呀，怎么这么久都不开门……”夏澄转过头，在瞧见季云深湿漉漉的头发、光裸的身体之后，后面的话自动消音。

想来季云深刚洗完澡，裸露着上身，水珠顺着完美性感的肌肉线条落入腰间松松垮垮系着的浴巾上，浴巾底下是一双修长而结实的腿。夏澄眼睛一眨不眨地盯着他看，不由得小小地吞咽了一口唾液。

季云深不顾她的眼神，一边擦拭头发一边往里面走去，仿佛根本就没看到她。

“季云深。”她情不自禁地开口唤他的名字，他的身体一顿，却并没有转身看她的意思。

夏澄嗓音微哑：“你为什么不理我？”

两人就这样一动不动地站着，空气中都是沉默的意味。

这么多天，她都在压抑着自己不去想他，可越压抑，那种思念的感觉越强烈。他在她的心里那么久，好不容易得到，怎么舍得放弃？

她以为再次见面，他们或许会真的形同陌路。但，真的变成这个样子，她的眼睛酸涩得厉害，要花好大的力气，才能让眼泪流回心里。

“为什么也不开口和我说话？”她的声音带着止不住的哭腔，慢慢地走上前，从他的身后抱住了他，“你是不是再也不要和我说话了？”

他控诉，声音沙哑含糊：“明明是你。”

她急急地否认：“不是我。”

他闷闷地开口，带着孩子般负气的意味：“就是你。”

夏澄将脸埋在他的背上，忍不住呜呜哭出声音。在几个小时前，她还嫌苗苗哭得傻，但是此刻她觉得唯有哭才能表达出自己心中的郁结。

她紧紧地将他抱住，哭得很没有形象：“你一点消息也没有，也不联系我。”

她号啕大哭，仿佛要把最近使劲忍着的眼泪都流干净才是。季云深实在做不到无视她，他转身拿手中的毛巾温柔地为她擦拭眼泪：“你哭什么哭？明明是我要哭才对！”

夏澄抽抽搭搭地问：“你、你有什么好哭的？”

季云深苦笑：“傻傻地喜欢着一个人，却永远都打动不了她的心。”

“不是这样……”夏澄一时不知道如何解释，只知道哭得更凶了。突然她感到有什么柔软的东西落下来覆在她的脚上，她透过泪花往地上看，这才发现刚才还围在他腰上的浴巾竟不知道何时被她给蹭掉了。

她顿时停止了哭泣，呆呆地定在原地，视线却缓慢地从他的脚踝往上游移。

季云深淡然地从地上捡起浴巾裹住自己，转身去柜子里翻吹风机，仿佛什么都没有发生：“你哭好了吧，我去吹头发。”

夏澄呆呆地看了他一会儿，快步走过去从他手里拿过吹风机："我帮你吹吧。"

"不用。"

"要的！"夏澄坚持，她将他按在凳子上，有点讨好地拨他的头发，"吹头发要拨一拨的，这样才干得快。你的头发有点长了，你以前留着板寸头随便擦一擦就干了，吹都不用吹。"

他闷声道："不好看。"

"你终于知道爱美了呀！"夏澄想起最初见到他时那个土气的样子，不由得轻笑出来。

房间里安安静静的，唯有吹风机呜呜呜的声音。经过短暂的调整，夏澄的情绪才稳定下来。季云深的头发终于吹干了，夏澄偷偷瞥了一眼季云深，拍拍他的肩膀："你不是让我来拿礼物吗？快点去穿衣服，把礼物给我。"

他站起身来，浴巾却从他的身上滑落下来，原来不知道什么时候她踩住了浴巾的边缘。

夏澄呆愣愣地看着完全罢工躺在地上的浴巾，又看了看他结实的臀、性感的腰，短促地叫了一声："啊！"

季云深忙捡起地上的浴巾盖住他的重点部位，脸色有淡淡的粉，像被水洗过一般的眼睛亮亮地看着夏澄，语气平淡说："你故意耍流氓，第二次。"

夏澄别过脸去，只用余光瞧他："胡说八道，谁让你就裹着条破布在我面前招摇的？！你快去把衣服穿起来。"

季云深认真地看着她："你每次说谎话的时候，眼神会躲闪。"

"哪有……"明显底气不足。

季云深才刚打开睡房的门，夏澄的视线一下子就落在了放在门口的大箱子上，她快步跑过去："这里是不是给我买的礼物？"

"嗯。"

夏澄蹲在地上，一样一样翻看："你真的去了F国？"

里面的许多护肤品、化妆品都是F国的著名牌子，都是她喜欢用的。只是夏澄翻到最后面的时候竟发现还有女式内衣和内裤。夏澄顿时觉得血液涌到脸上，有些火辣辣地烫："这个也是给我的？"

"哦，张允推荐的，说这个好穿。"

"……"

夏澄拿起来正想检查一下型号对不对，却发现内衣裤下面有一样令她感到不可思议的东西："这个是……"

套套！她听到自己尴尬的声音。

"我不知道。"

"你才是臭流氓！"夏澄轻声说道，她感觉有一股热辣辣的东西从脚底的神经开始往大脑上蹿，她嫌恶地把这几盒东西扔到一旁，将行李箱的拉链拉好，"这些礼物都是给我的吧……我走了啊！"

突然咔嗒一声，夏澄怔了怔，就看到季云深不知何时堵在门口，挡住了她的去路，还反手锁了门。夏澄心里咯噔了一下，拉着行李箱往旁边退了退，质问："你干吗？"

"锁门。"

"那你能让一下吗？"

"不能。"

夏澄的眼神不由得躲闪了一下，故意愤愤道："你锁门干什么，恼羞成怒？你肯定假借张允之名，你、你绝对不安好心！"

他微挑眉，居高临下地看着她，压着声音一字一顿地说道："我就恼羞成怒，我就不安好心，你能怎么着？"

“我、我……”这个臭小子突然做出这副模样！她真的有点招架不住。

夏澄顾左右而言他，清了清嗓子，扯着其他话题：“你不是打算在F国租房吗？怎么这么快就回来了？我还以为你要待个三五年。”

“我确实有这个想法。”

夏澄张了张嘴，眼底起了雾，不免有点想哭。

季云深在她面前蹲下来，直直地望着她：“你在乎？”

“你说呢？”她吸了吸鼻子，眼前一片朦胧，“你不要我了呀？”

“小姑娘哭了？”季云深弯了弯眼睛，唇角带着浅浅的笑，他怜惜地亲了亲她的眼睛，“我可舍不得你。”

夏澄只觉得自己的整颗心都被他蹂躏来蹂躏去，随他捏圆揉扁了，从前她怎么都不知道他有这样的本事。

“你不要和我说话。”她想离开，却再度被他圈在怀里，他夺过她手中的礼物扔到一旁，然后牵住她的手，“我给你说说我在外面发生的事。”

夏澄唇角抽搐，快速地抽回手：“我才不要听什么游记。”

“你以前不是说我普通话不准吗？我现在说给你听。”

“不用了，你都拿到普通话一级甲等证书了，可以去考播音主持了。”

他向她靠近了一些，挺不好意思道：“我不想对你做什么，如果你再不陪我说话，我可能会得失语症，我好些天没说话了。”

“有那么严重？”

“嗯。”

季云深其实也没说什么，他的眼睛一直都盯在夏澄的嘴巴上，在夏澄恍惚的时候，他已经凑过去吻住她的唇。

她呢喃：“季云深，你真的好欠扁。”

“欠扁的是你才对。”季云深顺势将她推到地上，薄唇寻上她的唇，他的手拉着她的手按在自己的胸口，“你让我这里很难过。”

夏澄想要躲闪的，可他语气中突如其来的悲伤让她不禁愣了一下，她的双手缠在他的脖颈上，紧紧地将他抱住。她一点都不想要他这样难过。

“我不想总是被人抛弃。”

夏澄回答得又快又急，心却微疼：“我不会。”

“我知道，你不会。”他幽深的黑眸紧紧地望着她，几乎直直地看到她的心里去，夏澄突然不由得一愣。

太久未见，这份感情浓烈至极，等夏澄反应过来的时候，她突然觉得有点不对劲。不知什么时候，他的手已经从她的衣服下摆滑了进去。

夏澄嗯了一声：“季云深，你是不是在骗取我的同情啊？”

季云深并不说话，但眼底的笑意却出卖了他的心思。

夏澄捂着自己的胸口，并不允许他动：“哎，不要啦，我……”

他握着她的手，亲吻若羽毛一般落上去：“今晚不要走，好不好？”

她从来不知道，他露出这种可怜兮兮的表情，眼睛隐忍而略发红的时候，有多么令人难以拒绝！在他这种眼神下，她竟舍不得说不。

她心猿意马，意乱情迷，逐渐沉溺在他的柔情蜜意中，他们光裸的肌肤摩挲在一起，变得滚烫，全身的血液都变得沸腾起来……

身体稍稍有不适，但这种从心底油然而生的幸福感让她浑身的细胞都叫嚣起来，真的好幸福，幸福得希望时间就在这一刻凝固。

她喃喃：“云深，我好开心。”

等到所有的一切结束，她软软地靠在季云深怀中一动也不想动。

季云深将她拥在怀里，轻声耳语：“就想这样抱着你，不让你逃离。”

她轻轻地喟叹一声，寻了个更舒服的姿势往他的怀里拱。他的怀抱好温暖，她只想继续沉沦下去。

“我们这样义无反顾，不知道最后要伤多少人的心。”

“不考虑别人，澄澄，我只想知道你的想法。”

夏澄现在特别不敢看他，她怕心软，她合上眼：“我不知道。”

季云深抵着她的额头，摩挲着她的脸颊：“只要你愿意坚持，所有的难题我来解决。”

难题怎么解决她不知道，或者说她宁愿当一只鹌鹑，让这个难题一直无限期地拖下去。她让自己紧紧地挨着他，他的心跳声沉稳而有力，令她觉得十分安心。

夏澄才刚合上眼不久，闹铃突然响起来。

她看了一眼手机屏幕上的提醒事宜，瞌睡顿时就吓跑了，整个人都蹦起来：“我完全忘记我今天有个跟拍。”

季云深靠过来看了眼时间：“四点半？”

“是啊，客人离得远，早上六点钟要到的。”夏澄慌慌张张地坐起来穿衣服，季云深也跟着起床，“我带你去。”

夏澄摆手：“不用不用。”

季云深也不出声，只是幽深的黑眸静静地望着她，摆明一副不想和她分开的模样。

“要不你给我当助理？”夏澄说完又有些后悔，“唉，就是怕累着你，你这都没怎么睡觉。”

“不累。”季云深冲她眨了眨眼，幽幽道，“我还有精力，只是怕累着你。”

咯……夏澄莫名红了脸，她总觉得他这句话意有所指。

今日是致林集团的CEO许慕白和S市著名婚庆主持人舒宜的婚礼。

夏澄先前接婚礼跟拍时就认识了新娘舒宜，对方性格淡雅如菊，令人忍不住亲近。夏澄十分认可舒宜的主持功底，当下就与她拍板，若是日后她结婚，定要请舒宜为自己主持婚礼。而舒宜也认为夏澄是将她拍得最漂亮的摄影师，因此请了夏澄做她的跟拍摄影师。

婚礼跟拍是一件十分辛苦的事，它并不是一个纯技术活，还是一个体力活。季云深是第一次当她的助理，他会察言观色，也与她有默契，因此整个拍摄过程十分顺利。可即便如此，从早上六点开始拍到傍晚，夏澄也觉得自己体力上有点吃不消。

好在，婚礼晚上六点半才开始，中间还有一会儿休息的时间。

“是不是累着了？”两人坐在车里休息，季云深从保温杯里倒了杯水给夏澄。

“有点累。”夏澄靠在椅背上小口小口地喝着水。

季云深叹了一口气，眉眼含笑：“都怪我。”

“是呀，都怪你呀！”夏澄没好气地瞪了他一眼。她心里想，幸好，昨晚她受不住了要求停战，否则她估计中午的时候就要倒下了。

初次开荤的男人……都是禽兽啊，食髓知味的。

“每次跟拍都要这样长的时间？”季云深从边上将工作餐盒子打开递给她。

“那也未必，看每个地方的习俗吧，有些地方接亲时间是下午，有些地方接亲时间是半夜，这说不准的。”夏澄吃了两口饭，“不过作为夏天视觉的摄影总监，找我的客人都给了很高的期许和酬劳，无论时间长短，我要花的心思都不会少。”

季云深抬手揉揉她的脑袋：“我的澄澄真厉害。”

夏澄微仰起好看的下巴，眼睛亮闪闪的，有些骄傲地回答：“那当然了。”

“这样会不会太累？”

“唉，谁让我那么优秀呢。”夏澄托腮，“算起来，我的档期都已经排到年底了，有婚礼跟拍、婚纱照、孩子的满月酒、广告、宣传片什么的……只要我愿意，全年无休都办得到。”

他坚定地否决：“不可以。”

夏澄点点头：“当然不可以呀，本来就是个爱好，总不能把自己累死呀！”

“你可以再少接一点。”

“不能再少了。”夏澄歪着脑袋看向季云深，冲着他笑嘻嘻道，“再少，怎么养你呀？”

夏澄其实想过如果季云深真的被爸爸赶出门，她还可以努力赚钱养他。

季云深的眼眸闪烁了一下：“笨蛋！”

“我觉得这家婚庆做得蛮好的，无论是布景还是摆设，每个小细节都做得很完美。”夏澄吃完饭，低头翻看着先前拍的照片。

“以后我们也选这家。”

夏澄笑笑，并不应答：“我们要进去了，婚礼快开始了。”

婚礼现场，新郎许慕白以一首萨克斯开场，曲子缠绵浪漫，悠扬清亮的音乐震惊了在场的所有人。

音乐声停，大门缓缓被人打开，身着白纱的舒宜拿着话筒目视前方一步一步朝着她的幸福走去：“慕白，今天我终于要嫁给你，带着所有人的祝福嫁给你。我想和你拥有一个很长很长的未来，我想痛痛快快地陪你走完一生，彼此温暖，互不辜负。”

我亦想痛痛快快地陪你走完一生，彼此温暖，互不辜负。

夏澄只觉得心中一暖，不知是现场太煽情，还是她柔软的心被什么击中，她镜头里的场景突然变得模糊。

直至新郎新娘完成婚礼仪式，从台上退场，拿着反光板的季云深走到夏澄的边上："你羡慕的一切，我都会送到你面前来。"

夏澄的唇角上扬，又缓缓垂下，只怕一场光明正大的婚礼也是奢望啊！在众人含笑的目光下，带着家长的祝福，缓缓走向自己心爱的人，奢望啊！

夏澄第二天去公司报到，苗苗一脸不满地看着夏澄："太过分了，抛下受伤的我，整整消失两天，这是玩两个通宵的节奏？看看你的黑眼圈，天哪，太可怕了！"

"我去！真这么明显？"夏澄忙掏出小镜子去看。

"废话，摆明了一副肾虚的模样啊！"苗苗笑得十分邪恶，"看来，你是乐不思蜀啊！"

"去你的！"夏澄涨红了脸，"我昨天早上四点半出门，跟拍了整整一天，有这么点黑眼圈不稀奇。"

"少跟我扯别的啦。"苗苗神秘兮兮地将她拉到旁边来，"让我观察一下你的眉毛，是不是有变化，听说嘿嘿嘿后，眉毛会变化的哦。"

夏澄下意识地推开她，背过身去不让她看。

"啧啧啧，诳你一下你就认了。"

夏澄无力地翻了个大白眼："我拒绝跟你说话。"

"对了，季总监呢，怎么都不出现了？是不是被你弄坏了呀？啊，好可怜哪！"

夏澄根本不想理她，苗苗却不肯放过她。两人嬉闹之际，办公室的门自动开了，夏凛那张冷若冰霜的脸出现在门口，他冷冷地扫视了一下办公室。

夏澄和苗苗顿时闭上了嘴巴。

夏凛不苟言笑的时候，做出一副凌厉的模样还是很吓人的，他眉头紧锁地看着苗苗：“胡苗苗，你昨天给的设计图是怎么回事？”

苗苗被他的眼神看得心中一凛，不由自主地缩了缩脖子：“什么？”

“请不要把你的个人情绪带到工作中来！”

苗苗忍不住反驳：“我没有。”

夏澄忍不住道：“小堂叔，不好重画就是了，你这么凶人做什么？”

夏凛略挑眉头，语气淡淡：“作为我的员工，工作态度绝对不可以不端正，因为个人情况敷衍工作，我绝对不允许。”

“我没有……”

夏凛打断她的话：“你来我办公室一趟。”

苗苗深深地吸了一口气，直直地站着不动：“你公报私仇！”

夏凛桃花眼微眯：“说大声点。”

“我说——”苗苗忍不住颤了颤，声音稍微高了点儿，“我不干了！”

“苗苗，你别这样！有话慢慢说。”夏澄拉住苗苗的手，才发现她的手冰冷。想必她从昨天知道“我是小帅帅”的身份后到现在，心里斗争一直都没有停过。

“有什么好说的？我的设计图一向都是主任管的，主任都说可以了，他偏生说不可以，不是对我有意见是什么？我昨晚想过了，我不工作也不至于饿死……”苗苗越想越委屈，眼泪都掉下来了，“我现在就辞职。”

苗苗背过身子开始整理东西。

“还有，你都一大把年纪了，还取个那么猥琐的名字骗小姑娘！”

她的声音不高不低，刚好让夏凛听见。

夏澄感到周围的气压骤然降低，整个办公室都安静下来。她原本以为夏凛绝对要发火，却见他突然咳了一声，换成一副长辈的慈爱口吻：“你这个小姑娘怎么回事啊？我也没说不行，就是你最近表现不太好，我要跟你谈谈，别激动啊……”

夏澄从未见过这样的夏凛，整个人也有点蒙。

夏凛看了夏澄一眼：“澄澄，你去外边站会儿。”

夏澄没动，有些犹豫。

夏凛大手一挥：“我放你半天假！”

“好吧。”月初要做账，有忙不完的工作，夏凛能在百忙之中放她半天假，她真是感恩戴德。夏澄拿起手提包匆匆地溜了，生怕他反悔。

“橙子……”苗苗委屈的声音弱弱地传来，夏澄不忍心了一下，又很残忍地溜走了。

夏澄独自一人跑去市区，去专柜给季云深买了护肤品，又去专卖店给自己添置了几件新衣服。后来她走累了，就进了小巷去找吃的。

“老板，给我来二十个锅贴，一碗水果羹。”小巷里基本上都是并不大的店面，放几张破旧的桌椅，但是这些小店都是有几十年或者上百年的历史了，里面的东西也十分好吃。她以前和苗苗出来逛街，没少往这儿来。

夏澄在角落里找了张桌子，许是上班时间客人不多的缘故，老板很快就把她要的东西端过来了。她才蘸醋吃了几个，忽然觉得有人坐到她的对面。

“不介意我坐这儿吧？”熟悉而陌生的声音，欣喜而意外的语调。

面前这个人的出现令她猝不及防，如果可以的话，她强烈地希望这一辈子都不要再见到他——陆启皓。

他曾给她心里带来涟漪，然后又以一种不经意的方式强行逃离她的世界。

夏澄很快镇定下来，夹了一个锅贴放进嘴里，淡淡瞥了他一眼：“原来是你。”

“澄澄，我终于见到你了，你听我解释。”才短短几个月，陆启皓看起来憔悴了许多，不过俊颜依旧，眉眼仍旧吸人眼球。

“你不用如此亲昵地喊我，我也不需要任何的解释。”夏澄只觉有些可笑，浅浅地勾起唇角，“我们之间那点事早就成为过去，你现在要做的就是多陪陪你的老婆。”

“我们在闹离婚。”他说话的时候，眼眸直直地望着她，仿佛在期待什么。

咯……夏澄差点没被锅贴噎死。她用力地吞下去，认真地点了点头：“幸好我跑得快，回头是岸，回头是岸。”

“你别这样。”陆启皓轻闭眼睛，叹了一口气，“我知道，都是我不对，是我不好。”

夏澄看着面前的男子，突然觉得她对陆启皓的那份感情早就释然了。他于她，仿佛是上辈子的事，他好与不好，她都无所谓。

她冲他摆手朝他笑：“不会，你别这样妄自菲薄。其实我觉得你很厉害的，就一次，一次就让你老婆怀孕了，特别棒。”

陆启皓一噎，言辞恳切：“澄澄，你非要这样和我说话吗？”

“我说的不是实话吗？”

陆启皓用手撑住额头，闭上双眼，眼睑处的黑眼圈更加明显：“她没怀孕，她和我妈妈一起骗我。”

“哦。”夏澄发现自己也不知道该说点什么。讲真的，这个剧情反转得实在意外，但她真的觉得有点幸灾乐祸：“那又怎么样？”

陆启皓不由得一噎。

“那真的是一次意外……你不知道，我痛苦极了。”陆启皓闭了闭眼，

“我不敢找你，可你一次也没找我，连一个电话都没有。直到她告诉我怀孕了，我……我以为……”

“我不怪你，我早就不怪你了。”夏澄站起身来，“我只是无法容忍你妈到处诬蔑我，无法违背我爸的意愿，更无法违背自己的心意。再见啊！”

是啊，因为有了心爱的人，便再也无法违背自己的心意去爱别人了。这一刻，她突然很想见到季云深，和他说，他就是她的心意。

夏澄才走了两步，陆启皓从身后紧紧把她抱住：“澄澄，对不起，真对不起……”

夏澄微顿，用手肘一把将他推开：“我不需要你的对不起，因为我不喜欢你。”

“我知道你恨我。”

“我从来没恨过你，因为我从来没有喜欢过你。”

陆启皓顿时呆住，心似乎在瞬间碎成片。他漆黑的瞳孔深处流露出难以置信的神色。面前的女子，依旧是他记忆中的那张面孔，可表情竟那么决绝，不作一丝假。

良久，他才开口：“你还是在气我？”

“我在你面前从来不撒谎，因为没必要。”

夏澄将陆启皓扔在原地，慢慢地走到店外，这才发现自己的心里并没有多少波动。不喜欢一个人的时候，无论他爱你抑或不爱你，你心里都不会泛起多少涟漪。

夏澄给季云深打了个电话：“季云深，我想找你吃饭，顺便有些东西给你。”

季云深停顿了一下：“行，你到家里来。”

“你没有去上班哪？”

“我休了几天假。”他不疾不徐道，“要在家里多养养精神。”

“精神个鬼咧，您龙马精神呢。”夏澄嘀咕了两句。

“你说什么？”

“我什么也没说。”

“哦，不如你来试试。”

“试你个大头鬼！”

夏澄去了季云深的家，在玄关口就觉得香气扑面而来。

她有些迫不及待地问道：“有什么好吃的呀？”

“小龙虾。”

啊啊啊啊啊！夏澄发出一连串的幸福的惊讶声。要知道，从前她和季云深提议要吃路边摊小龙虾的时候，他是义正词严地拒绝了她的。

“偶尔吃一次，下不为例。”

季云深端着两大盘小龙虾出来，色泽鲜艳，引人食指大动。

“把手套换上。”他用遥控器将电视打开，电视里放着一部不久前下线的电影，随后又端了两碗甜汤过来。

夏澄边看电影边剥虾，忍不住赞不绝口。小龙虾充分融合了麻辣与鲜甜的口感，里面还配了些中药材，肉质细嫩，弹韧爽口。她并不嗜辣，可停不下来，吃了一个又一个。

夏澄剥了一个往季云深口里塞：“好好吃！”

“是啊，也不看看厨师是谁。”

“下次我要吃香辣蟹！”

“可以考虑。”他假装考虑的模样，眼睛却斜睨着她，有点坏坏的神色。

夏澄都不知道是不是她的错觉，自从两人做了一些比较深入的事之后，季云深看她的眼神都不一样了。就是那种，狼看羊的眼神。

夏澄舔了舔唇，喝了一口甜汤：“季云深，你太有用了，哈哈哈！

你就是万能的。”

“嗯，也不看看是谁选中的男人。”

“哈哈哈哈。”夏澄靠在季云深的怀里，笑得十分开心，“就是，我眼光好啊，慧眼识珠呢。”

她突然想起什么，仰起头来神神秘秘说道：“季云深，我早上碰到陆启皓了，还聊了会儿天。”

“嗯？”季云深猛地抬起头看她。

夏澄沉吟了一下：“他说他准备离婚。”

季云深的表情瞬间凝结成霜，眼中闪过一抹狠戾。

“我后面的话还没说完呢，你要不要听？”

他的下颌线紧绷在一起，用一种恶狠狠的声音说道：“闭嘴。”

夏澄说这些事的时候十分坦然，因为她知道她和陆启皓再也没有关系。可她没想到季云深的反应竟会这样大，她不由得小声道：“他现在过得不太好，他说他老婆其实没怀孕……”

“所以呢？”季云深额头上有青筋暴起，唇角散发出森冷的寒意。

好恐怖的眼神！原本还想继续逗逗他的话，全都自动消音在喉中，夏澄忍不住吞了口口水，站起身来：“好可怕，我要不要躲一躲？”

夏澄还没站稳，季云深长臂一揽，然后她便以一个暧昧的姿势摔在他的怀里。她挣扎着要起来，而他紧紧地按着她，她的脸被他按在怀里，憋得一句话都说不出来。

“他到底哪里好，值得你这样念念不忘？

“不管他做错了什么，只要他肯回头，你就会原谅他，张开双手拥抱他。在你心里，他永远都是最好的，你一直在都等他回来，现在你很开心是不是？

“夏澄，你真让我失望。”

他鲜少说这么长的话，每一句音量不高不低，但每一个字都是从牙缝里狠狠吐出来的。

原来夏澄还打算好好解释，但听到季云深这些话，她只觉得憋屈极了。她念念不忘的自始至终只有一个人，陆启皓从来都不是他们之间的障碍，他只是季云深的一个假想敌。

“你什么都不懂！”

“是，我什么都不懂，他最懂你。他只要一句话，你就被他迷得神魂颠倒。”他的眉头微皱，脸色阴沉，一双眼睛幽深不见底，没有了往日里的清澈。

“你在嫉妒什么？”夏澄性子急，不免有些着急地冲他吼，吼完了又拉不下脸来道歉，“你这样，我们根本没法好好聊天！”

夏澄全身的血液一波波地往头上涌，她觉得自己好长时间都没有这样生气过了。

“我就是嫉妒。我一直嫉妒他，嫉妒他能够一直那么耀眼、那么阳光，嫉妒他能吸引所有人的视线，嫉妒他能让你将整颗心都放在他身上。”

季云深紧紧地抱着她，将她压在沙发上。

“季云深，你听我说。”

“我并不想听。”季云深动手撕开她的衣服，他撕得太用力，衣服上的小扣子应声而掉。

夏澄涨红了脸，竭力让自己冷静一些：“我并不想用这种方式。”

是他太用力，又或许是她拒绝得不彻底，到最后她还是沉溺在他带来的温情之中。他吻着她的嘴巴，将她那点模模糊糊的声音都吞下去。

等激情退去，夏澄还是气呼呼的样子，季云深抚着她的脑袋：“夫妻之间，都是床头吵架床尾和的。”

谁和你是夫妻呀！夏澄又好气又好笑：“你这个棒槌，有些事我们还是要好好沟通，知道吗？”

“要不要再来一次？”

“啊，我真的要生气啦！”

季云深将她紧紧拥着，几乎将她揉到自己的身体里：“澄澄，我害怕听到那些话。”

都说谈恋爱的人智商为零，此话果然不假。季云深这样清冷的一个人，陷入爱情里有时竟也同孩子一般无二。夏澄咬了一下他的耳朵：“你这个笨蛋哪，我只喜欢你呀！”

他怔住，眼眸水亮亮地望着她，带着那种不可思议又有点儿震惊的神色。

夏澄捏捏他略红的耳朵：“我在说真话，你不要质疑。”

说完，她自己都有些不好意思，用被子捂住头：“睡啦！”

夏澄终于安抚好季云深沉沉睡去，这时才发现苗苗给她发了不少表情。所有的表情上几乎都是带着“没义气”“没人性”的标签。

夏澄忍不住抚额又有点想笑，回复：“乖啊！”

苗苗飞快地回她：“你居然逃跑了，我非常生气！”

夏澄略微沉吟，回了一句：“我小堂叔应该是个有分寸的人哪，不至于对你怎么样。”

“什么叫不至于对我怎么样？他给我穿小鞋呀！他说我这款设计图必须要有甜蜜的感觉，说是给人家装修新房用的，可设计得再甜蜜，也是给人家铺厕所用！我心里苦啊，哪里来甜蜜的感觉呀？！”

“厕所用途很大好不好，现在的年轻小夫妻最喜欢弄情趣了，厕所里装修得漂亮……你懂的啊！”

“我要不要设计春宫图放在瓷砖上哦，专门推出一款十八禁？！啊哈哈哈。”

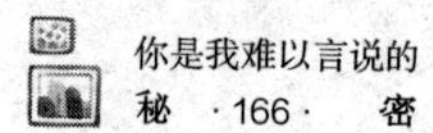

“那可不行，我们不搞色情营销的哦。”

苗苗被气得都想咬她：“你已经不爱我了。”

夏澄看了一眼边上安安静静睡着的季云深：“嗯哪，我爱我的男人哪！”

“秀什么恩爱……讨厌你了！”

第七章 故乡

周末下午，夏澄在工作室修图，突然接到姑姑给她打来的电话：“澄澄，还记不记得明天是什么日子？”

“我当然记得了！”夏澄飞快地在脑海里搜索了一下，“明天是姑姑的生日嘛。”

“你这孩子。”夏群低笑出声，“我等下把地址发给你，到时候人过来就成，什么都不用买。”

“一定会到的。”挂了电话，夏澄有些汗颜，若不是姑姑提醒，她差点就忘记了。

在她的记忆中，姑姑鲜少过生日，或者说她鲜少在家。不过根据S市的习俗，49岁的生日往往办得格外隆重些。

夏澄略略想了想，给苗苗发了信息：“苗啊，陪我去买礼物呀，明天姑姑生日。你要不要一起来？”

“陪你去买礼物可以，姑姑生日我就不去了。你以为我是你呀，我还有个设计图要赶的，这次要赶一款卡通的。”

“你好忙啊！”

“没办法，给资本家打工嘛！不过老板说，这次我把活儿干好，给我加工资，啊哈哈哈！”

“你真容易满足。”夏澄不免有些好笑，明明前不久苗苗和夏凛之间还有些针锋相对，一转眼这事竟也云淡风轻地过去了。

涨工资确实是个不错的台阶。

第二天，夏澄提着礼物早早去了姑姑订的云风酒店，这时季云深已经在了。

夏澄一见到季云深，视线不由得落到他的身上。望着他漆黑眼眸中的笑意，她的唇角忍不住上扬。因为姑姑在，她为了避嫌，也不招呼。

“澄澄，你来啦。”夏群见到夏澄忍不住拥抱她，毕竟姑侄俩也有段时间没见面了。

“姑姑生日快乐。”夏澄上前将礼物递过去。

“你这孩子，跟姑姑怎么还这么客气。”姑姑这样说着，接过礼物时，脸上掩饰不住笑意。

“咦，小堂叔不来？”夏澄不由得好奇，偌大的桌子竟只有他们三人。她爸在外面实在赶不过来，那小堂叔呢？毕竟也是很亲的人了。

“你小堂叔说是今儿有个约会，实在抽不开身。”姑姑耸耸肩，并不在意的样子，“反正你爷爷说过几日等大家都在了，再给我补个生日，所以这餐就我们仨一起。”

夏澄点点头：“那也好。”

姑姑好不容易过个生日，只怕过的不是生“日”，可能是生“周”，有的是亲戚朋友给她补生日。

刚开始上菜时，气氛还是很欢愉的。姑姑讲着自己在国外发生的趣事，夏澄也说着在摄影中碰到的意外，只是过了一会儿，不知道怎的就把话题转到了夏澄的感情上。

姑姑看着夏澄许久，脸色有些犹豫：“澄澄，你别嫌姑姑说的话不好听，姑姑觉得有些事过去就算了。小陆是个好孩子，可他毕竟结婚了呀……”

小陆？夏澄呆愣了片刻，筷子上夹着的烤鸭落了下去。姑姑怎么会知道这件事？夏澄的眼神恶狠狠地落在季云深的身上，居然打小报告！

整个过程中，季云深压根没注意她，只是一味低头吃菜。这被夏澄理解为心虚！

姑姑见夏澄不反驳，声音中带着浓浓的沉痛：“怪不得前段时间你相亲也不去了……现在小陆开始闹离婚。澄澄啊，本来你的名声就被他妈妈弄得不好，这下子还怎么得了呀？”

“闹离婚？关我什么事呀！”夏澄忍不住说道。

姑姑将这事和她扯在一起，一种莫名的烦躁感在她身体内乱窜，她真是冤死了，这就是躺着也中枪。

姑姑语重心长道：“澄澄，小陆的妈妈无论如何都不会同意你们的婚事。小陆的父亲曾经是位很有才华的教授，曾经和你……妈妈一起过，小陆母亲闹得厉害，小陆他爸就喝药自杀了。”

“……”

有什么戛然而止，一切都安静下来。夏澄只觉得自己的脑子都转不过弯来。她妈？他爸？涉及婚外情，还自杀？原来就是这样的原因，所以陆启皓的母亲才总是揪着她妈不放，每次提起她妈都要用最恶毒的话语羞辱一番。

“这件事终究是不光彩，大家都不知道，连你爸都不知道。因为小陆的爸爸是我的师兄，我才有所耳闻。他妈恨死了你的妈妈，所以无论如何都不会接受你的。我知道初恋总是刻骨铭心些，可澄澄，你听姑姑的话，早点断了。”

原本今日是姑姑的生日宴，没想到会扯出这些不愉快的事来。夏澄深深地呼吸了一口气，压抑住自己的情绪，认真地说道：“姑姑，他离婚和我没关系，半点关系都没有。”

夏群不知是信，还是不信，微笑着，连眉间的纹路都舒展开来：“我就知道我们澄澄不会蹚这潭浑水，可即便与你没关系，他妈仍旧把所有的罪名都安在你头上。”

夏群顿了顿：“澄澄，不管他和你曾经发生过什么，如今他都是别人的丈夫，你搅和进去就变成破坏别人婚姻的第三者了。在这种敏感的时候，要不你去国外玩一段时间？”

夏澄原本被压下来的情绪又噌的一下燃了起来，她非常非常生气。陆启皓都跟她没关系了，他要离婚还是要生孩子都跟她没有一毛钱关系。但好像有些事，不管她做过还是没做过，大家非要安在她头上，连她的亲人都不相信她。

她竭力忍着脾气，缓缓放下筷子，笑得一团和气：“姑姑，机票也给我买好了吧？什么时候？”

夏群见夏澄若无其事的模样，又不由得有些担心：“澄澄，你……”

“无妨，哪个国家都行，我好早点打广告，顺道接两个旅拍。”夏澄说话的时候，拿着纸巾慢慢地擦拭着自己的手指。

她站了起来，弯腰又抱了抱夏群：“姑姑，祝您生日快乐。我吃好了，回家整理东西去了。”

夏澄出来的时候，在姑姑看不到的地方朝季云深竖起了一根中指。这次，肯定又是季云深的主意，她没办法不去生季云深的气，他这事做得实在是太不地道了。

“云深，你去送送夏澄。四点半的飞机，时间也有点赶……”

夏澄听着姑姑隐隐传来的声音，一边飞快地朝外边走去，一边在心里嘀咕：还能不能靠谱点，每次都玩这招累不累？

夏澄根本就不给季云深送她的机会，飞快地招了一辆出租车就回家去了。她气呼呼地跑回自己的房间，鼓捣着收拾东西，发出的大大小小的声音都表明她在发泄情绪。

夏澄想着，她这次要出去多久？难道她要等陆启皓正式离完婚才能回来？他要是拖拖拉拉离不成婚怎么办？万一他一会儿想离婚一会儿又不想离婚怎么办？不对，管他离婚不离婚，她凭什么要心虚地逃出去？

就在这个思考的过程中，夏澄往自己的行李箱里装了不少东西，东西多得几乎装不下，箱子也合不拢。她不由得愤愤地踢了一脚，我去，连个破箱子都要欺负她。

她索性将所有的东西都丢到一旁，躺到床上玩手机。中途听到有人在敲门，她假装听不到。

不知何时，门被人用钥匙从外面打开了。季云深文质彬彬地站在门口，敲了敲门，一派十分有涵养的模样：“东西整理好了没有，我们要出发了。”

夏澄怪声怪气道：“我可不想跟长舌妇一块儿。”

季云深愣怔了半刻，像是理解了什么，开口道：“不是我说的。”

夏澄摆明不信，背过身去不看他：“反正你和你脱不了关系。”

季云深仿佛没听见似的，将身后的门关上。他走到她先前整理的箱子边上，没花多少时间，已经将她的箱子整理好：“澄澄，走了，时间也差不多了。”

夏澄倔强地不去看他：“我就不去，你管我！”

“澄澄，你乖一些。”轻轻的叹息，淡淡的宠溺，直听得夏澄心里越发委屈。

“季云深，我跟陆启皓究竟有没有搅和在一起你真不知道？要是我和他重新在一起了，我干吗还要理你……”

夏澄这才发现自己的声音有些哽咽，不由得暗骂自己没骨气。她用手抹了抹自己的眼睛，气呼呼地站起来：“我去坐实了给你看。”

季云深抓住夏澄的手，紧紧地握着，声音低沉：“真不去？”

“不去！”眼泪还是控制不住地往下掉。

“可是，我要去啊！”

“哼！你少拿哄小孩儿的那套哄我……反正我不去，我哪儿都不去！”

季云深将她拉过来坐在自己的边上，捧着她的脸，温柔地用衣袖为她擦眼泪：“你就不想，和我一起单独去玩一玩？”

夏澄有些诧异地望着他：“嗯？”

季云深轻声道：“不要接旅拍，就你和我，两个人，好不好？”

夏澄有些不知所措地望着他，还没想好怎么回答，却见夏群不知何时站在门口。她咳了一声，敛了神色，柔声道：“澄澄，最好还是离开一段时间。今天早上我碰到小陆的妈妈了……她对我说了很多难听的话，姑姑知道你是个聪明孩子，别和这种人家搅和在一块。”

夏澄愤愤地抹了抹眼泪：“姑姑，不管你信不信，陆启皓结婚之后，我和他再没联系。”

“你没和他在一起最好，只是别人不这么认为。”

“我为什么要活在别人的世界里？”夏澄激动地站起来，“别人怎么认为是别人的事，我怎么活是我的事呀！”

夏群慢慢道：“中午之前有人给我传了照片，是小陆和你抱在一起……”

夏澄气得冒烟，一句完整的话都说不出来。谁这样居心叵测啊，就那么一瞬间的照片都能拍得下来?

夏澄不知道如何去形容自己此刻的心情，急躁、焦虑，还有委屈。

夏群见夏澄急哭的样子，也忍不住往下掉眼泪，她哽咽着声音：“澄澄，我们家族这一辈就你一个小姑娘，姑姑舍不得你给人家糟蹋，别人说你一句不好，姑姑这心里……就特别难受。”

“姑姑，我们在一起生活了那么长时间，你还不了解我吗？”

“那你自己决定去不去吧，只是之前姑姑以为这样对你好。”

“机票都买好了，去就去呗。”夏澄咬了咬唇，随即又故意高声道，“最好我从国外带个高富帅未婚夫回来，这样就算陆启皓他妈闹起来，我都能找到帮手。”

夏群忍不住笑出来：“你以前不是说不喜欢体毛多的吗？”

夏澄双眼还含着泪花，也笑出来：“此一时彼一时嘛，够帅够高就行了。”

“好了，东西都整理得差不多了吧？”姑姑看了一眼一旁一直都没说话的季云深，“云深，你去客厅的柜子里看看，给澄澄备点常见药。”

“好。”

季云深出去之后，夏群突然低声问夏澄：“澄澄，你和云深……”

夏澄本以为姑姑又要问她与陆启皓的事，可她听到这句话立刻就僵立在原地。在她的印象中，姑姑这个人并没有什么脾气，她说什么话都十分柔和，令人如沐春风，可这句话让人听着毛骨悚然。

夏澄想起刚才和季云深的对话，也不知道姑姑听到了多少。她假装没听懂：“什么？”

夏群转换了口气：“我觉得你们感情挺好的。”

“是呀，毕竟是一家人嘛。”夏澄故作坦诚，心里却七上八下。刚才她还没有出行的打算，此刻她只想以最快的速度赶去机场。

原本是季云深一人送夏澄去机场，如今倒是姑姑和季云深一起送夏澄去机场。一路上，姑姑都在不停地对她说，在外面要多照顾自己之类的。

夏澄坐在后面，含糊地应着，视线不经意地在姑姑和季云深之间徘徊，心里总觉得七上八下的。她一直都知道会有这一天，却还是打心底里希望这段时间能够拖得越长越好，她并不想破坏这份安逸，因为她不知道结果是什么。

前面再拐过一个弯就要到达机场了，夏澄忍不住垂下头轻轻地叹了一口气。先前，季云深还说什么陪她一起出去，亏得她心里还多出这样一份希冀来，如今也是没戏了。

终于到了机场，季云深替她将行李搬出来，将机票递到她手里："路上小心。"

"嘁。"夏澄轻轻地嗤了一声，随即笑靥如花回头冲着姑姑挥手，"姑姑，我好好玩去了，你们回去吧。"

"说话算话。"季云深从她身边离去，轻声地说了这句话。

夏澄只当没听到，拉着行李箱往安检处跑去。临登机时，夏澄准备关机，收到季云深的短信："宝贝，好好保重。"

夏澄撇了撇嘴："有种在姑姑面前喊。"

他很快回她："等我们回来，一起来解决这件事。"

"你个骗子，我讨厌你！"

经过 22 个小时后，夏澄终于到达 F 国，是张允来接的机。

夏澄才刚出机场，张允就上来拥抱她，愉悦好听的声音在她耳旁响起："亲爱的澄澄妹妹，你这么想念我啊，才几日不见，就急吼吼地跑来找我了！"

夏澄推开他的怀抱："少来吧！这次完全是被家人合起伙扔出来的。"

张允笑得十分灿烂："那也不错，一扔就将你扔我怀里来了。"

夏澄往上翻了个白眼："少吃我豆腐，我才不想做你森林里的一棵小树苗。"

"我可以为你改邪归正。"

"嘁！"

"这次为什么被扔过来？莫不是你和田螺先生的事被家里人发现了？"张允略略皱眉，"难道是我上次让他带回去的秘密武器出卖了你们？"

夏澄一听到他说什么秘密武器，恨不得上前挠死他："去你的秘密武器！"

"学名叫冰火两重天……"张允停了一下，"咯……纯洁的我们怎么能讨论这种猥琐的问题……"

夏澄刚想补他两脚，就听见他的电话响了。张允接了电话："澄澄妹妹已经到了。她这次要在我这里住很长时间吧，我等下就带她去逛酒吧，我要把澄澄妹妹带坏。什么？三天后就让她回去？"

"嗯？"夏澄大致能猜出电话的另一头是谁，她诧异地皱起眉，三天后？

张允挂了电话之后，一脸八卦兮兮地看着夏澄："你们两个被发现了？"

"还没有。"

"哦。"他肯定地点了点头，"那同居了吧？"

"……没有。"

张允笑得贱贱的："血气方刚什么的，最忍不住了！"

夏澄继续往上翻白眼，彻底不想跟他说话。张允将她带回了他的家，她站在门口还有些踟蹰："会不会不太方便？"

“那你去住田螺先生的房子？”

夏澄有些听不清：“什么？”

张允转身换鞋：“你觉得我是那种随随便便将女孩子带到家里来的人？”

“谁知道呢！”

自回国之后，夏澄没想过再来F国，这个她求学的地方，却又是让她觉得孤零零的地方。

没想到，这么快她就回来了。

闲来无事，夏澄拿着单反到她之前就读的学校乱逛。故地重游，倒也别有一番滋味，当初她在这里读书时，也有过许多单纯美好的时光。

“喂，澄澄妹妹，你跑哪里去了？”

阳光正暖，透过疏疏落落的叶子，在地上投下斑驳的光。夏澄正蹲在地上拍一些不知名的小花，突然接到张允的电话，她不由得笑道：“干吗？你好好约会就好了，需要我帮你挡桃花啊？”

“就是随便问问，怕你走丢了，田螺先生千里迢迢来咬我。”

“你肉那么硬，谁稀罕咬！”

“你咬过？”

夏澄翻了个白眼：“不跟你贫嘴了，我挂了。”

“我是想说你在不在你学校那边，迟点回来帮我带一下Star的甜点。”

“知道了。”

挂了电话之后，夏澄继续寻找别样的风景，突然一抹挺拔修长的身影不经意地进入她的镜头，对方双手插兜，冷风扬起他黑亮的头发。他身着一件黑白色格纹衬衫，围着浅灰色围巾，外面是一条浅蓝色的长款风衣，整个人显得年轻而有气质。许是阳光太过耀眼，他的容貌竟显得模糊了，她差点以为这只是她的一个梦境。

她疑惑地看着他，他目光纯净，唇边露出清浅笑意：“现在，我还是骗子吗？”

夏澄有片刻的恍惚，随即轻轻地哼了一声。可她的心像是突然掉入了蜜罐，全部都沾满了蜜糖，甜得整个人都酥了。

“怎么？还和我生气？”季云深上前将她拥入怀中，下巴抵在她的头顶。

夏澄并不说话，只是深深地吸了一口气，他身上有她熟悉的草木清香，一种让她安心的味道。

“你生什么气？上次你被陆启皓抱过，这笔账我还没跟你算！”

夏澄心中原本有的小感动，也因为季云深这句话而消失得无影无踪。她气恼地从他的怀里蹭出来：“季云深，你少无理取闹好不好？趁着我还没生气，我再跟你说一遍，我和他什么都没有。你别用你的木鱼脑子去脑补各种没有的事。”

“我从来没有怀疑过。”季云深微微笑着再一次将她紧紧地抱在怀中，几乎将她揉到自己的身体里，“在你眼中，他集所有优点于一身，我无法企及。在很长一段时间里，他是你的重心，我没办法对他毫不在意，他几乎成为我心中的一根刺。”

“不是这样的。”听着他这样直白的话语，夏澄心里又愧疚又心疼，“其实你也有许多他无法企及的优点。”

“我明白。”

“你不明白的。或许我真的纯粹地喜欢过他，但是那只是一段小插曲，过去了便过去了。”

“那么我呢？”

“我曾经把你当成保姆。”

“……”季云深怎么想也想不到夏澄竟给了他这样一个答案。

夏澄自顾自地说下去："你不仅给我做饭，给我整理房间，居然给我洗衣服……包括带血的小内内……我那个时候几乎不知道怎么面对你。后来我想你既然住在我家，我应该将你当哥哥。再后来我把你当情人，可似乎这些对你的定位都不够。我只愿你是陪我走完一生的人。

"或许我将你当成保姆、哥哥、情人的时候，我就爱上你了，所以天真、情商低的我才会总是拿其他的理由、借口来刺激你，我只是怕你不喜欢我，怕你不吃醋。"

"傻瓜。"季云深听着这些话，心毫无征兆地狂跳起来，眼睛变得潮热、湿润。此刻，无论他说什么话，都表达不了他心中的激动，他捧起她的脸，柔柔地吻了下去。

在异国他乡，他还是她最爱的田螺先生，她拥抱着他的力气比之前每一次都大。

他的唇异常柔软滚烫，一遍遍虔诚地亲吻着她的眼睛、鼻子，然后是她的嘴巴，他撬开她的唇，舌尖在她的口中温柔地舔舐、吸吮。

他的心因为她的一句话，全乱了。

"澄澄，我很高兴。"他不停地亲吻着她，眼睛微红，"我心里很高兴。"

在蓝天白云下，在灿烂的阳光底下，夏澄光明正大、紧紧地回抱着他，承受着他渐渐加深的吻。原来他这样爱她，会因为她的一句话就喜极而泣。

两人在 F 国待了短短的几天之后，季云深就带着夏澄回国了。

为此，送两人去机场的路上，张允没少奚落他们二人："好不容易来一趟，怎么不多玩几天？你说在这儿玩多好，想做什么做什么，还不怕被人发现。"

季云深淡淡道："电灯泡有点亮。"

"亮？我？"张允更加不悦了，"有我这么好的电灯泡吗？不仅提供住宿、提供吃食，还给提供冰火两重天！”

夏澄都听不下去了，红着脸冲着张允喊：“张允，你把嘴巴闭上吧！”

“再说了，我又没打扰你们！你们要是有需要，我完全可以让出房间。当然了，你们自己……”

季云深微微皱眉：“嗯？”

“算了，反正我们迟早要见的。”

夏澄不明所以，又点了点头：“就是说，我们总会见的。”

告别了F国，夏澄以为他们要回S市的，未料，季云深竟带着她去了C市。

“哎？我们不回去啊？”夏澄看了一下手机上的日历表，“我这都出来好几天了，我得看看我近期有没有工作。”

“我替你看过了，我们还能在这里待上几天。”

“好吧，那我们去哪里？不对，C市？你的故乡！”等夏澄确认时，他们二人已经换了好几辆巴士，并且在山里越行越偏僻，夏澄觉得自己颠簸了一整天，骨头都要散架了。

夏澄累瘫在座位上，半合眼睛：“季云深，你觉得这样会不会太折腾了？”

“还好，你要知道早些年这里连动车都没有。”季云深简短地说了一句，眼睛都没眨一下，随即便把头枕在了她的肩膀上，“不过好像有一点累。”

他厚颜无耻地在她身上寻了个舒服的姿势，头发蹭着她的脖颈有些许痒。夏澄有些不习惯，刚想推开，就听到他幽幽的声音：“你总是轻易地对我许下承诺，可从未兑现过。”

夏澄疑惑地眨了眨眼：“什么承诺？”

“你曾经说陪我来的，可一次都没有。”

夏澄在记忆中搜索了一下，好像是有这么一回事。还记得高中时他想偷偷回去一趟，她无意中得知后，还特地开解过他：真想回去，等高考之后，我们去毕业旅行，顺道去你老家嘛。

毕业之后，夏澄跟着一帮同学逍遥去了，哪还记得这茬，难为季云深记了那么多年。

“我当时一直在等你兑现承诺。”

“可是后来你就没提过这事了……而且我提过，你也没有应允。”夏澄说到这里，突然咬唇轻轻笑起来，“季云深，你不是说你只带媳妇儿回来的吗？”

季云深轻轻别过头去：“我有说过吗？”

“你有说过的！”夏澄嗯哼一声，斜眼看着他，“你个不要脸的，还没经过我同意，就把我当你媳妇儿带回家！”

“那没办法了，你不同意也要同意了。”季云深一本正经地回她，随即又忍不住伸手捏了捏她的脸。

夏澄透过被尘土模糊的窗户往外看，外头山清水秀，每一处风景都像一张油画。她不禁有些期待：“我要跟你回去，会有地方睡觉吗？住宿条件好不好？”

季云深沉吟了一下：“房子有些年头了，如果下雨的话，外面下大雨，里面下小雨。房间也很少，你估计要睡地上。”

“不是吧……”先前季云深说这里有肥美的鱼虾，夏澄忍不住对这里充满期待，可如今她听到住宿条件差，甚至吃的都没有，心里打了退堂鼓，“我不去了行不行？”

“不可以。这是你想来就来，想走就走的？”

夏澄可怜兮兮地望着他：“你不会将我骗过来卖掉吧？”

季云深眉眼含笑，在她的脸颊上亲了一下："卖啥也不能卖媳妇儿，我还要留着给我生娃娃呢。"

夏澄嫌弃地看了他一眼："也不问我愿不愿意。"

"我不会给你拒绝的机会。"

天色全暗下来时，车子才停下来，夏澄松了口气："我还以为要在车子里过夜呢，我可想上厕所了！"

"这里附近有厕所。"

夏澄下了车之后，打量着四周，突然有一种穿越时空的感觉。这里黑漆漆的，没有路灯，附近也没有几户人家，荒凉得很。

夏澄去了一趟所谓的厕所，更有种想哭的感觉，对着季云深哭丧着脸："好原始的茅厕……好多虫子！连个洗手的地方都没有，嗯，你家在哪里？"

季云深拧开了矿泉水，倒了一点水给她洗手，然后指了指一个方向："还要走点路。"

初夏的夜晚，风吹在身上有点儿凉。周围幽静而宁谧，唯有风吹动树叶和草丛的哗哗声以及远处夏蝉的嘈杂声。季云深提着好多东西在她身旁走着，她跟着他走了好久都不见他停下来，有些怨念地问他："哥哥啊，还有多久啊？我的脚都要走断了。"

"快了。"

"骗人！"

他停了下来："走不动了？我背你。"

"那不用，我还没那么娇弱。"毕竟两人都累了，她可舍不得他继续辛苦。夏澄好奇地问道："这里的人晚上都那么早睡的？"

"省电。"

"哦。"

“再说这儿也没有什么娱乐项目。”

夏澄点点头：“这倒是。”

约莫又走了半个小时，季云深才在一座房子前停下。透过皎洁的月光，夏澄发现前面这座房子虽不高，却也比她先前看见的房子要新一些。季云深敲了敲门，很快就听到一个苍老的声音。

季云深说了一句话，用的是方言，她没听懂，大意估计是：妈，是我。

他的声音中带着愉悦与欢快，不似往日里稳重。

里屋亮了起来，有灯光从门缝里露了出来，门很快地被打开。夏澄抬眼就瞧见一个上了年纪的妇人冲了出来。她身材瘦小，只穿了件白色的薄衫，头发白了大半，她脸上堆满了笑，抓着季云深的手也略微有些颤，嘴巴一张一合，叽里呱啦讲了一堆，激动得几乎要落泪。

季云深又笑着叫了一声妈，妇人应了一声，转身喊了一声什么。

妇人似是才看到夏澄，怔了怔，随即咧嘴笑起来。季云深也跟着笑，低低地说了句什么，然后妇人拉着夏澄的手，满脸慈爱，边点头边笑。夏澄也跟着笑，说了一句伯母好，也不知她听懂没听懂。

很快，屋内又出来一个男人，皮肤黝黑，脸上都是深深浅浅的沟壑，应该是季云深的养父，他声音醇厚响亮，叫了一声云深，上前拍了拍他的肩膀。夏澄看着这一其乐融融的场面，不由得觉得很温馨。

她想季云深虽然从小便没有了父母，但是他的养父养母必定对他很好，从他们的眼神能看得出来，否则季云深也不会对这个地方念念不忘。

夏澄有些羡慕他。

曾经她看不起他，其实他过得要比她幸福。

季云深将夏澄推到自己面前，重新将她介绍了一遍。夏澄也不懂他们在讲什么，但她知道季云深绝对不会跟他们介绍这是他妹妹，否则他的养父母笑得那么开心干什么？

季云深提起地上的行李，又拉了拉她：“进去吧，外边有些冷。”

“好。”

夏澄跟着进去，伯母很热情，转身就要去厨房里给她做吃的。

季云深没肯，拦住他们，让他们去睡觉，中途他转身对夏澄道：“澄澄，你饿了吧？你再忍忍，我给你做吃的，我妈白天忙了一天，我想让他们早点休息。”

“没事没事，我在车上吃了些饼干，不饿的。你让他们快点去睡觉。”夏澄对两位老人微笑地摆摆手，对他们说晚安。

两位老人被季云深哄回楼上睡觉，夏澄一个人站在楼下打量了一下。房子并不大，不过看起来没有季云深说的那样破旧，里面整理得有条不紊，很干净，也很温馨。过了一会儿，季云深从楼上下来，他摸了摸夏澄的脑袋，黑白分明的眼中都是笑意，还带着点骄傲：“他们说我媳妇儿真漂亮。”

夏澄瞪他一眼，嘴角忍不住弯起来。

季云深看着她如花般的笑靥，忍不住上前亲亲她：“我去给你做吃的。”

季云深打算给她下面条，可家里并没有什么作料，他便在门外的菜园里拔了些菜和小葱。他下面条的时候，夏澄就站在厨房的门口看着：“你家里的条件看着还不错呀。”

季云深颇为得意：“去年新盖的，比以前的房子好太多了。”

面条很快就煮熟了，他用两个白色大瓷碗盛好了端到桌上。夏澄坐了一天的车，本是没有什么胃口的，可实在是很饿。她喝了几口汤，味道还不错，一下子有了食欲，一口气吃了一大碗，还把汤喝得干干净净。夏澄吃饱了，就靠在桌子上，用手撑着下巴，歪着脑袋看他：“你小时候上学远吗？”

“小学倒是还好，学校就在我们来时车子停下来的那个地方。初中才远，学校在镇上，不过我都住学校，两个星期回来一次，周末要给家里做些活。”

“觉得辛苦吗？”

“从不觉得。”季云深笑了起来，似是想起了什么，眼中出现些孩子气，“因为我们村里的孩子都是这么过来的。”

“我以为这样的生活只有倒退几十年才会有。”

“你是城里的孩子，这些离你太遥远了，所以你才觉得不真实。”季云深吸了一口面，“在此之前，我从没有怀疑过我不是我养父母亲生的。他们只是我亲生母亲的表亲，但他们真的待我很好。他们既没有饿着我，也没有冻着我。家里条件那么差，他们却愿意辛苦地工作供我读书。你姑姑要收养我时，我并不肯去的，只是那时家里实在太穷，养父又生了病，没钱医治。”

“幸好，姑姑把你接回来了。否则，我怎么会认识你？”

“我还记得我妈当时拉着我的手，流着泪说，云深哪，你一定要出去，出去了才有出息。我想我一定要有出息，出息了才能赚很多很多钱给他们。”

夏澄心里酸酸的，轻声说：“你出来是对的，至少你现在有能力让他们过上好一点的生活。”

“只可惜，我没有太多的时间陪伴他们了。”季云深的眼神似透过她看向远方，眼中有她看不懂的神色，“同时，我也欠了你姑姑和你一家人许多，人生中情债最是难还。”

夏澄笑嘻嘻地回答：“那你将你自己抵给我就是了。”

“是啊，我早就将自己抵给你了。”

“真是不要脸！”

季云深给她说了不少小时候的趣事，夏澄这才发现他的性格并不是她初见到他时那样沉默。其实年少时，他也是个调皮活泼的孩子，在农村乡野里，是只小泥鳅。

只是因为去了大城市，总是显得格格不入，才渐渐变得自卑、沉默了。

吃完面，洗了澡，夏澄便觉得有些困了，问他：“我睡哪儿？”

“楼上就两间房，我爸妈一间，我一间。如果我不说你是我媳妇儿，我们不好住一块。”季云深笑起来，洁白的牙齿有些晃眼，眉间的笑纹都舒展开来。

夏澄无语地往上翻了个白眼，季云深指了指楼上：“左边这间，你先进去躺着，我洗完澡去找你。”

“我……”

夏澄洗完澡，反倒不觉得累了，脑子里清醒得很。这里的气候还蛮舒服，开着纱窗，没有风扇也不会感到热。夏澄玩了会儿手机，翻看着娱乐圈最新的八卦，季云深就穿着半旧不新的睡衣进来了。

身侧的床微微一沉，季云深就在她身边坐下来，身上传来淡淡的肥皂味。她不由自主地往里面挪了挪，她这才觉得床一个人睡正适合，两个人睡就有些拥挤了：“这床太小了，你要不铺个地铺睡地上？”

季云深的眉头都没皱一下，脸上带着毫不掩饰的笑意：“我们家没有多余的被子。”

“……”

“不过我有一个办法。”他眼睛发亮，眼中笑意加浓，夏澄从没见他笑得如此猥琐过，“叠着睡就不挤了。”

“你个猪！”夏澄恨不得把手机砸在他的脑袋上。

季云深伸手来抢夏澄手里的手机：“不是说困了吗？你在看什么？”

夏澄见季云深盯着她手机中的照片看，不由得笑道：“你觉得他长得怎么样？”

照片中是位穿白衣服的帅哥，狭长的眼，唇边勾着邪魅而性感的笑。

季云深看了一眼，面无表情："还行吧。"

"我小堂叔刚给我发的照片。"夏澄又给他翻照片，"我也觉得还行。"

季云深把脸一沉，直接熄了灯，像个小孩子开始发脾气。夏澄看不到他的神色，只觉得他的声音闷闷的："我们不回去了。"

夏澄突然就觉得很好笑，无声无息地咧开嘴来。季云深这人一是孤陋寡闻，二是单纯，人家说什么，他就信什么。

她忍不住逗他，凑过去用脸贴着他的脸："为什么呢？"

"这样，我们就不会分开了。"

夏澄莫名地红了眼睛，她伸手将他紧紧地抱在怀里："你个傻瓜，他明明就是最近那个《美男绽放》里的男主角呀，特别红，接了好多代言，你居然连他都不认识！"

季云深背过身去，良久都没说话，久到夏澄以为他睡着了，他的手突然就从她的衣摆里摸了进去。

她小声问："你干什么呀？"

他故作淡然："没干什么。"

"别动……"她小声说着，隔着衣服的手覆在他的手上。他乖乖地停止了手上的动作，隔了一会儿又对她上下其手。

"哎。"

"把上衣脱掉。"

"你胡闹什么呀？！"

"床太小了，这样衣服摩擦着不太舒服，我保证我什么都不做，嗯？"

他压着声音，小声地求她，竟有点撒娇的味道。夏澄向来是吃软不吃硬的性子，受不了他这样说话。她打心里相信他，就把上衣脱掉了，只是没一会儿就知道，有时候有些人虽然老实，但是不管用。

季云深毫无预兆地压了过来，她差点都喘不过气来。她往里面缩了缩，扭了扭脖子：“哎，哎，你累不累呀？坐了一天的车呢！”

他将她的话直接堵在嘴里：“别动，否则我就不保证了。”

她乖乖不动。

他覆在她的身上，眼底的笑意越发狡黠，眼中的一抹黑色浓得化不开，修长的手指不知何时爬到了某处：“不许动啊。”

嗯……她的身体发软发虚，想说点什么，可说出来的话也是断断续续的。她的意识也渐渐涣散，只觉得自己被他揉圆搓扁。她明知道这样不好，可在这个当口，强硬的态度她也装不出来。

床太小，她睡得并不是很舒服，后半夜她幽幽转醒。身侧的季云深睡得香甜，她就着月光打量他——刘海凌乱地盖在额头上，轻抿着唇，许是做了好梦，唇角带着轻松的笑。她突然又起了报复心理，凑着他的耳朵软软地说道：“季云深，我口渴。”

嗯……他含糊地应了一句，快速起身出门。夏澄顿时有些目瞪口呆，本来她以为他没那么快醒，她还打算闹闹他的。

他就这样去倒水了，她反倒有些不好意思，坐起身来等他。过了好一会儿，他端着温热的水过来，将碗端到她唇边喂她。

幽暗的夜，凉凉的风，冷冷的月，她抬头看着他朦胧的面孔，心里柔软一片，暖热一波波地朝她袭来。以前她总在期待爱，而如今，爱就在她身边。

以前她总觉得季云深这里不好那里不好，可事实上，他对她没有半点不好。她喝了水，季云深在她身边重新躺下来，她戳戳他的肩膀：“床真的太小了，有没有？”

“你要不趴到我身上睡？”

“我跟你说正经的！”

“我家里就只剩下这个房间了！”

“我知道，我也没说跟你分开睡……”有些事夏澄都觉得很自然了，她被自己的想法吓到了，“不是，我的意思是……反正这样睡太拥挤了。”

“我不管，我就喜欢抱着你睡。”

夏澄沉默半晌，还能好好聊天吗?

半夜睡得迟，次日夏澄睡到十点多，季云深早就不在身旁了。

夏澄从楼上下去，洗漱一番之后才发现家里没有人。她想出门看看，发现门口贴着张字条，是季云深的字迹，端端正正地写着:“去厨房吃饭。”

夏澄去了厨房，打开锅盖，热水里温着一碗皮蛋瘦肉粥，里面还加入了一些干虾仁。她现在饿极了，看到色泽丰富、清香扑鼻的粥忙用勺子舀了一口送到嘴里。皮蛋瘦肉粥浓稠适宜，混合着新鲜的野菜，味道清淡香甜，米粒饱满香滑，吃起来绵软清香。

并不大的碗很快就见了底，夏澄意犹未尽地舔了舔嘴，这才觉得好久没吃到季云深做的东西了，他的手艺永远不会让人失望。

夏澄开门走了出去。昨晚天黑并没有看清楚，现在才看清楚周围并不多的房子都是低矮、破旧的。这里环境幽静，看不到高楼大厦，也看不到车流人海，收入眼底的尽是一片翠绿，远处青山影影绰绰，近处苍松郁郁葱葱。

夏澄绕着季云深的家走了一圈，房子是新盖的，比别家不知好了多少，至少不会出现下雨时屋外下大雨屋里下小雨的状况了。周围种了不少蔬菜，后院里圈养了些鸡鸭，夏澄很无耻地想着，在这种毫无环境污染的情况下，自家养的鸡一定会比较好吃。

夏澄正对着鸡鸭发呆，想着清蒸好还是红烧好，突然就听到有人在喊她。她抬起头来，看到乡间小路上，季云深穿着件白衬衫走在不远的地方，手里提着不少东西。夏澄快步地朝他走去，走近了才发现他满脸的汗，汗水在阳光下熠熠发光。

“去哪儿了？”夏澄眯着眼睛看了他一眼，他穿着挺破旧的衬衫，衣袖卷到手肘上，长裤也卷起来。

她吐槽道：“你现在又变丑了。”

季云深把手中提着的一大堆东西往后一藏，板着脸：“你午饭别吃了。”

夏澄瞥见篓子里活蹦乱跳的小鱼小虾，当下没有脸皮地抓住他的衣袖：“季云深，你好英俊、好伟大！”

他笑起来，笑容明媚温暖：“虚伪！早餐吃了没有？”

“吃了……还想吃。”

“没有了，我就只带了六个皮蛋过来，怕坏，早上都做粥用掉了。”

“嗯……这里买东西也很不方便吧，你昨天应该多买点东西的。”

“还好吧，都带了两只行李箱了，买太多东西，我妈会心疼。”

季云深从未提起过他的亲生父母，可提起他的养父母确实十分亲切，也不知道是不是应了那句亲娘没有养娘亲。

夏澄踮起脚往他身后看了看：“对了，你爸妈呢？都去工作了？”

季云深和她说过，他的养父养母原来是在煤矿里做工的，赚微薄的工资养家糊口。季云深不忍他们这样辛苦，再加上他工作之后经常接一些私活孝敬他们，如今的生活才好了些。只是他们忙了一辈子也不肯闲下来，如今不在煤矿里做工了，就在村外的一个小厂子里做些零活儿。

“今天特地请了假，去山里采摘野菜了。”

夏澄知道是为了她，有些愧疚：“好辛苦啊，要不我也去吧？”

“你走不了那么远的路，我下午带你去周围逛逛。”他去井里打了水，招呼她过去，“你过来洗洗这些瓜果。”

“是甜瓜！”刚从地里摘来的甜瓜沾满了泥，夏澄用小刷子把它刷得干干净净的，透出玉般的莹白光泽。

她洗了一遍，又用干净的清水过了一边，直接放在嘴边就咬：“好甜哪！”

季云深在另一头收拾鱼虾，回头看了她一眼，眼角眉梢都满含笑意：“刀在里面，我记得你要削皮。”

他摘了好多，夏澄把甜瓜一个个洗好，拿刀削了皮并切成片。她本想等季云深的养父母回来再吃的，不过季云深说地里多的是，让她尽管吃，她也没客气，一口气吃了好多。

季云深把鱼虾洗干净就去厨房了，没一会儿厨房里散发出诱人的香味。

厨房太小了，夏澄挤不进去，就眼巴巴地站在门口。夏澄觉得季云深这个时候真的太伟大了，他就像个魔术师一般把普通的食材做成一道道精美的菜肴。他做了一个爆炒花生虾仁，一个红烧鱼，还有一个鱼丸蛋汤。

夏澄从早上起床开始已经吃了不少东西了，现在看着这几盘菜竟还是饿。伯母伯父到了中午才回来，每个人的身后都背着个篓子，里面装着不少野菜，还有些她说不出名字的豆子。伯母对着她绽放出浓浓的笑容，脸上皱纹都舒展开来。她对夏澄说了很多，季云深翻译道：“她说中午已经有这么多菜了，先凑合着，下午给你做蔬菜饼。我妈妈做的蔬菜饼可好吃了。”

“谢谢伯母。”季云深把她的话翻译给妈妈听，她笑着摆摆手。

伯父不怎么爱说话，只是笑，他给了她几个洗干净的野果，夏澄咬了一口，有点像杏子的味道，酸酸甜甜的，味道还不错。

他见她高兴，也眉开眼笑的。

伯父伯母喜欢吃粥，中午季云深炖了小米粥。自她来到这儿之后，她觉得什么都好吃。伯母喜欢跟她说话，有季云深这个翻译在，夏澄和她沟通也没障碍。伯母刚开始还说要给她做什么好吃的，后来就在说季云深是个很好很好的孩子，他懂事、聪明、勤劳，夏澄点着头认同。然后她瞥一眼季云深，似笑非笑：“喂，我真听不懂你们这儿的方言，你别故意借伯母的口来表扬自己。”

“我们迟一点可以私底下探讨这个问题的。”他清清淡淡地给夏澄扔了一句，飘过来的眼神有几分暧昧。

午饭后，夏澄吃饱喝足，摸着自己的肚子：“好饱啊。”

季云深带着她去周围逛，他自然而然地挨着她的肩，牵着她的手。夏澄拉着他的手一甩一甩的，突然觉得这样也没有什么不好。

蓝天、白云、青山、绿水，还有身边这个修长挺拔、温润沉默的男子，她突然想到几个字：岁月静好，现世安稳。

“季云深，虫子好多呀！啊——我被咬死了。”这种温馨的状态还没有持续多久，就被夏澄的尖叫声打破了。

季云深一脸茫然，夏澄瞅了瞅他的身上根本没有被虫子咬过的痕迹，低头看看自己露在外边的双腿，有好几个红色的点点：“不公平！”

原本他带着她往长满草的小径里走了老远，说是带她去摘甜瓜，因为她怕虫子，他又带着她出来。这么一来一回，她身上被叮咬了好些包。夏澄发现虫子特别喜欢咬她，她今天又穿着短裙。她欲哭无泪，暴躁地跺着脚：“痒死了，痒死了，我要你赔。”

“我带了花露水，回去给你抹一点。”

“为什么虫子不咬你，只咬我？”夏澄委屈，看着他仍旧白皙无痕的手臂，“太不公平了。”

他双手捧住夏澄的脸揉捏了一把：“可能你比较香吧。”

夏澄拍开他的手：“这个理由……我勉强可以接受。”

晚餐夏澄吃了好多的蔬菜饼、虾仁饼，还喝了一碗玉米粥，她摸着肚子又拉着季云深出去转了一圈……然后又被蚊虫咬了好几口。夏澄顿时觉得这儿痒那儿痒，实在是受不了。

季云深让她去洗个澡，说是抹点花露水就好了。

夏澄洗了个澡跑回房间，他手里拿着花露水，露出白森森的牙齿，语气轻柔：“我替你抹。”

“不用，我自己来就好。”夏澄坚定地拒绝。

“你背上的都够不到的！”他不顾夏澄的反对，直接把她按在床上掀开她的睡衣，这儿也涂抹一点那儿也涂抹一点，手指还暧昧地在她身上转了几个圈。这分明打着给她涂花露水的旗号吃她豆腐！不过他这样轻轻地挠了一阵，确实舒服了许多，于是她也没太反抗。

他替夏澄抹花露水用了十几分钟，终于把她全身被蚊子咬过的地方都涂上了。夏澄舒舒服服地躺在床上打了个滚，这才发现床变大了许多：“哎？加床了？”

“我把家里的箱子找出来垫进去了，这样两个人睡应该差不多了。”

夏澄鄙夷地看着他：“昨晚就可以把床变大了，你还骗我，说什么叠着睡，你根本就是心里藏着小九九，打我主意。”

“我刚才就在打你主意。”季云深把花露水放到一旁凑过来亲了亲她的唇，露出狡黠的笑容，“现在也是。”

夏澄当下石化：“太猥琐了！”

夏澄确实很喜欢这里，想必季云深也是，他好不容易抽空出来一趟她不想扫他的兴。再则，一回去又要忙着各种琐事，她想再逃避一下俗世的纷扰，再放松一会儿。

“我们再住几天吧。”

“好。”

第二天，两人睡到很迟，直至听到伯母敲门。她站在门口，端着玉米粥和一碟小菜冲着夏澄笑，指了指玉米粥，说：“吃。”

这个夏澄听懂了。

伯母出门后，她捂住额头：“你说伯母会不会对我有想法呀？我在你家没干过半点活儿，整天就知道吃吃吃，现在还拉着你睡那么迟。”

“她没那么多想法。”他敲敲她的脑袋，“你起床把粥吃了，等下可以继续睡。”

“那不行，老这么睡会错过很多美好时光的。”

“迟点我给你弄溪螺吃。”

夏澄知道抓溪螺、吃溪螺是个麻烦的活儿，当下兴奋地去抱他的手臂：“你真好。”

“如果有点表示，我会对你更好。”他看着她，笑容清浅，眼眸温柔，眼中有期待。

她踮起脚，朝他慢慢靠近，凑到他耳边轻轻说：“不可以。”

季云深笑着拍了拍她的脑袋。

虽怕蚊虫叮咬，可让她一直待在家里她也受不了。她换上季云深高一时穿过的破衣服出门。她知道现在的自己太丑了，连照镜子的勇气都没有。不过长袖长裤遮住她的皮肤，被蚊虫咬到的机会少了许多。

夏澄随着季云深在山间小道瞎转悠，试着品尝很多植物的根、茎、叶。

“我不是神农啊，你确定乱吃这些东西不会中毒？”夏澄摘了片叶子放在嘴里咬，酸酸的，还有些甜味，味道一般，不过她觉得很好玩。

“我小时候都吃的……这个是它结出来的果子。”季云深不知道从哪里摘了小粒小粒的紫色果子给她，“紫色的比较甜，红色的稍微酸一点。”

“味道还不错。”

“我们小时候从学校里回家，沿路把能吃的都吃上一遍。”季云深摘了片叶子放进嘴里嚼，“还有一些花的蜜，一些树上结的果……有时间我带你慢慢逛。”

夏澄的童年很单调，也很无趣，只有保姆照顾她，保姆总爱在她看电视的时候和她唠叨，除此之外，她不怎么会玩，也很少跟人交流。

而如今，她跟在季云深的后面，做着他曾经做过的事，吃着他曾经吃过的东西，听着他说他童年的故事，如果他一直生活在这里，他也未必会过得不幸福。

可那样夏澄就遇不上这样好的人了。

在这个幽静宁谧的地方，夏澄什么都不用去想，每天要做的事就是睡到自然醒，然后去厨房里找好吃的。伯母的手艺很好，每天都变着花样给她做好吃的。

只是不管这个地方多好，也不是他们的归属地，他们终究是要离开的。

临走的前一天，季云深把家里的几个水缸都装满了水，还把家里打扫得干干净净，把需要洗的东西拿去洗好晒起来。在这里，他才是真正的自己，夏澄从未见过他活得这样自在、这样开心，可人活在这个世界上，不仅仅只是为了短暂的欢愉。

走的那日，天蒙蒙亮他们就起了。伯母做了些玉米烙撒了白糖，让他们带着在路上吃。因为不舍，她站在车站用手帕抹泪，样子悲戚。伯父站在一边闷闷地不说话，苍老的面孔上深深的沟壑也写满了留恋。

季云深抱了抱他们，用她听不懂的方言交代了很多东西才肯离开。坐上巴士之后，季云深显得闷闷不乐，唇角抿着，夏澄扯了扯他的衣服："其实也不是太远，有车子呢，对吧？有空，我再陪你回来，别不高兴了。"

"也不是不高兴，只是他们年纪大了，我总觉得见一次少一次……我也不知道下一次见面是什么时候。"他惆怅地叹了口气，勉强地笑笑，"我很想带他们一起出去，可他们不肯，我也怕他们住不惯外边。"

夏澄的脑海里浮现两位老人的模样，花白的头发，佝偻的背，想着他们凝望着季云深离开时眼中闪动的泪光，也低低地叹了口气。

第八章 辞职

夏澄再次踏足熟悉的城市，车水马龙、各种灯光迷乱了她的眼，像突然袭过来的纷纷扰扰。

她静默地望着远方，有再次逃离这个城市的冲动。

“怎么了？”季云深关切地上前来拉住她的手。

夏澄下意识地想要挣开，很快又紧紧地反握住他的手：“我不想回家。”

“那去我那边。”季云深理所当然地说道。

“不如，我们一起去看电影吧？”夏澄突然看到车站口大幅的电影海报，不由得打开手机里的电影票 APP，“最近上映的新电影挺多的。”

“怎么突然就想起看电影了？”

“我们好像从来都没有一起看过一场电影啊。”他们之间似乎并没有像其他情侣一样认认真真地约会几次，他们总是生怕被人发现，做什么事都是偷偷摸摸的。

“好。”

在夏澄的记忆中，自她认识季云深起，他从未在电影院里看过一场电影，理由是他不爱看电影。夏澄突然问道：“你从来不看电影，是为了省钱吧？”

季云深目视前方，淡淡道：“我是没有时间。”

“好吧，你果然是为了省钱。”

“……”

“本来就是嘛，像你这样节俭的人，一张电影票是你一顿饭或者一整天的开销，的确太奢侈了。”

季云深点点头，很是认同：“的确是够奢侈的。”

夏澄长叹一口气：“现在两张电影票呢，奢侈加倍，我是不是应该去退票啊？”

季云深忍俊不禁：“我不敢对自己太奢侈，对你却是什么都舍得的。”

“我懂。”夏澄点点头，“就是那种想把什么都给我的感觉。”

虽然季云深看到她这副臭屁的样子很不想承认，但还是说道：“我的心、我的人都是你的，还有什么不能给你的？”

夏澄将他的手臂紧紧抱在怀里，脸上扯出一个娇俏的笑容：“季云深，你的情话讲得很动听的。”

季云深面不改色：“你喜欢就好。”

夏澄订的票是角落里的情侣座，这场电影人不多，后排没有人，他们的位子倒显得偏僻。

电影马上就要开场了，整个电影院里的灯光都暗了下来。夏澄认真地盯着大屏幕，手里捧着爆米花，时不时地往嘴巴里扔一颗。

这是一部时下流行的穿越影片，女主角三十岁的时候发现自己的婚姻生活不顺遂，机缘巧合回到十八岁，立誓找回初恋。

十八岁的女主与她的初恋并不相识，于是女主便单枪匹马杀到初恋的楼下，引发了一系列乌龙事件。

青春是朦胧的，又是张扬的，这个片子拍得不错，引得夏澄时不时地发出笑声。她见季云深唇角上扬，忍不住凑到他的耳边问道：“喂，如果你十八岁的时候，有个女孩子这样追你，你会不会从了她？”

“十八岁的我，会优秀到有人追吗？”

“都说了，是假如啊！”

“十八岁的我，暗恋一个人哪！”昏暗的光线下，他暗黑色的瞳孔中藏着笑意，看得她心跳如擂鼓。

“是谁呀？”她故作淡然道。

“你说呢？”

“我啊？”她低低地问着，竟有些不好意思地低下头来。季云深突然揽住她的腰，一把将她扯过来，令她坐在他的腿上，将她紧紧地锁在自己的怀里。他的力气大得惊人，她连反抗的余地都没有。

夏澄身体莫名发软，靠在他的身上，闻着他身上独有的味道，只觉得自己被一股安心的感觉缠绕。

季云深柔软的唇贴着她的耳朵一张一合，温暖的气息暧昧地喷在她的脖颈里：“情侣座总不能浪费了对吧？”

嗯……她几乎听不清楚他在讲什么了。

电影中，男女主角第一次接吻，而这一刻，他也吻住她，轻轻的，柔柔的，她感觉周身似乎有粉色的泡泡冒起。

电影院里的空调明明开得挺低的，可她为什么觉得那么热，甚至有热浪一波波地朝她涌来，从后背到前胸她都觉得滚烫滚烫的？

不知道何时，他放开她，这个时候影片中的男女主角已经确立了男女朋友关系。夏澄被季云深吻得气喘吁吁，有些懊恼地捶了一下他：“都怪你，我都没看他们俩是怎样在一起的。”

“我们下次可以来看第二遍。”

夏澄往上翻了个白眼，在他耳边低语道：“你一边说着奢侈，一边又那么浪费。你第一次来看电影，还是认认真真地看完啦！”

“这并不是第一次看电影。”

“哇，居然不是第一次！”夏澄愤愤道，“第一次跟哪个女孩子去看了？”

季云深回想了一遍，答非所问：“看的是《四季恋歌》。”

“好巧，这个电影我也看过。”

“嗯，和你一起看的。”他见她疑惑，快速地接下去，“当时我就坐在你们的身后。”

夏澄听到这个，不由得挺直了脊背。《四季恋歌》不就是她和陆启皓一起去看的一部影片。那个时候她和陆启皓还算不上是什么男女朋友关系，他们应该没有趁着黑暗做什么暧昧的动作吧，应该是没有。

“不对呀，那会儿你不是说跟我不熟吗？你偷偷跟踪我做什么？”夏澄瞪大了眼睛，她既觉得甜蜜，又觉得生气。

“嘘，不要说话，好好看电影！”

“哦。”夏澄长长地哦了一声，双手环住他的脖颈，将自己整个人都挂靠在他的身上，“我知道了，你就是口是心非。明明心里爱我爱得要死，却倔强得什么都不肯说。”

季云深没有回答她，只是深深地看着她，看得她有些毛骨悚然。

夏澄默默地想着，她从前也好不到哪里去，挺任性的一个小姑娘，季云深这样朴实青涩的好少年怎么就看上她了呢？

她还没完全想明白，季云深的脸再一次靠近，长翘的睫毛掠过她的眼睑，柔软的唇覆在她的唇上。她那还没有完全安静下来的心又再度打起鼓来，不由得对着他的唇反复舔舐、吸吮，意念竟又模糊了。

其实，喜欢一个人，哪里有什么缘由！喜欢了，便想亲吻他、拥抱他，和他在一起。

夏澄难得主动，季云深倒有些蒙了。不过很快地，他就占了上风，灵活的舌头在她的口中肆意掠夺，直至把她吻得透不过气来。

这个时候电影里传来男主角的声音：“你可曾这样主动地亲过其他人？”

“澄澄，你呢？”季云深突然出声。

“什么？”夏澄愣了一下，随即才明白季云深在问什么，“你是想问，我有没有主动吻过陆启皓？是不是还想问我有没有和他上过床？或者我和他有没有做过其他什么暧昧的事儿？”

“我没有。”他抱紧了她，轻轻摇了摇头。

“有又如何？没有又如何？你很介意？”夏澄挑着眉，虽然鄙视他这点男人通有的劣根性，却也是能够理解，毕竟他的生活环境有些不一样。

“并不是。即便你同别人有过什么，那也都是你的过去。从前，我一直以为你只是我的奢望，我只能去嫉妒别人。没有想到有一天我能够拥有你，真真实实地拥有你。”

“哼，你就挑好的讲吧。”

“反正有句话你说对了——我爱你爱得要死……我很爱你。”

她突然发现他有一双最温柔的眼睛，那么深邃、深情，她不由得捧住自己的心：“我的心跳得太快了……”

“你爱我吗？”

夏澄想了很久，久到季云深几乎以为她会再次逃避这个问题。

她的眼睛在黑暗中也显得明亮，她趴在他的耳边，深嗅着他身上的味道，一字一顿地说道：“我当然爱你。若是我说，我爱得死去活来，我自己不信，估计你也不信。但是我知道，一见到你，我的心就很欢喜，一靠近你，我的心就变得雀跃。”

季云深一言不发，瞳孔变得越发幽暗。他握住她的手，放在自己的胸口，仿佛在告诉她，他的心为她而跳——永远。

在两人相互告白之后，这注定是一个激情四射的夜。

铃——门铃突然响起，缩在季云深怀里的夏澄警觉地颤了一下：“这么晚了，会是谁？”

“不知道。”季云深也是一脸莫名地看着她。

门铃不依不饶地响着，季云深好奇道：“从来没有人来我这儿……我去看看。”

季云深蹑手蹑脚地出去，在猫眼里看了一眼，然后回来朝她做了个口型：“你姑姑。”

夏澄木然地看着季云深，呆愣三秒才反应过来，脑子里轰的一下，一股热流冲向头顶。姑姑的突然造访，让没有准备的他们措手不及。

夏澄慌慌张张地起来穿衣服，因为紧张，衣服怎么都穿不进去。就在这个时候，季云深随意丢在沙发上的手机又突兀地响起！夏澄凑近一看，居然是姑姑！紧接着，门铃再次响起！

夏澄的脑海里闪过一丝不好的预感，姑姑这是知道了什么？夏澄像是热锅上的蚂蚁，急得跳脚。

季云深迅速地镇定下来，高声冲外边道：“等一下，我在洗澡。”

夏澄看着那扇暗红的大门，生怕它下一刻自动就打开了，急得几乎哭出来。季云深转过身来，看着夏澄，静默了几秒，果断地将夏澄拉过去，塞到衣柜里：“进去！”

衣柜很大，衣服却没有几件，夏澄蜷缩在黑漆漆的角落，因为紧张，紧握的手掌里都是汗。

过了一小会儿，她听到外面的门被人打开，然后姑姑的声音由远及近。虽然隔着门听得不大清楚，但夏澄也模糊地听到些什么。

季云深的声音：“阿姨，您怎么来了？”

姑姑的声音：“我正好路过，来看看你。”

季云深声音淡淡的：“您身体不好，这么晚了，应该早点睡。”

“我近段时间太忙，也顾不上你，好不容易过来一趟，不如替你看看缺了什么。”姑姑似是推开卧室的门走了进来，夏澄呼吸微窒，她以为姑姑不至于进季云深的房间，此刻她只觉得那种逼仄的感觉越发厉害了。

季云深也跟了进来：“阿姨，您给了我足够的物质条件，我什么都不缺……”

姑姑有些自嘲地笑道：“哪里是我给了你什么，反倒是你帮我良多。公司、画廊，如果没有你这些年的经营，只怕也没有什么效益。明明是我想照看着你一些，最后出力的却都是你。”

“若是没有阿姨的栽培，不一定有今天的我。”

“不，你只会比现在更好。”夏群笃定地说道。

季云深微微皱眉，似在犹豫着什么：“阿姨……”

姑姑的视线落在角落里，突然道：“你是不是谈女朋友了？”

夏澄以为姑姑发现了她，整个身体僵住，一动不敢动。她下意识地屏住呼吸，脑子里闪过许多奇奇怪怪的想法。此刻的她只身着一件睡衣，若是姑姑发现了她，什么都瞒不了了。

衣柜的门开了条小小的缝供她呼吸，夏澄顺着缝隙望过去，角落里有一个被她随意丢弃的情趣内衣，平日里被窗帘挡着她也没当回事，没想到姑姑眼尖。夏澄此刻恨不得给自己一个巴掌。

季云深也看见了，很快收回视线，面不改色："是张允的。"

夏群："嗯？"

"张允买给他女朋友的，上次我回来是他给我整理的行李箱，也不知道这个东西怎么到了我的行李箱。昨晚张允还打电话给我，说这个东西很贵，让我邮寄给他。"

夏澄一听有些忍俊不禁，想必是这个话题颇为尴尬，夏群也没有再追究什么。

季云深道："阿姨，要不您把这个拿走，邮寄给张允？"

"算了，我做长辈的就不掺和你们小年轻的事了。你也不小了，我上次和你提过的那个女孩还不错，要不要考虑看看？"

季云深表现出十分为难的神色："我对这件事并不开窍，也不想考虑这方面的事。现在这么晚了，您快回去睡觉吧，这个月的账目我整理一下明天会发给您。"

夏群本来还想说什么，张了张嘴，还是道："那你早点睡。"

夏群离开之后，季云深第一时间开了衣柜的门将夏澄拉出来："快出来。"

夏澄从里面爬出来，满头的汗，发丝都黏在脸上，后背也被汗水打湿了一片。呼吸到外边的空气，她不由得深深地松了一口气："吓死我了！"

"你先去洗个澡，压压惊。"

热水冲在身上，夏澄才觉得自己僵硬的肢体在慢慢舒缓。她裹着浴巾从浴室里出来："我刚才真以为姑姑发现了……"

"真是可惜。"季云深的语气十分惋惜。

夏澄恨不得捶他一顿："可惜什么？"

"不过，也只能怪你。"季云深斜了她一眼，目光深深，竟有些不怀好意。

夏澄嘀咕："这怎么能怪我？"

"过来！这个上次你试都没试就丢在一边，不如现在试试，也不枉刚才这一顿惊吓。"季云深将之前的那个情趣内衣勾过来，脸上难得地露出略带痞坏的笑容。

"原来你骨子里是这种人。"夏澄转身就要逃跑，却被季云深从身后拦腰抱起压在床上，"你能逃到哪里去，小傻瓜？"

"我们好好说话嘛，别这样……"

"那你叫一句好老公……"

夏澄的脸彻底红了，老公什么的，真的叫不出来呀！原来，季云深的另外一面也挺让人难以招架的。

"叫一句我听听，叫不叫？"

他们这边还没闹完，季云深的手机再度响起。夏澄回头看到显示屏上的号码，身体一僵，脸上的血色唰一下就消失了。她苦着脸小声道："不会是我们动静太大，被姑姑听到了吧？"

季云深冲她摆了摆手，正了正色，才接起电话："喂，阿姨，还有什么事？嗯，快准备睡了。"

夏澄跪在他的身后，顺势从身后抱住了他精瘦的腰，将耳朵贴在手机上听。

姑姑电话里的声音显得迟疑："云深，那个女孩儿家里是做什么的？"

季云深沉默了许久，姑姑焦虑的话从电话里传过来："别什么不正经的女人都往家里带……"

不正经……不正经……夏澄望着一边的情趣内衣，镂空、薄透、性感，这东西确实挺不正经的。虽然姑姑是新派画家，但这也禁不住她的老思想。夏澄突然很想笑。

季云深刚才与她嬉闹过后，本就裸着上半身，夏澄心思一动，就把内衣穿在了季云深的身上。许是在接电话的缘故，他也没敢闹出声，只是扭来扭去想挣脱她的桎梏。

夏澄把内衣穿在季云深身上，还不知死活地在他胸口挤沟沟，甚至要拿手机来拍照。夏澄这个动作终于惹恼了季云深，他重重地拍了一下她的手，发出啪的一声。

季云深把手机调成扩音放到一旁，费了半天工夫才把身上的内衣扣子打开。他半眯眼眸，像只恶狼一般，狠狠地瞪着夏澄，样子有点可怕。

手机里传来姑姑拔高的声音："云深，你在听吗？"

"嗯……"

"要是个好姑娘，你就带给我看看，如果是……那些不正经的女人，你早些断了来往，别跟那个张允学。"

"……"季云深没空答话，动手将夏澄抓过去按在他的脚边，她想逃开，却根本无力挣开。

夏澄奋力反抗着，同时紧紧地捂住自己的嘴巴，生怕被姑姑听到她的声音。

"你性子单纯，外边有些女人……"

"阿姨，我先睡了。"这个时候的季云深，幽深的眼眸直勾勾地盯着夏澄，几乎是懒得再敷衍了，"我们明天再说。"

季云深挂了电话，将夏澄按在床上，咬牙切齿："你欺负我，嗯？"

夏澄这才知道他动真格了。识时务者为俊杰，夏澄认错态度极好，双手冲他作揖："我错了，好哥哥。"

这招平日里也都挺好用，今日季云深竟软硬不吃。他狠狠地咬过来，令人猝不及防，他的吻如狂风暴雨般汹涌，她几乎被吻得喘不过气来，舌头也被吮得发疼。

“嗯……嗯……有话好好说……”

“嗯，咱们详细地说说。”他这样讲着，却哪里肯跟她好好说话，瞳孔里仿佛烧了一把火，看着她的眼神就像看到了一只待宰的小绵羊……

“好老公……”她软糯糯地叫出这一句，本指望他放过她，没想到他更激动了，她被吃得连渣都不剩。

夏澄的电话不停地响着，但意识有些迷糊的她，根本就没有接起那个电话。

夏澄第二天中午才接到这个电话，没想到竟是姑姑打来的。夏澄的脑子还有些昏昏沉沉，她琢磨着姑姑是不是知道些什么，昨晚是在轮流试探她和季云深。

“喂？姑姑，什么事？”

“澄澄，我 F 国的一个朋友结婚，三天后你要不要和我一起回来？”

“啊？”夏澄打了一个激灵，微微坐直身体，“姑姑也去 F 国了？你怎么不早说？好可惜呀……否则还能跟你一起逛逛。”

“你现在在哪里？”

“我在 S 市。”

“你什么时候回来的？”

“昨天就回来了。”在这点上，夏澄没打算撒谎。

“这样……”

“在外面玩得太久了，总要收收心。”夏澄认真地说道，“而且我的工作室也需要我。”

“那也好。”

夏澄挂了电话，觉得待在家里也是够无聊的，就去了一趟夏天视觉工作室，然后又去了公司。人就是这样，工作的时候总在抱怨工作，希望可以放假，可真的放假久了，又会想回到岗位上。

她回去一看，发现办公室里竟然坐着一位衣着时髦的女孩子，单单一个背影就令人忍不住遐想。

夏澄心里嘀咕着：公司里什么时候招了新人，苗苗竟没有跟她提过。

夏澄慢慢地走到自己的办公桌前，假装不经意地看向那个女孩子，想看清楚她的相貌。只是侧脸怎么这么眼熟？

此刻，女孩子抬起头来冲她微微一笑，熟悉的眼神，熟悉的笑容，夏澄忍不住叫出声来："苗苗？我去，你是苗苗吧？"

苗苗先前还装矜持，等她说完话，马上就露出她招牌式的猥琐笑容："怎么样，不错吧？"

她剪短了头发，就是最近特流行的"睡不醒"发型，染了亚麻色，有一种凌乱又不失风情的美感。她今日穿了件杏黄的掐腰连衣裙，领口处有三朵带钻的繁杂绢花，水钻在灯光下熠熠发光。

夏澄围着她转了三圈："才几日不见，发型、穿着、妆容全变了，气质上升得真的不是一点两点啊。苗苗啊，你是吃错药了吗？"

"怎样？不好看哪？"

"当然不是，一向以自然美为标准的你，竟对自己如此狠得下心来。"夏澄上前撩了撩她的发，"你早就该这样打扮了。"

"哎哟，我就是做了个头发而已。"苗苗不肯承认自己的改变，只肯承认自己的天生丽质。

她突然压低了声音："对了，你突然就失踪了，我还以为你和陆启皓私奔了……"

"苗苗，别人不了解我就算了，难道你还不了解我？"提起这事，夏澄也有点生气，毕竟她这一趟出去，和陆启皓也有点关系。

“上次有人看到你出现在机场，就在班级群里传起来……你知道吗？陆启皓离婚了，最近还请了长假。”

“那关我什么事？”

“就是，关你什么事？明明季云深也不见了。”苗苗的眼睛亮晶晶的。

她见夏澄没有否认，就彻底将陆启皓抛诸脑后了：“说实话吧，你们是不是去度蜜月啦？哎哟，快说快说，我要听八卦！”

这种私密的话题，夏澄并不打算与苗苗分享。她迅速地转移了话题：“你说吧，我不在的这段时间你发生了什么？相亲了？恋爱了？”

“也、也还不算是男朋友，等确定下来再跟你说。”苗苗的脸微微有点红，提起这件事的时候也有点扭扭捏捏。

夏澄难得见大大咧咧的苗苗露出这种神色，不由得好奇道：“到底是什么人让我们的苗苗花枝乱颤哪？长什么样子？有没有照片？”

苗苗急急地否认了之后，又突然想到了什么：“澄澄，我跟你讲一件事。”

“什么？”

“云深要辞职。”

“什么？”

“不过这事……夏总压下来了。”

“辞职？不可能啊？”夏澄一脸不相信，“云深一个字都没跟我讲过。”

按照苗苗的说法，这并不是季云深一朝一夕的决定，可她和季云深相处时间那么长，季云深竟什么都没有向她透露过，他这样做……

苗苗见夏澄不说话，不由得道：“之前，你不是说你不能影响季云深的前途吗？你说他会不会是因为……”

季云深是个稳重的人，甚至说是个刻板的人，他并不会贸然地改变现状。季云深提出辞职，这并不是她想看到的。因为姑姑，季云深的起点比别人要高一些，当然他本身也很努力。若是放弃如今的一切，他并不会变得一无所有，但他会变得很辛苦。她一点都不想他为生活问题担忧。

“其实他辞职就辞职呗，论起来致宇那边更需要他。”致宇是夏群名下的公司，如今都是由季云深来打理。

“的确，姑姑那边所有的事都是他打理的，虽然事不多，不过他一个人，也无法做到面面俱到。”

“也是哦。”

“不过……”夏澄又似是想到了什么，“苗苗，小堂叔压下来了，你怎么会知道？”

“哈哈哈……”苗苗打了个哈哈，“我也是无意间听来的……”

夏澄还没有琢磨过来，苗苗放在桌上的手机振动了一下。夏澄无意中看了一眼，就见亮起来的屏幕上多了一条新微信：“晚上一起吃饭。”

让人惊悚的是，发件人是小帅帅!

小帅帅？夏澄难以置信地要去抢手机，苗苗快她一步捞了手机护在怀里，看着她，眼神躲闪，双颊渐渐晕染出绯红。

“苗苗，你有事瞒我？”

“我没有。”苗苗拒绝回答，她在电脑前坐下来继续做样图，“我继续工作了呀，你这次请了那么长的假，也有很多工作哦，别指望都扔给我。”

“我还以为你从……阴影里走出来了，到了最后还是和小堂叔？”

苗苗迟疑了半晌，又有点不敢去看夏澄，只点头嗯了声。

“这到底是怎么回事？”

“……忘记了。”

“哦，天哪！我的天哪！”夏澄觉得自己一个头两个大，要是他们真的成了，以后她岂不是要叫苗苗婶婶了吗？

从亲人的角度来说，夏澄觉得小堂叔是个好人，他比她年长几岁，待她十分亲厚。小时候家里若是有什么好吃的，小堂叔都让给她。她孤零零地待在家里时，他也会带她出去玩。可除去这层关系，她觉得他并不是一个好男友。他花心，他纵情，他爱玩，自她懂事起，他身边就围绕了不少莺莺燕燕，她从未见他在哪场恋爱里迷失过自我。他总是保持清醒，一直清醒着，这种人很可怕。

苗苗这种没谈过恋爱的小菜鸟，被他收服简直易如反掌，不过最后的结果是携手到老还是被弃如敝屣，她也不好说。她不认为浪子回头金不换，也不认为小堂叔会永远这么玩下去，一切都不好说。

夏澄开始旁敲侧击：“苗苗，你觉得我小堂叔靠谱吗？”

苗苗飞快地回答：“不靠谱。”

“那你还跟他……”

“我是外貌协会嘛……”苗苗嘿嘿笑了一声，她低头的一瞬间，夏澄在她的眼中看到了一闪而过的不自信。

两边都是她最亲近的人，她突然不知道怎么劝了。她只知道，如果她是苗苗，她绝对不会尝试着去驾驭这种自己驾驭不了的男人。可苗苗不是她，苗苗喜欢冒险，喜欢挑战，苗苗清楚自己要什么，苗苗敢爱敢争取。

事已至此，夏澄能说的也说尽了，缘分是他们的。

“唉，才短短一段时间不见，你的辈分几乎要比我高一辈了……”

“澄澄，你说我傻也好，笨也罢，那天晚上聚餐，他喝醉了抱着我说想我，问我为什么不理他的时候，我竟不想挣开。我们通过网络认识太久了，相互说了很多心里话，想直接断掉，挺难的。”

夏澄叹了一口气："反正我也不知道怎么劝。"

即便是要劝，她也劝不住啊！如今她自顾不暇，哪里还管得了别人的情感问题呀，更何况是这么棘手的情感问题。

"澄澄，如果有一天我受伤了，你一定要借我一个肩膀啊！"

夏澄挥手："不借不借不借，我才不想看到那一天呢。"

只能说，恋爱中的女人果然不一样。平日里废话特别多的苗苗竟然不八卦了，上班的时候效率特别高，连做出来的样图的质量都特别高。这一下班，夏澄才转了个身，苗苗就嗖的一下不见了……不见了……

不用说，找她男友去了呗！

夏澄对着电脑里眼花缭乱的数据，无奈地摇摇头……有异性没人性啊……

往常，夏澄还有苗苗作陪，一同去吃个饭一同回家什么的，今日也不指望她了。夏澄整理好东西下楼，纠结着到底是回季云深那儿，还是回自己家。她出了公司门口，突然发现外面站着个熟悉的人。

夏澄定睛一看，竟然是陆启皓的妈妈。

陆母最近气色不好，看着就像是生生老了好些岁。她一看到夏澄，整个人就冲过来，指尖几乎戳到夏澄的额头上，中气十足："你这只狐狸精，把我儿子藏哪儿去了？"

"谁知道你儿子被哪只狐狸精藏了？"她居然跟自己要儿子！天哪，自己和她的儿子早就没一毛钱关系了好吗！

陆母不停地咒骂着什么，什么难听的字眼都往外蹦。夏澄定定看着她，突然觉得挺讽刺的。这样的妈能把陆启皓教得这样优秀也是不容易。想当初夏澄为了陆启皓还小心翼翼地讨好他母亲，真是可笑。

"你还装！"

"你要找儿子去别处找，他和我可没什么关系。"

“你、你……”陆母咬牙切齿，犀利的眼睛几乎在夏澄的身上扯出一道口子来，“你上次和启皓见上一面，启皓回去就要闹离婚，后来你消失，启皓也消失，天下哪来那么凑巧的事？你是不是想男人想疯了？果然跟你妈一个德行！”

夏澄以为自己已经习惯她尖刻的话语，可听着这些话仍旧淡定不下来：“你手心里的宝，也只是别人眼中的渣男。自己丢了儿子，就自己去捡回来吧。”

“你这个贱人，你不要缠着他，你把启皓还给我！还给我！”陆母无理取闹，拿着包朝着夏澄砸过去。就在这个时候，一只有力的手挡在夏澄的面前，一个修长的身影出现在她的面前，将她笼罩在他给她制造的安全阴影中。

季云深从天而降，令夏澄不由得微微怔住。陆母疯起来太可怕，夏澄先前还觉得有些不知道如何应对，季云深的出现令她的心一下子安定下来。从大学开始，他就给她一种强烈的安全感。

季云深挡在夏澄面前，眉眼清浅，全身都透着一股冷然。他语气冷冽：“伯母，你找启皓去别处找，澄澄并不知晓启皓的下落。”

“就是她藏起来了，就是她藏起来了。”陆母不依不饶。

“澄澄不至于藏一个有妇之夫，她一个清清白白的好姑娘断然做不出这种损人不利己的事。”

陆母望着季云深突然道：“怎么每次都有你……你就是他们夏家收养的乡下孩子吗？怎么的，护主心切，还是想着当乘龙快婿飞黄腾达？”

夏澄原来想站在季云深身后当鸵鸟的，可她听到陆母如此诋毁季云深，手指不由自主地握紧，一股无名火上涌，将她全身都烧得火冒三丈。

夏澄站在季云深的面前与陆母对峙："怎么？乡下孩子怎么了？你以为你儿子比得上他？你儿子连他一根手指头都比不上。"

"你、你、你……"

"你以为你儿子是什么，很金贵？不就是一个结了婚的小医生而已，犯不着我犯贱缠着他。他再好也是个二手货，你以为我还会在乎？有你这样一个时时刻刻发疯出来咬人一口的母亲在，我可怕得很。"

夏澄见她杏眼怒睁，气得发抖，不由得冷笑道："之前你儿子犯贱找我复合，我可是当下就拒绝他了。至于你儿子还惦记着我，对我念念不忘，也不是我能掌控的，现在你儿子不见了，你去报警好了。怎么，需要我帮你报警吗？"

季云深轻声道："澄澄，别说了，她精神不对劲，不必计较。"

夏澄也确实停住了。此刻的陆母已经不对劲了，她脸色发青，唇色发紫，呼吸困难，手捂着胸口大口大口地喘气。陆启皓说过，他母亲心脏不好，夏澄怕闹出人命，不敢再刺激她。

季云深忙上前帮她把救心丸拿出来给她，还给她招来了出租车。夏澄本不想理她，可想着要是不跟她讲清楚，日后真是麻烦不尽。等她缓过气来，夏澄又道："您身体不好，还是别出来跟人吵架。我跟陆启皓早就没什么了，您不能总来冤枉我。我男朋友知道了会不高兴。"

陆母听到"男朋友"三个字，突然就抱着包痛哭："他不见了，我怎么办？我怎么办？"

夏澄看着她大哭的样子，也不知道怎么回答她，只是默默地把出租车门给关上了。陆母怎么办，她可不知道，她只知道陆母再因为这种事同她闹一闹，她也要疯了。

看着出租车离去，夏澄轻轻地叹了一口气。她回头看了一眼季云深："你怎么来了？"

“接你下班。”

夏澄定定地站在他面前：“你呢，已经决定不继续在盛夏任职了？”

季云深嗯了一声：“不仅盛夏，还有致宇，我都打算离开。”

夏澄微咬下唇：“什么时候决定的？”

季云深没打算瞒她：“第一次从 F 国回来的时候。”

夏澄定定地看着他：“原因。”

他的眼神躲避了一下：“再不疯狂一下就老了。”

“我从来都不知道你是一个寻求刺激的人。”夏澄摆明不信，“现在这样不好吗？”

“不，只是太好了。”季云深的眼神躲闪了一下，似乎并不愿意提及这件事，“你饿了没有？晚上要吃什么？”

夏澄对他的敷衍表示不满：“我有点伤心，你要辞职居然都不和我商量。”

“澄澄，若是我习惯了安逸，或许我很快就会失去你，幸好如今还有机会。”

夕阳西下，他背对着阳光望着她，温润的面孔上带着前所未有的坚毅和认真，好看的唇微微抿着。

她微微皱着眉，似乎明白了，又似乎不是很明白。

迟一些的时候，夏澄收到了苗苗的信息：“澄澄，澄澄你快出来，我要跟你讲八卦！”

夏澄好奇地回她：“什么八卦？”

“陆启皓的妈妈心脏病复发，送去医院了，然后失踪多日的陆启皓就出现了。”

“他妈？”夏澄好奇地回道，“下午还在我这儿闹过呢，哪儿有那么娇弱……”

“我差点忘记跟你讲了！前两天我就在公司门口碰到过他妈呢，原来是来找你的！”

“……”

苗苗那儿简直就是个八卦集中地，好久没有跟她好好聊过天，她就堆积了一堆八卦。季云深推门时，夏澄正拿着手机半靠在软榻上和苗苗聊八卦。

季云深似是挺闲，就随意坐在她的边上。他也不是单纯地坐着，时不时地动动她挠挠她，夏澄被蹂躏得几乎要抓狂：“你幼稚不幼稚啊，我忙着正事呢。”

季云深气定神闲地看了她一眼：“你能忙什么，不就想知道阿武的那点事儿吗？”

“啊？你也知道？”夏澄惊讶地瞪着他，“没看出来呀，原来你也那么八卦。”

季云深不答反问：“想知道吗？靠近点，我讲给你听……”

讲八卦就讲八卦呗，何必靠那么近？虽然季云深一脸正经，但夏澄就是觉得他在哄骗她。

只是就在此刻，说八卦的主角突然消失了，夏澄连发几个表情都得不到回应，苗苗正好断在令人抓心挠肺的地方，于是夏澄也只能回头看着季云深：“阿武在他自己的菜馆里捡了那位女顾客的钱包之后怎样了……”

季云深将夏澄搂在自己怀里：“刚开始他也没当回事，只是让服务员将钱包收好，后来……”

后来……

鬼知道后来发生了什么事，季云深瞎编乱造了大半天，居然也不晓得编圆，讲到最后已经是漏洞百出了。

“你你你……太过分了，居然欺骗我的感情！”夏澄衣衫不整地把他压在身下的时候，很是愤怒地冲他控诉。

季云深在她的脖颈里吮出一个漂亮的吻痕：“迟点我打电话问问阿武，他和那位女顾客到底发生了什么事。”

夏澄忍不住弓起身子撞了一下他的额头：“女主角明明是他的服务员好不好啦，是那个海归服务员！”

“好吧，服务员……”季云深恍然大悟。

也不知过了多久，季云深起身去冲澡，夏澄将被丢弃在一旁的手机捡回来。苗苗往她的手机里发了不少表情：“哎呀呀，橙子呀，橙子呀，你到底去哪里啦？去和你的云深哥哥巫山云雨去了吗？”

巫山云雨？夏澄满脸黑线……但，还真形象啊！

夏澄自然不肯承认，愤愤地给她发了一个闭嘴的表情：“去你的！有那么多工夫发表情，后续都讲完了好吗？”

夏澄等了许久，苗苗又没有回复了。在夏澄的认知中，苗苗有信必回，而且速度很快，今晚有些不合常理了。

夏澄想起苗苗下午和小堂叔去约会的事，不禁看了一眼时间——十点半。平常这个时候苗苗肯定还没睡觉，这样迟了她若是还跟小堂叔在一起……

“在想什么？”季云深从浴室里出来，就见夏澄拿着手机发呆。

“我在想，要不要出去吃夜宵呀？”

“现在？”

“现在。”夏澄嘻嘻笑道，“体力消耗太快了。”

“好。”他眼角含笑，一口答应下来，“想吃什么？”

“想吃街角那家店的海鲜粥。”

初夏的夜晚，凉风习习，夏虫在树上欢乐地唱着歌。

两人走在人行道上，任由身影被路灯拉长拉短。夏澄拉着季云深的手走在他的身侧，路过一处光线很暗的地方，她偏头看着他俊逸温柔的侧脸，突然就很想亲近他。她小声开口：“季云深，你能不能背我一下？”

季云深几乎没有犹豫地微蹲下身子，而夏澄也迅速地爬到他结实的背上，双手紧紧地环住他的脖颈。她有些得意地眯起眼睛：“季云深，如果我太重的话，你可以放我下来哦。”

“还好，以前我上学还背着五十斤大米去学校呢。”

“我可绝对不止五十斤。”

季云深淡然道：“你比五十斤重多了，难道我这点数都没有吗？”

夏澄忍不住捶打了一下他的肩膀：“你就不会像电视里的男主角一样说一句‘你一点都不重’！”

季云深笑起来，声音朗朗：“你比五十斤大米重要多了！”

明明只是一句很随意的话，可胸腔里的小心脏却怦怦跳动得厉害，胸口似是糊上了一层化不开的蜜。

她的鼻尖是他和植物混合的味道，她趴在他的背上轻轻说：“我突然想起我第一次约你吃夜宵的事，那一次我很震惊，觉得你超级帅！”

“是吗？”

“季云深，你这样好，我怎么不早一点和你在一起呢？这样，或许……”

“不需要。”

“为什么？”

他眼神一黯：“再早一点，我未必有今日的勇气。”

夏澄嘻嘻笑道："没关系，我可以倒追你呀。"

"只要你在我身边，早一点迟一点又何妨？我希望站在你身边的，是最好的我，而不是那个……"风轻轻吹扬着他的额发，夜色下，他的目光格外坚定和温柔，"澄澄，我第一次谈恋爱，不知道自己做到了几分。但是，我还在继续努力。"

夏澄的眼睛微微湿润，她凑过去在他的脸庞落下亲吻："季云深，在我心里，你就是最好的人。"

第九章 摊牌

次日，夏澄和苗苗见面后，两人的脸上同时露出了诡异的笑容。

“说吧，你昨晚是不是……”

夏澄一口答应：“是啊，就是那个什么山什么雨去了，怎么的，你嫉妒？”

夏澄破天荒地承认了，苗苗准备了一系列的严刑逼供都没有用上，忍不住低头咳出声。

“你和小堂叔呢？”夏澄紧盯着苗苗的脸，连细微的表情也不肯放过，“你脸红了，难不成你们也那什么山什么雨去了？”

“你不要瞎说！”苗苗飞速地捂住夏澄的嘴巴，警惕地看了一眼办公室门口，生怕谁闯进来。

夏澄的眼珠子转了转：“说，究竟怎么回事？”

“也、也没什么啦。”苗苗低着头，“就是帮他按摩了一下。”

“哦……也就是按摩了一下。”夏澄故意加重了“按摩”两个字，“怎么按摩呀？”

苗苗红着脸：“夏凛说自己前些天打网球打得全身都疼，让我帮忙按按。”

“哦，按按……哎哟，这对于纯情的我来说，实在是太下流了！”夏澄刨根问底，“在哪儿按哪？你家还是他家呀？”

“你不要想歪好不好？”苗苗瞪着她，“就是在沙发上、沙发上。”

“哦，沙发上……那就是在家里喽？”

苗苗的脸已经红得发烫：“橙子，你太讨厌啦！”

“哎哟喂，我真是太讨厌了，怎么能说出真相呢！”夏澄忍不住笑起来。她摸着自己的下巴，一本正经地演着：“沙发太短了，肯定不太舒服呢，我们还是去床上按比较好。哦，对了，按摩嘛，穿着衣服肯定不舒服的，还是把衣服脱了吧，嗯……你是跪边上按，还是坐在他身上按？”

苗苗脸红得滴血，佯装生气：“橙子，不要说啦！我真的要讨厌你了！”

“你少来吧，我才讨厌你呢！唉，以后我都不能去你家住啦……”

苗苗反唇相讥：“嘁，你和季哥哥卿卿我我的，才不会再去我那儿住呢。”

“哎，我们家苗苗好像一下子就长大了呀！”夏澄看着苗苗今日的打扮，觉得她的品位顿时有了质的飞跃，“今日打扮得这么好看，下班后要不要帮你街拍几张？”

“好哇！好哇！我想把我微信上的头像换了！”

下班时，夏澄和苗苗从公司里出来，正在探讨等会儿去哪里拍照和拍什么造型的时候，苗苗突然抓住了夏澄的手：“亲，我们今天出门是不是没有翻皇历呀？居然碰到贱人了！”

夏澄顺着苗苗示意的方向望过去，见到陆启皓的车就停在她们公司门口。陆启皓见到她们，从车里下来，神色看着并不是很好。

夏澄微微皱眉：“管他呢，这路又不是我们的，他爱来就来呗。不过，我最近是不是和陆家犯冲啊，不是他妈妈就是他。”

苗苗接了一句：“真是阴魂不散。”

夏澄正要去取车，陆启皓快走几步挡在她面前：“夏澄，我们好好谈谈。”

她微微垂着眼眸，懒得搭理他：“谈什么？我们并没有什么好谈的。”

“我知道你恨我，可你不能这样做，你怎么可以在我妈犯病的情况下让她一人回家？”

夏澄顿时目瞪口呆，她怎么也想不到陆启皓找她居然是这样一个理由！面前这张俊美的脸庞上充满怒气，漂亮的桃花眼充满恼恨之意。

“你再说一遍？”

“我妈有心脏病，你不是不知道，你怎么还可以刺激她？她昨天被送到医院里抢救，差点、差点就……”

夏澄双手紧紧握成拳，怒极反笑：“陆启皓，你终于挑到我的错了，是不是觉得自己的愧疚感少了一些？”

“一码事归一码事。”陆启皓打断她的话，“我妈确实与你不对付，但你没有必要刺激她。”

夏澄冷笑了一声：“我从来没有想过，你与你妈一样，颠倒是非黑白的能力都这样厉害。”

“夏澄，你就不能别这样和我说话。”

“陆启皓，你妈之所以来找我是因为什么？是因为你！她来辱骂我不知羞耻地藏起她儿子，还不许我解释半句？别人来打我的左脸，我念及对方年长没有打回去，难道还要把右脸送上去？至于解释了什么，需不需要我一个字一个字地讲给你听？”

他眼眸微闪，脸上露出震惊的神色：“你……这些都是你的真心话？”

“真，比珍珠还真。”夏澄并不想与他争吵，径直朝自己的车走去。

陆启皓骨节分明的手握住她的手臂，用力收紧，她皱起眉头瞪他，他也看着她，口气生硬：“夏澄，这件事我们要谈清楚。”

年少时爱慕过的人，曾经交往过一段时间的恋人，如今却这样针锋相对。

她深吸一口气：“陆启皓，需要我向你道歉吗？”

陆启皓面色微凝，眼底闪过一丝痛楚。

“道什么歉？我从没见过这么不要脸的男人，纠缠前女友不是这样纠缠的呀！”苗苗阴恻恻地钻了出来撞开陆启皓，“你别拿着这个借口纠缠澄澄，你什么心思，你以为我不知道？”

有这样一个闺密真好，虽然平日里老是开她的玩笑，但关键的时候还是会为她出头。苗苗挡在夏澄的面前，像只愤怒的小鸟：“你妈是怎样的，你自己心里清楚，别打着这个名号来找澄澄的碴儿，借机寻找求和的机会。再说了，你妈犯病的根本原因还不是你，谁让你闹失踪，自己跟你妈怄气？如今找橙子是怎么回事？想将这些错套她身上？门都没有！她早就和你一点关系都没有了！”

陆启皓站在一边抿唇不说话，那双总是神采奕奕的凤眼早就没有了往日的风采。

“陆启皓，看在还是同学的分上我劝你一句，你都离过婚了，澄澄一黄花大闺女也不能真跟你有什么呀，再说澄澄都有男朋友了。”

陆启皓整个人僵住，深深地望着夏澄，夏澄却连眼神都不给他，打开门，钻进车里，苗苗也很快钻进来：“澄澄，我觉得他还想得到你。”

“一边去。”夏澄重重地吐了口气，踩下油门，擦着陆启皓绝尘而去，“我从前脑子不太好，怎么觉得陆启皓或许是个良配呢？”

“主要是他妈是个厉害角色。”

“必须的，这一石二鸟的戏演得多好。”

“嗯，召了她儿子回来，顺便还能挑拨一下你和她儿子的关系。唉，多好的男人，硬是被他妈摧残成这样。”

“对啊，多好的男人，怎么会变成这个样子？你看，他终究还是偏向他妈妈。”

“你手机响了，有短信。”

“你替我看看。”

“是陆启皓发来的。”苗苗在等红灯的时候把手机拿到她面前，“是个符号Σ。”

“什么意思？”

“你数学不是挺好的吗？”

“求和？”夏澄因为不可思议，嗓音几乎变了调，“简直是在逗我！苗苗，你说事到如今，他怎么还能跟我求和？他以为我和他还能重新在一起？”

“澄澄，其实你一直都很好说话的。”

“可是，我不是弱智呀！”夏澄自嘲地笑笑，“我终于把这场戏唱完了。”

夕阳西下，天空被晚霞染得灿烂一片。绿茵茵的草坪上，苗苗随意地摆着姿势：“这样可以吗？”

“眼睛往前看……脸部表情不要太紧绷……”

“你一定要把我拍得好看点，文艺范、小清新的那种。”

“知道啦……你还信不过我吗？”夏澄看了一下镜头，“嗯，很好，你过来躺在这个石头上……侧过来一些，手抬高。”

“这样会不会很傻呀？”

夏澄自信满满地说道：“晚上给你做一下后期，会很高大上的。”

终于拍完了一组，夏澄招呼苗苗过来，将单反递到她的面前：“你看看这几张是不是不错？”

“啊！不愧为艺术家呀，不用P图都这么美！”苗苗开心地拿出手机，“我能不能先拍一张传到微博上呀？”

“随便！”

苗苗将照片传到微博上，配上简单的文字：感谢夏总监，好期待成品。

她冲着夏澄道：“微博是干吗的？微博就是分享我们的生活的。”

“好吧。”

“我@你了，你不转发一下？”

“不敢。”夏澄撇撇嘴。她最近有点偷懒，客人们都在催样片，她还是假装自己不在好了。

“你呀，放松了这么多天，也要忙起来了。”苗苗有些幸灾乐祸，她刷了一下微博后，突然将手机伸到夏澄的面前，“看这个这个，清风月明，就是那个杨程程。”

“杨程程？”夏澄很快反应过来这是陆启皓的老婆，“哦，不感兴趣。”

“这女人特别矫情，这天天都在悲春悯秋、自怨自艾的。可不，今天又更了一条——我不会让你的奸计得逞的，我一定要把握我的幸福。”

“……”

“前一条——我不会签字的，贱人，破坏别人的第三者，你等着老天收拾你吧！”

夏澄沉默了一下，皱着眉头看着苗苗：“那个，她说的不是我吧？”

苗苗嗯了一声："不是你，难道是我吗？"

夏澄忍不住捂脸："我可以拿刀子捅他们吗？我从来没有参与到他们中间去，他们怎么老喜欢把我往里面扯？"

"哎呀，你也别放在心上，微博这种东西嘛……都是比较扩大自己的想法的，她也就是找个地方发泄。"

夏澄仰躺在身后的草地上："你说她明天会不会也来公司闹啊？天哪！我真的是比窦娥还要冤枉啊！"

"你又没做亏心事，怕她做什么？"

"我是第三者吗？我是吗？她才是呀！她不就是先爬上陆启皓的床，假装怀孕吗？再说了，我痛痛快快地放手，根本没想过吃回头草啊！"夏澄抚着额头，"生活啊，永远不知道下一刻会发生什么事情。"

"反正微博这种地方啊……"苗苗不知道又刷到了什么，"陆启皓最近的微博你有看吗？"

"我早拉黑他了，看他微博做什么？"

"他说他缅怀过去，后面全都是求和符号，喀喀……"

夏澄瞥了一眼："让我死了吧。我真是百口莫辩哪！别人就算了，之前连自家姑姑都怀疑我要当第三者破坏陆启皓的婚姻，我真是醉了。"

"要不，你把你跟季云深滚床单的照片往上一贴？"

夏澄的唇角勾了勾："呵呵，到时候天翻地覆，你来帮我收拾呀？"

"那也没办法，你准备藏着掖着一辈子呀？"

"一辈子不至于，但是摊牌也要找时机的嘛。"

"这样嘛……"苗苗嘻嘻一笑，她沉吟了半晌，"反正他俩都关注你，要不咱们搞个虚拟男友呗？"

夏澄回去时，季云深正在书房里对账目，许久都没有出来的意思。

夏澄不好打扰他，就坐在沙发上玩手机。

直至九点多，季云深才从书房里出来。夏澄见他出来，迅速地收了手机："你终于好啦，饿不饿？要不要吃点夜宵？"

季云深也不说话，只是定定地望着她。他的神色与往常无异，淡淡的，可唇角微僵，眼底有审视的味道，看得她心里发毛。

夏澄站起来："吃吗？"

"我去洗澡。"他的眼神掠过她，径直朝浴室走去。

夏澄以为，季云深这样早就去洗澡是为了……然而，是她想多了，季云深洗完澡之后径直去卧室了。

这是将她当隐形人了？夏澄趴在沙发上回头看他，可他竟连半个眼神都没有给她，真是令人匪夷所思。

夏澄带着疑惑的神色进了房间，发现季云深正在吹头发。她走到他的身后，自然而然地接了吹风机："下去点儿，够不到。"

季云深怔了怔，还是在旁边的椅子上坐下来。夏澄站在他的身后替他拨弄着头发："怎么了嘛，今天不高兴啊？干吗不理我？"

季云深不知说了句什么，只是被吹风机的声音盖过去了。他的头发很快被吹干了，他也没起身，就定定地坐在位子上。夏澄这才发觉他是真的不对劲，不由得推推他的肩膀："你怎么啦，是不是受委屈了？"

季云深不说话，只是突然站起身来。他的动作幅度很大，夏澄还没回过神来已经被他牢牢地按在床上。

她惊了一下，随即抬眼看他，他的嘴唇微微翕动，周围空气凝重。他的神色欲言又止，眼底有难掩的愤怒。

他一言不发地去撕扯她的衣服，夏澄惊得按住他的手："有事说事，你这样我很害怕。"

他的动作停下来，微微喘息："下午和谁在一起？"

“苗苗啊。”

“还见到谁了？”

“啊？你怎么知道的？”夏澄迟疑了半刻，“他不过出现了半刻时间。”

季云深没有作声，只是看着夏澄的眼神越发冷冽。他松开她，翻身到一旁，将被子拉上来躺好。夏澄坐起身来，一脸莫名其妙。

夏澄半跪在床边上，与他解释：“下午我们是见了一面，吵了几句，小事一桩啊，我也不用事事跟你报备吧？”

“好吧，他还给我发了条短信，我也没理他，就删掉了。”夏澄见他还是不动，有些烦躁地摇了摇他，“你干吗不说话？你再这样，我真的要生气了！”

“你生什么气？受伤的是我。”他闷闷地说道。

夏澄见他语气有所松动，也顾不上纠结到底是谁的错，扑上去压在他的身上抱着他撒娇：“别生气啦，是我的错，都是我的错，好不好啊？”

“你太过分了！”季云深黑亮的眼睛一瞬不瞬地望着她，抓握住她的手，几乎是咬牙切齿一字一顿地问她，“你们什么时候开始的？今天他还给你送花，求婚？你很感动？那我算什么？”

“我……”夏澄顿时怔住，盯着他老半天，才慢慢询问出声，“你看我微博了？”

“错过的那些年，你都要弥补回去，那我呢？”季云深瞪着她，面凝如冰，漆黑的眼底暗潮汹涌。

夏澄看着季云深吃醋的样子，不由得扑哧一声笑出来，随即捶床大笑：“哈哈哈哈哈，云深哥哥，你怎么这么可爱？”

季云深没有微博，也从不玩微博，她以前在他面前提微博他也并无什么反应。这间接地导致她以为他压根不知道微博的存在。她安抚地拍拍他的肩膀：“你觉得我是这种人吗？”

“我不知道。”季云深这样说着，唇角却是微微上扬了。

夏澄无语地冲他撇撇嘴，在他脸上亲了一口：“以后不要自己生闷气，知不知道？”

“我只是不太安心。”季云深呢喃地说着，捧起她的脸，深深地吻了下去。

夏澄安抚地吻了吻他，眉眼上扬：“你不问了？”

“不问。”

“那可不行，我要和你说清楚，免得你胡思乱想。”夏澄压着他的脖子，对着他的眼睛，把下午发生的事仔仔细细、明明白白地告诉他，看着他渐渐舒展的神色，捏着他的脸道，“幸好我今天心情好跟你解释，我要是不和你解释，你还不闹翻天了？哎哟，天哪！我们的季云深竟然也会跟我闹小脾气。不对，你跟我闹的脾气还少吗？”

季云深顿时被气乐了，忍不住抬手拍了拍她的脑袋。

夏澄忍不住打开手机微博，这才发觉不怪季云深误会。因为这条微博看起来实在是太真实了，被人点了许多赞，甚至被人转发了好多条。夏澄觉得再迟一点，她所有的同学都要知道她被求婚这个事实了。

本来就是个玩笑，但……似乎有点难以收场了。

不过夏澄现在没空想这个，她一脸好奇地问他：“季云深，你是怎么知道我的微博的？难不成你也天天刷我的微博？”

他没回。

“哎呀，太不公平了，你知道我的微博，我却不知道你的微博，天天被人窥视的感觉还真不好。你的微博名是什么呀？”季云深似乎并没有回答她问题的打算，所以夏澄趁着季云深不备抢过他的手机，打开一看，他的微博名竟然是我爱橙子。她暗自无语，实在是太俗气的名字了。

而且，他关注的人只有一个——夏日之橙，不，还是偷偷关注的。

夏澄回头望着季云深："你这人……真不知道该不该说你闷骚。"

季云深斜睨了她一眼，再一次将她拉过来扯她的裤子。夏澄自然不配合，紧紧地捂住自己的裤子，朝他翻白眼："今天你不要理我。"

夏澄话音刚落，季云深连裤子也不扯了，抬起手拍在她的屁股上，虽然打得不痛，却打得啪啪作响。夏澄蹬着腿，捂住自己的屁股号叫："季云深，你浑蛋！你家暴啊！放开我！你干什么？"

"你才浑蛋，没事儿在微博上折腾什么？现在大家都知道你快结婚了，时间到了，你去哪儿变出个新郎来？"季云深想到这个，表情略一迟疑，对着她的屁股又是一掌。她张口了半天，鄙夷道："不要你管。"

"我不管你管谁？"季云深顿了顿，手覆在她的屁股上揉了揉，接着就动手脱她的裤子，"我给你看看有没有伤着。"

夏澄无语，有没有搞错啊，打着这个名义来脱她的裤子！但是她挣扎也没有用，他现在脱她的衣服的动作娴熟极了，一下子就把她脱得干干净净的，颀长的身子也毫不犹豫地压了上来，温热的气息喷了过来："今晚你别睡了！"

"你……"

第二天，苗苗给夏澄发了一个链接："橙子，你快看，你的田螺先生要爆红朋友圈了。"

夏澄睡得迷迷瞪瞪的，看着标题"美女摄影师背后的田螺先生"，不由得嘀咕了一句："什么鬼？"

夏澄点开链接一看，不由得乐了。这不是之前她给余静的供稿吗？

不得不说，余静的表达能力和编辑能力都非常不错，每一幅食物照片配上简单的文字，看着十分温馨而美好。

余静先前做“田螺先生”这个专题，连载了好几期。夏澄也陆续收到余静邮寄来的杂志，里面图文精致、故事细腻，不过因为里面的故事被过度加工，她随意翻看了几下，并没有放在心上，毕竟整个故事和她不搭边。如今几期的内容合起来被几个美食公众号一推广，许是田螺先生的暖男形象太深入人心，他突然就火了。

苗苗一连发了好几个表情过来：“好浪漫，好浪漫哪！哇，橙子，原来你们早就在一起了！他这么辛苦地做兼职，只是为了给你做一顿吃的！”

夏澄很无语地回她：“什么乱七八糟的！这是艺术加工，懂不懂啊？”

苗苗：“好浪漫哦，那个什么七彩之戒的蛋糕，好漂亮。”

夏澄：“名字都是别人乱取的！好好用你的脑子想一想，季云深当年那么土，怎么可能整这些浪漫的事出来？”

苗苗：“土得浪漫也是一种本事呀！你看看你拍的每一张照片，上面的每一道食物都凝聚了他的爱和心血呀。”

夏澄：“……”

苗苗又发了表情过来，夏澄还来不及看，一个电话进来了：“喂，你好，请问你是夏日之橙吗？我是S都市报的记者……”

夏澄很快就了解了对方的意思。原来对方在公众号上看到这篇“田螺先生”之后，对里面的当事人非常感兴趣，所以靠着其中一张照片上的微博水印找到了她的微博，然后通过上面的联系方式联系到了她。对方表示要上门采访两人，要继续挖掘他们温馨浪漫的爱情故事。

夏澄对着电话，只觉得尴尬。现实中的确有田螺先生这个人，但背后的故事完全不是这个样子的，最最重要的是，她不可能让田螺先生曝光。

一个上午，夏澄接到了不少本地报社要求采访的电话，甚至余静本人也表示他们主编对这个专栏非常感兴趣，希望能做进一步的采访。

夏澄一一客气地拒绝之后，忙打开微博删除了自己的联系方式。而这时，她发现自己的微博也多了不少粉丝，他们甚至纷纷在底下留言。

“请上天赐予我一个田螺先生。”

“天哪，橙子好幸福啊！”

“求田螺先生的照片啊！”

“求多撒点狗粮啊！”

“……”

夏澄一边翻看着留言，一边捂着额头叹气。她当初让余静写这个专题时，压根没有想到会出现这种情况。如果她知道会有这样的影响力，她绝对不会把这些美食照分享出去。

她只希望这篇文章的影响力到此为止，否则，她也不知道要怎么办了。外人怎么想她和田螺先生恩爱她都无所谓，可她并不希望自己的家人从别的渠道知道她和季云深的事情。

夏澄突然想到，真论起来，她和季云深交往的时间也不算短了，这么多年的相识与相知让她知道，她认定了这个人。所以这件事不能再这样偷偷摸摸下去了。

爸爸下周要回家，她应该找个时机与他摊牌，她并不想将这段恋情放在地下，她想和季云深长长久久、光明正大地在一起。

苗苗：“哇！橙子！我们班级群里都炸了呀！”

夏澄回过神来，回了一句：“什么？”

苗苗：“我们昨天不是才虚拟了一个人物吗？今天大家已经自动把田螺先生代入了，至于你的田螺先生，大家居然一猜就猜到是季云深！”

夏澄惊呆："为什么？！"

苗苗："我怎么知道？可能是太明显了吧。"

夏澄和余静其实很少提到季云深，但是余静就是用这么一丁点儿的信息外加自己的想象力，给整出了一篇超级温暖又感人的文章。而就是这么一丁点儿的信息，也直接将季云深给暴露了。

夏澄这才发现班级群里已经有人在 @ 她和季云深两个当事人了。她点开班级群，里面你一言我一语，已经有上百条信息了。

"好甜好暖，好幸福！"

"这绝对是季云深，这样的性格，这样的经历，偷偷报考到 G 市和橙子上同一个地方的大学的高中同学只有他了！"

"真没想到他们俩会在一起，而且还快结婚了！我记得当初他们两人的匹配指数是最低的呀！两人平时都不怎么说话啊！"

"少来！季云深那小子喜欢夏澄又不是一天两天的事了。有一次我不过在寝室里开了夏澄几句玩笑，就被揍了一顿。我去，我当时都被打蒙了！"

"对，那次我也在场，也没说什么，就看你莫名其妙被揍了。"

"季云深就是腹黑，居然就这样不声不响地把我们的班花给搞定了！"

"我早知道了，高三我们去春游那次，季云深就帮着夏澄拿零食和大水壶。"

"以前轮到我们这组做值日，夏澄的活儿都是被季云深承包的！"

"你们没看过他看夏澄的眼神吧……超级酥！"

"上次同学会，我就觉得他俩有戏了。"

"话说，他们不是表兄妹吗？能结婚？"

然后所有的对话都在这里戛然而止了。

夏澄摸着自己的下巴，她要不要出来解释一下，但似乎没有什么必要。

夏澄给季云深发了微信：“你当初做了那么多事，我怎么都没什么印象？”

季云深：“我就不跟你邀功了，你记得弥补我。”

夏澄：“嘁！”

近期夏澄有一个去新西兰的旅拍，为期一个星期。回来那天，季云深提前和她说好，会来机场接她。

可她一下飞机，就在机场见到了夏峰。夏澄见到他，不由得微微一怔：“爸？怎么是你？你回来了？”

“怎么？不是我还有谁？”夏峰从夏澄手里接过行李箱，“累不累？”

夏澄笑嘻嘻地回他：“还好，免费出去玩了一圈，还能赚钱，是不是挺好？”

只是夏澄还没得意完，就迅速收了笑容，她小心翼翼地看了夏峰一眼，生怕他生气她这些天都没有去公司报到，毕竟他并不喜欢她干这一行。

不过看起来，夏峰并不太在意这件事。

夏澄走在他的身侧，这才发现他的眼角处又添加了些皱纹，两鬓长出了不少白发，原来他在她不知道的地方渐渐苍老了。她小时候总抱怨他不管她，可如果他不那样，她衣来伸手饭来张口的生活哪里来。她靠在椅背上，有点矛盾，轻轻咬了下唇。

夏澄坐到车里，夏峰突然想到了什么事：“你搬回家住吧，若是觉得不方便，我再给你重新装修一处住房。”

夏澄心里莫名咯噔了一下：“啊？”

“苗苗谈了男朋友了，你也不好一直打搅人家。”

“爸！这事您都知道？！”夏澄不禁张大了嘴巴，“您的消息真灵通。”

夏峰平稳地开着车：“夏凛说得对，你长大了有自己的想法，应该有自己的空间，我总不好一直拘着你。”

“小堂叔？”夏澄心里暗笑，夏凛也真是个猴急的主儿。不过他俩的事，她并不想乱说，可能潜意识里她并不看好他们。一个是她的好朋友，一个是她的亲戚，万一他们不成，闹得尽人皆知的，太尴尬。

“你呢？苗苗都有男朋友了，你这边怎么一点好消息也没有？”

“也不是的，我也有好消息。”夏澄忐忑地张了张嘴，一咬牙就讲出来了，“不过一个是好消息，一个是坏消息，你想听哪个？”

“那你说说看。”夏峰目视前方，握着方向盘的手不由得一紧。

“爸，我其实有男朋友，如果你同意的话，他马上会是你未来的女婿。”

夏峰轻飘飘地说了一句：“不同意。”

“什么？”夏峰如此快速的反应令夏澄有点蒙。

“如果是云深的话，就不必谈了。”

这样云淡风轻的话自夏峰口中讲出，夏澄只觉得自己的心一直往下沉，沉入谷底。她准备了好些话都没有讲出口，就这样被挡回来了。她张了张嘴巴：“为什么？”

“他求过我，可是，我没同意。”

夏澄的眼睛莫名地湿润了：“为什么？”

“我知道你过不去小医生的那道坎，可总不能随便找个亲近的人谈恋爱。季云深，他就是你哥哥，你和他我不会同意的，你姑姑也不会同意的。”

夏澄的语气加重了一些：“他不是我们夏家人，他姓季。”

“当初他不愿意改姓，那时候我就同他说过，即便不改姓，也娶不走我们夏家的女儿。”

“爸……”夏澄难以置信地看着他，眸子带着水光，“你知道……”

“我知道。不巧，我看过你们的故事，嗯，朋友圈里的那篇‘田螺先生’。”

夏澄呼吸一窒：“你看过？”

夏峰微微一顿：“但，打动不了我。这种知音故事一样的戏码，他在做戏给你看。”

夏澄急急地解释：“爸，这篇故事并不真实，我只提供了照片，整个故事都是我朋友后期艺术加工的。”

“哦。既然这都是假的，那么他更不值得你去爱慕。”

“不是这样的……”

“我们夏家的女孩子在挑男人方面，眼光都不怎么好，你挑来挑去怎么总是这种类型？”

“什么类型？陆启皓和季云深完全不是一个类型好吗？”

“夏澄，你听我说。”夏峰的语气突然变得严肃起来，“你姑姑她，宫颈癌晚期，她或许……你忍心让她难过吗？”

夏澄后面的话全都堵在喉中，所有的据理力争全都停止了。夏澄呆若木鸡，整张脸上都写满了难以置信，这个爆炸式的消息使得她震惊。她哑着声音：“姑姑怎么会？她的身体一直都很好啊！”

“是啊，怎么会？”夏峰沉下声音，压抑着语气中的痛苦，“你姑姑她总是很忙，我们对她的关爱也太少了。如今你姑姑已经出国治疗了，只是家里面还瞒着这个消息。”

夏澄眼底蓄着泪水，吸了吸鼻子，茫然地说道：“我去陪她吧……”

“她身边已有人照顾，云深也已经过去了。我们现在过去也于事无补，必要的时候我们再过去吧。”

回家的一路上，车厢里都十分安静。夏澄想老天真是跟她开了个玩笑，怎么能让姑姑生这样的病？她真的无法相信。她好不容易说出了她心底的话，好不容易将一切都摊牌了，但事实不允许，什么也不能改变。她喜欢季云深喜欢得快要疯了，但她更不忍心让姑姑难过。

快到家的时候，夏峰轻声说："澄澄，爸爸也没什么愿望，你是我唯一的女儿，我就希望你快乐。"

夏澄哽咽道："可是爸……我的快乐就在他那里呀！"

"这个世界上，并没有谁离不开谁，能赋予你快乐的人和事还有许多许多。"

是啊，这个世界上并没有谁离不开谁，只是离开了他，心会痛，会碎，再也愈合不了，仅此而已。

第十章 心痛

姑姑从国外回来已经是三个月后了，她看起来精神还不错，脸上化着淡妆，头上戴着顶时尚的小帽子，瞧不出来生病的样子。

季云深陪在姑姑的身边，拉着所有的行李，脸色淡然。

两人见面之后，竟连招呼也没有打。夏澄的视野因为水雾而模糊了一下，她怎么也想不明白，明明先前两人还如胶似漆，突然之间他们就成为两个陌生人。

姑姑做完手术后，她飞去F国探望，碰见过季云深一次。当时两人望着对方，一句话都没有说。后来姑姑病情稳定些，夏澄飞回国，忙着各种事，她和季云深偶尔联系一下，言语中却小心翼翼地避开了感情问题。

如今，他明明就站在她的面前，她想亲近却不敢，至少现在不能。他们的感情之路算不上多波折，可能走到今天真的不容易，或许是真的没有办法相守到最后吗？

“姑姑，你回来了？”夏澄深深地吐了一口气，将脸上所有的悲情都掩藏在深处。

她笑着上前挽住姑姑的手臂，四下探了探，笑眯眯地说道："姑姑，那个人呢？"

姑姑假装不解："谁呀？"

"就是那个金发碧眼的Jimmy啊！"夏澄之前去F国时，在姑姑的病床前碰到了一个身材高大、长相英俊的德国男人。他的眼睛深邃，看姑姑的眼神格外深情，对姑姑也十分照顾体贴，看起来是一个非常绅士的人。夏澄后来与姑姑交谈得知，这人是姑姑十来年的好友，也是姑姑的爱慕者。

姑姑忍不住微笑，略显苍白的脸上染上少女般的红晕："他公司里有些事，过一段时间会过来一趟。"

"姑姑，你会和他结婚吗？"

"不会。"姑姑微笑着，有些感慨地说道，"我年纪大了，并不注重婚姻。而且他比我小十岁，还会有更好的人生，不应该被这样的我拖累。"

"姑姑……"

"别说我了，姑姑现在最担心的是你呀！"姑姑似乎并不愿意谈她自己的事，"还不知道能不能撑到看你做新娘子的那天。"

"姑姑，你不要胡说！"

姑姑摆了摆手："我的身体情况，我自己清楚。"

夏澄的眼睛又起雾了，她并不想，一点都不想经历这样的生离死别。

自姑姑回来之后，夏澄若是得了空便会去姑姑那里坐坐，陪陪她，与她说些话。而季云深似乎突然被各种琐事牵绊住，每天都在处理各种各样的事，两人又避嫌似的，连单独相处的机会都没有。偶尔家庭聚会时，两人才会在一张桌上吃饭，不过彼此又心照不宣般只是看着对方不说话。

这样的日子，夏澄觉得非常被动又难熬，她不知道这种日子什么时候才能到头。她有时候几乎想直接分手一了百了，可一想到那样的场面，眼泪就忍不住掉下来，她舍不得呀，她怎么舍得？

这一日，夏澄带了些水果去看姑姑，才一进屋，就见姑姑正看着手机发笑，心情看起来非常不错。

在夏澄的记忆中，姑姑对自己总是和颜悦色，但外人一致认为她是一个不苟言笑、难以相处的人。她今天笑得这么甜，也是少见的。夏澄打趣："怎么了，姑姑？是你的Jimmy给你发来了什么爱的甜言蜜语吗？"

"不是，是云深的小女友。"姑姑乐呵呵地把手机递给夏澄看，"你看现在的年轻姑娘，太逗了。"

"小女友？"季云深有女朋友？夏澄没反应过来，错愕、震惊、失落，各种情绪从她的心底浮出。呼吸停滞了片刻，她大脑里几乎一片空白。

姑姑并没有看出她的反常，将女孩子的照片点出来给夏澄看："她刚毕业，才二十二岁，是我们公司新进的实习生，特别聪明伶俐，又活泼热情。云深这闷葫芦碰上这样的性格，我心里也放心。"

夏澄并不想相信这样的事，毕竟之前也发生过这样的乌龙事件。可姑姑说得这样有板有眼，她实在没有办法去忽视。

"挺漂亮的。"夏澄的牙齿拼命地咬着舌尖，拼命地压抑住自己不要露出那么痛苦的一张脸，拼命地让自己能够镇定自若地说出这些违心话。

"这姑娘年纪小却也挺贤惠，她最近天天来，每次来都变着花样给我送些小玩意，逗我开心，也是有心。等会儿她下班了就过来，你要不要见见？"

"不用了，云深喜欢就好。而且等会儿我还约了一对新人要讨论一下旅拍的事。”夏澄想，她几乎要忍不住了。

那个人，她想见见，是不是真的有姑姑说得那么好，有那么一大堆优点？可她害怕见到，害怕这个人是真实存在的，那她要怎么办呢？

“你呀，有梦想是好事，也别太累了……从事这一行业，要有源源不断的灵感，压力也大……”后来姑姑还和她聊了什么话，夏澄都听得不大清楚，似乎有什么箍住她的脑子，一圈一圈地收紧，手也变得冰凉。她敷衍地应答，直至接了一个电话之后，终于找了个理由离开了这里。

她一出门，眼泪夺眶而出，豆大的眼泪，吧嗒吧嗒地往下掉，滴入尘埃之中。此刻她心痛得无以复加，也不知道如何发泄心中的这股郁闷，她给苗苗打了电话，哽咽着，断断续续地说：“苗苗，我要死了……”

“橙子，你不要吓我！”苗苗在电话里听到夏澄的话，吓得面色苍白，“你怎么了？”

“我心痛得快要死掉了呀！是不是他对着你的时候，千般百般好，可转过头就对另外一个女孩子献殷勤？”夏澄用手捂住眼睛，眼泪顺着她的指缝流淌下来，“从前陆启皓说喜欢我，其实也就那样，现在季云深也是这样，难道我就真的那么糟糕吗？”

“你听到什么了？听到什么不一定是真的。”苗苗急急地往外跑，“你在什么地方？我去找你！”

“已经是见家长阶段了，怎么还会是假的呢？她现在每天过来变着花样地哄姑姑开心，姑姑对她满意得不得了，这怎么还是假的？我们已经整整三个月没有好好说过话了，我是不是被分手了？历史重演了是不是？”夏澄哭得喘不过气来，“怎么可以这样子呢？为什么要这样子？”

“橙子，你不要哭……”前一次夏澄和陆启皓分手之后，并无什么异常，可这次这样，真的是被伤到了。苗苗听着她哭，忍不住也跟着哭了起来。

“她更年轻，更热情，更会逗他开心。而我是什么？我只是他妹妹……”心底的麻木突然无限扩大，“我们本来就是没可能的吧。”

“你既然这么舍不得，就把他追回来嘛！”苗苗坚定道，“你们那么要好，我还是不相信你们会分开。”

“我也不相信，可姑姑出了这样的事……我们几乎没有可能了呀！”

“姑姑她一定会好的。”

“他是个死脑筋的人，做事瞻前顾后，既然他选择了别人，又怎么会回头？”夏澄吸了吸鼻子，“可是如果时光重来，我还是会和他在一起。我从来都没后悔过和他谈这一场恋爱。我只是害怕，以后要怎么办哪？没有他，我是不是再也找不到一个对我那么好的人了？或许我再也不想谈恋爱了。”

“澄澄，你那么喜欢他，你为什么连争取都不敢？”

“既然争取没有用，我为什么要争取？我才不要做第三者。”

苗苗叹了口气，想是不知道怎样安慰她了，他真的对她太好了，如果他对她不好，她又怎会念着他？

夏峰本来说过了年就要走的，可正月过完了，他也没有显出半点要出去的样子。夏澄沉浸在自己的伤心事上，又不敢在他面前表现出来，所以最近几乎没有回去，每天都睡在工作室里。她每天不是吃、睡，就是修图，每天都将自己麻痹在工作中。

直至夏峰给夏澄打电话：“澄澄，前天你姑姑托人拿云深和小玉的八字去合，顺便把你和萧仲的八字合了一下，听说很不错。”

合八字？夏澄用力咬下唇，唇色泛白，这种事她只在古装电视里看过，都是即将谈婚论嫁时双方家长才会去做的事。

“萧仲？”夏澄最近过得浑浑噩噩的，突然听到这个陌生男人的名字，不由得一愣。许久之后，她才想起萧仲是年底夏峰带她去和萧伯伯吃饭时碰到的那个男人。萧仲是个很有学识的男人，讲话斯斯文文，他还给夏澄介绍过一对客户。

夏澄感激他，不过在对方明确表示喜欢她之后，夏澄也明确表示对他不感兴趣。因此两人已经很久都没有联系过了。她压根没想过如今会有这样一出。

“是呀！”夏峰得意地笑起来，“他很喜欢你，他的家人也都很喜欢你。他爸妈昨天还和我商量要不要下个月把你们两人的婚事订下来。你怎么看？”

夏澄沉默了许久，才缓缓开口：“爸，你之所以还待在家里，就是因为这事儿？”

夏峰道：“这自然是大事！我嫁女儿，总要准备准备，免得到时候来不及。”

夏澄气得想挂电话：“到底是什么样的缘由让你产生这样的误会？到底是什么理由让你觉得我跟一个才见过一两次面的人会有什么结果？我不喜欢他，我们根本不合适。”

“怎么不合适？郎才女貌，门当户对，我一眼就相中了他。我和他爸妈是旧识，他父母的品性我最了解。你什么都不会，以后你嫁到他们家，他们自会替你安排妥帖。”

“呵呵。”

“女子高嫁，男人低娶，他比你喜欢的那些要好上许多。”

“论条件，他自然是，可我们没有感情……”

“你们年轻人总要提什么感情，感情这种东西慢慢培养不就有了？我当初和你妈妈感情难道不好？我喜欢她，所以不理会她所有的缺点，后来呢？”

夏澄哑然，连反驳的话都说不出来："爸，我并不是一个傀儡，我有权利选择我喜欢的。你知道的，再好的东西，只要我不喜欢，你也没办法勉强我。"

夏峰换了话题："我们好久没有一起吃饭了，明天你回来吃晚饭吧。"

"我没空。"

"什么没空，吃个饭都没空？要是这点时间都没空，你别工作了，爸爸养你好了！"

"……"

"明天云深和小玉都会来，你也过来看看。"

小玉？她凭什么过来？这些天夏澄一直都假装小玉是姑姑假想出来的人，所以她麻痹自己的思想，告诉自己根本没有这个人，也不去向季云深求证。而如今，她和季云深合了八字，甚至，明天她还要出现在自己家里！

她握紧拳头，有些恨恨地想着：看什么看，看个屁呀，她才不要看！

就这样抓心挠肺地熬到了第二天，她又忍不住有些心痒，那个终结了她和季云深感情的女孩子到底是怎样的人？她到底有多漂亮？性格有多可爱？更重要的是，他对她到底有多好？人总是很奇怪的生物，当他嫉妒心泛滥的时候，什么都无法阻挡。

夏澄直至开饭的时候才回去，季云深已经在了，坐在沙发上翻报纸。他还是之前的样子，看起来并没有什么变化，冷冷淡淡的，不怎么说话，直挺的鼻梁下唇抿得紧紧的。

今日，他穿着一件薄款灰色针织衫。夏澄撇嘴，心中想着这个女友真没品位，这件衣服并不怎么适合他。

夏澄出现后，季云深连一个眼神都没有给她。而夏澄的视线就在房间里到处游移，心莫名地发慌，那个小玉呢？她来了吗？在哪里，厕所吗？

“澄澄，”姑姑叫她的时候，她下意识地挺直了背，“你可算回来了，听你爸说你都好些天没回家了，工作很忙吗？”

“超级忙！哇，今天有很多好吃的。”夏澄故作迫不及待地坐到桌前，看着丰盛的菜肴，装出一副什么都没有发生的样子——她的日子过得很好，她的胃口很好，她一点也没有因为离开他而感到难过，“开饭了吗？还要等别人吗？”

姑姑说：“开饭开饭。”

夏澄轻轻地吐了一口气，连她自己都没发现，自己整个人都轻松了。

“自己当老板都能让自己忙成这样，真是没有什么头脑。”夏峰招呼着大家坐到桌前，恨铁不成钢地看着她，“看看你自己，最近都瘦成什么样了！”

夏澄哼了一声：“我本来就没有什么头脑，所以以后公司里的事你就少安排给我。”

夏峰有点生气：“我本来就没指望你。”

“行了行了，你们父女俩就别老为这些事吵架，以后找个有头脑的女婿就行。”姑姑笑着给夏澄夹菜，“澄澄，你最近跟萧仲谈得怎么样？他这个人学历高，头脑也好，人又礼貌，今早我在超市里买菜碰到他，他还给我提东西。”

如果没有季云深在，夏澄估计会实话实说，说她跟萧仲一点关系都没有。可她的余光瞥见季云深，他修长的手握着棕色筷子，正往嘴巴里夹一块牛肉。她也不知道是出于什么心理，含含糊糊地应了一句：“还好……”

夏群一听，兴致就来了：“上次我见过他一面就觉得他不错，现在双方父母都满意。正好你们的八字也合得来，没有什么比这个更好的。下次你约他来家里吃饭，我再探探他。”

夏峰接话："就是，这萧仲就是万里挑一的好男孩，正巧他又喜欢你，这就是缘分。"

夏澄偷偷地瞥了一眼季云深，他无动于衷的样子让夏澄的心都下沉了几分。那种难受的感觉挤上心头，都要将她整个人淹没了。

夏澄低头吃饭，味同嚼蜡地咀嚼着口中的食物，她只希望快些吃完，逃离这个让她快要窒息的地方。

夏群的话题又转到季云深身上："云深，怎么没有带小玉过来？"

季云深淡淡地："嗯？"

夏峰冲他道："我也见过那个小姑娘的照片，一副聪明伶俐的样子，挺好的。"

夏澄轻咬嘴唇。

季云深皱着眉头，迟疑地问了一句："……是吗？"

夏峰对这个话题特别兴奋："云深哪，你和小姑娘说话不能老这样板着脸，该柔情的时候要柔情，该凶的时候就要凶，知道吧？现在的小姑娘心里的弯弯绕多了去了，指不定什么时候就跑了。"

季云深应对："叔叔说得对。"

夏峰难得与季云深说了那么多，夏澄一点都不想听男人之间探讨如何讨女孩子欢心，心里难过得像是刀割一般，再也不肯待下去。她快速地扒了几口饭，喝了几口汤，强忍着夺门而逃的冲动，霍地站起身，笑了一下，缓缓道："你们慢慢吃，我去加班了。"

夏峰拉住夏澄："你怎么只吃这么点儿？怪不得瘦成这样！"

夏澄勉强扯了扯唇："我减肥呢。"

"胡说八道，再瘦下去只剩下排骨了。"夏峰瞪她一眼，"都这么晚了还去加什么班？去盛夏？"

夏澄胡说八道："是呀，最近去公司的时间少了，我现在去加班。"

“得了吧，不差你这么点工夫。你就在家里住着，迟些让张嫂给你弄些夜宵。”

“我还有活儿没弄好。”

“没弄好也明天再说，张嫂今天特地给你晒了被子。”

夏峰非拉着她，让她和季云深待在同一个房间，呼吸着相同的空气。她突然觉得夏峰特别讨厌，她还准备再找个借口的，就听到夏峰笑呵呵地说道：“以前你最讨厌加班，现在这么急着往外跑，难不成还有约会？”

夏澄忍住把碗扣在他头上的冲动：“爸，你一整天都想着把我嫁出去，你是不是养不起我了？”

“养得起，养得起，你嫁出去了我也照样养你。既然有约会就去吧，最近都没见你买新衣服……是不是钱不够花了？约会就要打扮得漂漂亮亮的，最近气色看起来也不大好。”

夏澄愤愤地，却连气也发不出来：“你话太多了！”

她气色不好看，还瘦了，衣服也没买，这些话听在耳中她很是郁闷，她才没有！她吃好睡好，怎么会气色不好？怎么会瘦？！

夏澄跑到楼上去，既然让她别去公司，最好以后也别让她去了。

回到房间后，夏澄对着镜子照了一会儿也开始不淡定了，她发现她的精神面貌不好，气色不好不说，脸上还冒痘痘。她仔细地洗了脸，开始敷面膜，敷着敷着，她又莫名地想哭，连她自己都不知道是为了什么，难道他们以后只是熟悉的陌生人了吗？

她边敷面膜边靠在床头看电视，最近真的是太累了，而且心情也不好，整个人都紧绷着。许是到了家里的缘故，人放松了一些，过一会儿她就迷迷糊糊地睡过去了，直到半夜里身体瑟瑟发抖，被冷风冻醒。

她这才发现，先前为了透气，窗户没有关上。她昏昏沉沉地去关了窗户和电视，洗了把脸又继续去睡了。

再次醒来时，外边天色还是暗的，只是她的脑子像被什么敲击了一样，头疼得厉害，身体也软绵绵的，她想她应该是感冒了。前几天她还笑话工作室里的木木哥像孩子，这么大了还感冒，这一转眼就轮到她了。

夏澄口渴得厉害，迷迷糊糊地爬起来下楼找水喝。她没有开灯，房中黑漆漆的，看得不大真切。她不知道踢到了什么，一个趔趄，一头栽倒在地上。她趴在地上，双手双腿无力，半天都爬不起来。隐约中，有个黑色的影子逼近，一双温热的手抓住她，她下意识地颤了下，直到季云深低沉的声音传来："是我。"

"……哦，你没回去啊。"

夏澄就着他的力气站了起来，快速地抽回了自己的手。季云深离开了一下，随着轻微的触动声，厨房里的灯突然亮了起来，几乎刺痛了她的眼，她下意识地闭起眼睛，不满地咕哝了一声。

季云深又径直折返到她面前，低头仔细打量她的脸，随即，手覆在她的额头上，担忧地问她："怎么烧成这样子？难受不难受？"

"不要你管。"夏澄垂下眼睑，拍开他的手。

"现在有人管你，当然不用我管你了。"季云深的语气嘲讽。

"你少跟我来这一套，你心里很清楚。"夏澄想跟他吵架的，不过声音说出来软绵绵的，半分架势都没有。

夏澄拿了水杯接了水喝了几口就要走，经过他身边的时候，他却突然抓住她的手臂，力气大得惊人。她无法反抗，杯子里的水洒出去了好些。她像只刺猬一样，竖起全身的刺，小声地吼着："你干吗？"

"去医院。"夏澄还没有反应过来，就被季云深硬生生地拽出去。他将她塞到车上，她想开门出去，季云深按了中控锁，恶狠狠地冲她吼：

“夏澄，你都这样了，还闹什么脾气？”

夏澄被他吓得顿时闭了嘴。

她此刻头重脚轻，确实是不舒服，就歪在座位上，迷迷糊糊地睡着。

季云深带她去了附近的医院看急诊。护士给测了体温，夏澄这才知道自己烧到了 39.2℃，医生建议她打吊针。

夏澄一听到打针就发怵，转身就要逃跑，季云深毫不温柔连抓带拽地把她拉回来：“不打针，怎么好得快？”

夏澄有气无力地说道：“我不是很难受，吃点药就好了。”

“发高烧会把脑子烧坏掉的。”

“坏掉就坏掉呗……”

他很小声很温柔地对她说：“坏掉了，以后你就再也没有灵感拍出好看的照片了。”

“好吧。”夏澄觉得现在脑子应该有点坏掉了，居然会听他的话，乖乖地被他带着去打针。此刻的她发烧得厉害，头疼、浑身乏力、口干舌燥，脑子运转迟缓，连走路都觉得累。她觉得自己再不治疗真的要晕过去了。

她跟在季云深的身后，被他拉着刷卡、付钱，然后被带到了注射室。

注射的护士是个新手，在她手上扎了三针才扎进去，夏澄痛得眼泪在眼眶里打转，只听到护士道：“血管太细了，不好扎。”

季云深皱着眉，没说话。

吊好针后，季云深将吊瓶挂好。夏澄把手小心翼翼地搁在一旁，不敢动，季云深脱下外套盖在她的身上就出去了。

夏澄看着他离去的背影有点失落，不过人很累，也没空计较，就靠在椅子上，合上眼睛，想睡觉，又不敢熟睡，怕等下水打完了，血液回流。

不知道过了多久，她旁边传来轻微的沙沙声，夏澄半睁着眼睛瞥了一眼。离开的季云深不知道什么时候又回来了。他坐在她的身边，手里端着一碗热气腾腾的面："先吃点面条垫垫肚子，还要吃药，等一下再睡，我替你看着。"

不知道是不是人生病的时候特别脆弱，夏澄的眼睛微微有些发热："不用了，你有事就先去忙好了。"

"你要他来陪你？"

夏澄自然明白他说的那个他是谁，心中怒意横生，负气道："我不需要人陪，我不需要任何人！你要走就走，陪你的小玉去吧！"

他看着夏澄，张了张嘴，夏澄把脸别到一旁："你不用解释，你离我远点，我现在看到你就头疼。"

季云深沉默了一下，果然掉头走了，她低垂着头，手背上的泪渍越来越多。

"怎么哭了，很难受？"季云深蹲到她面前，手里多了双筷子。他伸手替她擦眼泪，可是眼泪越擦越多。

夏澄其实一点都不想跟他吵架，明明知道他离她越来越远，可就是想让他知道她很难过，忍不住在他面前发泄自己的愤懑。她一个字也说不出来，就是一味地哭，眼泪吧嗒吧嗒地掉。

从前，她总是在他面前装强者，装得对什么都不在乎，事实上不是这样的。

她一点都不坚强，也不想坚强。

现在，她甚至也不怕丢脸。

季云深擦了擦她的脸："不哭了啊，打完针就好了。"

他像哄孩子那样哄她，她哭得更厉害。

"你走，你走！"夏澄一边让他走，一边拉着他的毛线衫给自己擦脸。到了最后，演变成她抱着他的脖子，埋在他的脖颈里哭。他一动不敢动，直至她哭声渐止，他才小声道：“你小心一些，免得回血。”

“……”

“我怎么会走？我要是走了，谁替你擦眼泪呀？”

“你能不能……不要……讲，这些话啊……”她会哭得停不住。

夏澄终于打完吊针，天色已经大亮了。季云深的手机响了，是姑姑打来的电话，她顺手拿了过来：“姑姑……我昨晚着凉了，发烧到39.2℃……季云深给我送到医院里来了，现在好多了……嗯，等会儿回去。”

夏澄把手机还给季云深时，他面无表情地看着她：“不用这么着急解释。”

吃完面打完针的夏澄此刻精神恢复了许多：“为什么不解释？要是你家小玉误会了那就不好了。”

“小玉不是我家的。”

“不是你家的也快是你家的了。”夏澄抬高声音与他顶嘴，“做事要负责，既然那样了，就要把她当自家人。”

夏澄瞥了一眼，盐水袋里只剩下浅浅的一层，忙叫道：“护士，我打完针了。”护士还没抽空走过来，季云深已经替她拔掉了针头，然后用止血贴按着伤口。

“你……”夏澄觉得他就是在报复她，当下就说不出话来，怔怔地看着他，“会疼的……”

季云深认真地看着她：“怎么就成我家的了？”

“她是你女朋友，不是你家的是谁家的？”

“我女朋友跟我分手了，我还哪儿来的女朋友？”

夏澄虽然心里诧异，但是一听就乐了，幸灾乐祸地咧开嘴笑：“为什么呀？”

“她有别的男人了。”

“哎哟，你这么快就被人甩了，啊哈哈哈，真好。”

他淡淡道：“……我不是被你甩了吗？”

“嗯？”

夏澄大半天才反应过来，拉住他的衣服：“季云深，你的意思是，你女朋友一直都是我？”

“难道不是吗？”

“小玉不是你女朋友？”

“……不是。”

“可是……”

“没有可是。”

夏澄没有去探究这件事的真实性，也没有去探究这是不是她的幻觉。她只知道她的心脏突然怦怦地跳起来，震惊、迷惘、狂喜等复杂的情绪涌上她的心头，她的动作比脑子要快，从身后紧紧地抱住他：“真好。”

季云深的身体瞬间僵直了，他动手掰她的手，声音含着诧异，还有些许沙哑：“好什么？”

夏澄用力地抱着他不让他挣开：“我喜欢你。”

“你不喜欢我，你只是不喜欢寂寞。”季云深轻轻地叹了一口气，声音很缥缈，“我只是你手里的一个玩具，你高兴的时候就抱着玩一玩，不高兴的时候就丢在一边。”

“不是……”他的话像一把利器，狠狠地戳在她的心窝。

“我是你私有的玩具，只有你能玩，别人都不行，虽然你花在我身上的时间也不多。你不知道的是，玩具也是有心的。”

季云深的话太重了，但夏澄知道这次如果她再放手，他就再也不是她的了，她拉住他的裤腿，抬头看他：“季云深……”

“澄澄，如果你觉得我们仅仅做兄妹也可以，我可以是夏云深。”

“我不要，我不要和你当兄妹。”夏澄这才意识到自己的声音带着哭腔，这种失而复得的感觉让她珍惜，她用尽全身的力气去拥抱他，“我是真的真的喜欢你。”

他迟疑地开口：“那他怎么办？”

“从来都没有他，只有你。哇……”

注射室里还有其他病人，他们的视线都被吸引到这边，就看到一个女孩坐在凳子上，抱着男人的大腿哭得稀里哗啦的。

“好了好了，别哭了。”周围的人都对他指指点点，季云深忍不住拍了拍她的小脑袋，“再哭下去，我就要比窦娥还冤了。”

夏澄抬起头来，看着他糊着一堆的鼻涕和眼泪，有片刻愣怔。从前她总觉得由于自尊，自己干不出这种事，如今才知道，有一次机会也总比后悔好。

她抽抽搭搭地说道：“我从来都不喜欢玩玩具。”

季云深在她的面前缓缓蹲下来，晨曦透过窗户漫过他的唇角，笑容爬上他的眼底，他缓缓说道：“这段时间，我很煎熬。”

“我也快疯了。”夏澄还是很想哭。

“我在忍，忍着不想你、不找你、不看你，可是我一见到你，什么理智都失去了。”

“我不知道，我只晓得那个小玉让我分分钟都感到痛苦。”

“我难道不是吗？那个莫名其妙的萧仲，我真的无法忍受。”

“你根本不信任我。”

“你不也一样？”

夏澄想哭，又忍不住笑起来。她望着他白皙的脸庞、垂眸时的柔情，心脏又怦怦地乱跳。她凑过去在他唇边吻了一下：“我们和好吧，好不好？我以后再也不欺负你了。”

“这不是主要原因。”

“我知道。”

季云深用衣袖给她擦脸：“哭得真丑，现在带你回家去？”

夏澄挺不好意思：“不去，我跟你去你那儿，你去换套衣服吧。”

季云深带着她回去，换了衣服，又给她做了碗热汤：“你再睡会儿，我去公司一趟，中午来看你。”他走到门口，夏澄倚在卧室门口探出头来：“季云深，对不起。”

他转过身来，冲她笑了笑：“果然发烧把脑子烧坏了。永远不要跟我说这句话。回去睡觉。”

第十一章 幸福

季云深中午抽空回来给夏澄准备了一顿丰盛的午餐，他走的时候揉揉她的脑袋："下午我可能要晚点回来，你乖乖地在家里睡觉。饿了的话，锅里还热着些粥。"

"嗯！"夏澄点点头，又冲他道，"那你也要早点回来陪我。我弄成这样，都是因为你。"

"是吗？"

"当然哪！因为你不理我，我对你思念成灾，懂吧？后来大家又说你谈了女朋友，我生气，晚上睡不着，然后就生病了。"

季云深好笑地俯下身来，亲吻她的发丝："澄澄，说话要凭良心。"

"我的良心都快被你折磨没了。"

"这句话明明应该我说才是。"季云深捏了捏她滑腻的脸蛋，"你要相信我，相信你自己。虽然我们有太多的迫不得已，但是我无时无刻不在为了我们的未来而努力。"

“好吧，我信你了。”夏澄想，她总是拒绝不了季云深的真诚。

夏澄迷迷糊糊地睡到下午，天色渐晚，不过季云深还没有回来。夏澄拿了边上的手机看时间，才发觉手机不知何时静了音，上面还有一个未接电话，是苗苗打来的。先前夏澄在网上订购了一件裙子，邮寄了一个多月终于到了。苗苗今日路过，就帮她带过来了，现在就放在保安室。

夏澄本想着再等等季云深就回来了，只是这件裙子她等得挠心挠肺，如今就在楼下，她有些心急，想穿上试试效果。

她稍微收拾了一下要出门，却在打开门的一刹那在门口看到一位二十出头的女孩子。这是个很漂亮的女孩子，明眸皓齿，浑身洋溢着青春的气息。那女孩子见门开了，神色带着惊喜，只是她看到是夏澄之后，脸上不由得带着错愕的神色：“你是……”

夏澄微微皱眉：“你找谁？是不是找错门了？”

“这儿不是云深的家吗？”女孩抬头看了一下门牌号，嘀咕了一句“没错啊”，随即她又盯着夏澄猛看，“啊，你是云深的妹妹吧？”

夏澄防备地看了她一眼，心里隐隐地有种不太好的预感，她不承认也不否认：“你找谁？”

“你好，我是梁小玉，你应该听说过我吧？我是致宇的实习生，云深的女朋友。”

听到面前这个女孩子的自我介绍，夏澄的心咯噔一下，恨不得马上拉了季云深来对质。他还和她谈信任，那眼前这个女孩子是怎么回事？

指甲刺疼了掌心，残存的理智令她缓缓松开了手指。她淡定自若地看着梁小玉，也不招呼她进来：“不好意思，我并没有听说过你。”

“是吗？”梁小玉半点也不尴尬，笑起来的时候有点腼腆，眼睛很亮，她探入半个身子，“能不能让我进去等云深，我站着有点累了。”

“哦，进来吧。”夏澄微微让了让，她不想接触面前这个女孩，可心底又有个小人在呐喊，它在说，我想知道更多的细节。

梁小玉并不客气，随意地坐在沙发上，冲着夏澄扬起甜甜的笑容：“姐姐，你就是澄澄吧。夏总好几次和我提起你，说你是个很厉害的摄影师。”

“谢谢。”夏澄看着面前这个自来熟又阳光的女孩子，若是没有季云深，或许她也会喜欢她。她很会说话。

“听说你和云深还是同学，我能不能向你打探云深的喜好啊？他这个人什么都闷在心里，我总拿不定主意。”

梁小玉一口一个云深，语气亲昵得很，夏澄正在泡茶的手顿了顿，心里很不是滋味。她心里涌起愤怒、怨恨，但她都努力克制着。季云深马上要回来了，到时候三个人凑在一起，这出戏不知道要怎么唱下去。

夏澄把泡好的茶放到她的面前：“喜欢什么？他不挑剔的，什么都喜欢。”

“那总有很喜欢的吧？不瞒你说，我总觉得我摸不透他，虽然在一起，但是都不知道他在想什么。”

面前这个女孩子，一脸娇羞、毫不掩饰地诉说自己对季云深的好感，夏澄不禁皱起眉头，心里一阵阵的寒意席卷而来。她承认，她嫉妒梁小玉，嫉妒梁小玉可以光明正大地和季云深谈恋爱，嫉妒梁小玉可以向任何人炫耀她的恋情。夏澄忍住把她赶出去的冲动，浅浅一笑：“你们是怎么认识的？”

“我是新来的实习生，什么都不懂，在公司闹过几次笑话，还是云深帮我解的围。他平时待人挺严厉的，我只敢偷偷喜欢他，没想到上次聚会，他趁着喝醉，竟抱了我。”

耳旁响起阵阵轰隆隆的声音，夏澄觉得她的世界突然坍塌了。她意识到梁小玉在看她，很快地调整好自己的面部表情，一个字一个字地从喉咙里挤出来："然后呢？"

"然后……我们应该会结婚吧。"她略略害羞地垂下眸子，"夏总帮我们合了八字，说是天作之合，我想找个时间带他回家见父母。"

心底的那股酸涩弥漫了整个胸腔，夏澄觉得自己快疯了。

"不过有些事我也不知道怎么说……我感觉你们的感情是不是太好了，我不小心看到他的手机屏幕，他设置了你的照片为桌面。"

哦……夏澄的心又镇定了一些，黑暗的空间仿佛被人撕裂了一个小口子，有阳光照进来。

"我觉得他可能有点恋妹情结，不过夏总说不可能，今天不巧碰见你，我挺想问个清楚。"

夏澄黑亮的眸子直直地盯着梁小玉，唇边泛起微笑："你可知道他并不是姑姑的亲生儿子，而我和他也并不是什么劳什子兄妹。我们没有什么血缘关系，在法律上也没有任何关系。"

梁小玉听到这些话，消化了半晌之后才终于明白了什么。她僵直了身子，瞪圆眼睛指着夏澄："那……你们？你也喜欢他？"

夏澄抬抬眉梢，什么也不说，只是看着她。在季云深没有解释清楚之前，要她直接放弃将他拱手让人，她还没有这个度量。

梁小玉突然换上一副狰狞的面孔，冲上来就要打夏澄，夏澄虽是避开了，耳根后也有被她的指甲挠到，火辣辣地疼。

"你也太不知廉耻了，你们怎么可以这样？"

"你脑子有病吧？"夏澄蒙了一下，火气陡然上升了。这个女孩子外表聪明伶俐，看起来有气质，也挺有教养的，没想到她一秒钟就能变泼妇。女人打起架来也丝毫不输给男人，梁小玉挺会胡搅蛮缠，一边骂一边扯她的头发，夏澄的脖子处估计被挠了好几道，很疼，只是梁小玉也占不到什么便宜，头发被夏澄抓得乱七八糟的，脸也被挠了两道。

梁小玉气急败坏，都要哭了："你凭什么喜欢他？我们明明都快……"

凭什么？外人哪有资格问凭什么？

"这句话我问你才对。"

打了半天，夏澄的耳朵里都是两人呼哧呼哧的声音了，可两人都没有停战的意思，为了个男人，打得没完没了的，也真是醉了。

"你们……在做什么？！"虚掩着的门被人推开，季云深看到里面的情景不由得高声喝了一句。他一把推开了梁小玉，梁小玉一时不察被他重重地推到地上。

季云深将夏澄护在怀里，有些狠戾地冲着小玉道："你过来做什么？"

梁小玉泪眼婆娑，难以置信地望着两个人："你们……你们！"

夏澄莫名其妙地和梁小玉打了一架，也是火冒三丈。她见到季云深这个始作俑者，更是用力将他推开："你走开，不要碰我！"

"澄澄，疼不疼？"季云深急得面色发白，伸手过来抓夏澄，想要检查她的伤口。夏澄用力挥开手，却不小心打在他的脸上。

她愣了一下，又恨声冲他道："你滚，带着这个神经病走远点！我永远都不想见到你！"

三个人的戏还没开始唱，夏澄觉得自己都快要崩溃了，季云深的出现让她把最后的理智都丢失了。此刻的她想哭又哭不出来，伤心透顶只怕也就是这样了。

季云深张了张嘴，想要解释什么又听到梁小玉在那里哭："你们怎么可以这样对我？"

季云深敛起眉目，紧抿着唇抓起梁小玉往外推："你马上走！"

梁小玉赖在地上不走，不停地抹着眼泪："夏总说我是最适合你的……你会喜欢我的……"

夏澄站在一旁，冷眼看着他们，真是够了！

“你走不走？工作还要不要了？”季云深的声音带着不耐，言辞严厉。

梁小玉哭闹了一会儿也觉得没意思了，恨声说：“我要把你们的事说出去。”

夏澄摊摊手：“你说，我随意！”

梁小玉消失之后，夏澄倒沉静下来。她回房间收拾东西：“这里毕竟是你家，该走的人是我。”

季云深从身后紧紧抱住夏澄，将下巴抵在她的头顶。他有些手足无措，声音已有些发颤：“澄澄，你相信我，我和她什么都没有。”

夏澄用力去挣脱他的怀抱，可他箍得太紧，她怎么都挣脱不开，只好放弃抵抗。她闷闷道：“你没做她会上门来跟我打架？她会一脸看到了第三者那样？”

夏澄真不想在他面前哭，但眼泪还是忍不住往下掉：“季云深，我讨厌你这样子。我讨厌你！你放开我，你放我走……”

“我死都不！”季云深看着夏澄激动的样子，高声盖过她的声音，他将她的身子转过来，按在墙壁上，将她牢牢地固定在自己的胸膛里，“她也说了是夏总说的！你要不要相信我？”

“我想……可是我不确定要不要相信你。”夏澄咬着唇，泫然欲泣的模样让人心疼极了。

“我确实瞒了你一点事，但事情并不是你想象的那个样子。”他深情地望着她，仿佛全世界只有她在他的眼中。

“认识你之后，我的心里根本就容不下别人了。”他捧着她的脸，轻轻地吻她的眼泪。夏澄有点蒙蒙的，却没有抗拒……

次日清晨，房间的窗帘没有拉上，和煦的阳光透过落地窗照在地上，暖意融融。夏澄缓缓睁开眼，望着窗外的阳光，茫然了片刻。身后的人许是知道她醒来了，温热的呼吸喷在她的脖颈：“澄澄，你醒了？”

夏澄把他的手从她的睡衣里抽出来丢在一边，不敢转身对上他的眼：“你怎么还不去上班？”

“我怕你还生我的气。”懒洋洋的声音，还带了点没睡醒的鼻音，季云深温热的唇贴上她的耳朵，轻吮，“不生气了好不好？”

“这事不是说不生气就不生气的！”夏澄故意粗声粗气。他把她的身子扳过去朝向他，扯了她的手覆在自己的脸上：“这儿疼。”

手指在他的脸庞上轻轻摩挲。她抬眼望向他的眼睛，他热切地望着她，让她一时不由得心软了，却还是小声哼哼：“活该。”

他撩开她的头发，她耳朵后的小伤口，昨天他已经用酒精替她处理过了，现在几乎没有什么痕迹了。他有些心疼地凑过去亲吻她的耳朵：“嗯，我活该。”

哼！

季云深再一次将她紧紧拥入怀中：“对不起，下一次我一定、一定不会让这样的事发生，对不起，对不起……”

一句一句的对不起，将夏澄心里的那点儿气都消没了。

其实昨晚夏澄听完季云深的解释后，还是挺生气的。

本来公司里多个实习生，是件很正常的事。只是前段时间季云深参加公司聚会时，因为心情不好，本就酒量浅的他，小酌几杯就醉了。后来，他居然就认错人了！

季云深说到这段的时候，夏澄气得不行，恨不得吞了他：“你装的！”

“那天路灯有些暗，她梳着跟你一样的发型，我没看清她的脸，就下意识地觉得是你……你不觉得她的背影看起来跟你有些像吗？”

“像个屁！那你怎么不继续跟她上床啊？”

“对不起……”

“我去！酒后壮胆就敢抱别人，怎么没胆来找我啊？”

季云深语塞。他当时发现梁小玉不是夏澄的时候，人也慌了。他脑子不好使，都不知道自己在做什么，掏出一张一千块的超市购物卡给梁小玉，让她不要把这件事说出去。

夏澄暗自腹诽，果然是脑子抽了，本来就是个误会，干吗还要给封口费？事实上梁小玉也不是个善茬，自那日起就对季云深多加关注，再加上那日有人看到季云深抱了她，她就到处放话自己跟季云深是一对，既能捞点好处，又能引人注目。后来，梁小玉又不知从哪里知道姑姑生病的事，就变着法子地接近姑姑，天天去逗姑姑开心。

姑姑是真心喜欢这个姑娘，季云深没有提起，她也只以为他害羞，并没有多问。季云深这人往日里总是冷着张脸，也甚少与人八卦，自己和梁小玉被人消遣了好些日子，直至姑姑去合了他和小玉的八字，他还被蒙在鼓里。

后来等他明白这件事时，他听到夏澄和萧仲也合了八字，家长也同意了，以为她要终结这段感情。为了气她，他就把这件事给默认了，却压根没想到梁小玉会闹到她这儿来。

“还不是你默许，你纵容的。”夏澄想，感情这回事，绝对不要给人插足的机会！

“我压根就不知道，我甚至不知道她什么时候和阿姨搭上了……不过，看你哭得这么厉害……”季云深抚开她的头发，看到她脖颈里几道红色的印记，拿了酒精仔细替她消毒，“原来你那么在乎我。”

夏澄才不承认，这几道伤痕火辣辣地疼，她指着自己的脖颈：“小玉你自己解决，再有下一次我要你好看。不，没有下一次了，我再也不会给你放逐的机会了。”

“那谢谢你的不给机会呀！”

事情解释清楚了，再加上后来“小别胜新婚”，夏澄觉得自己感冒都好了，整个人都神清气爽了。季云深不肯起床，赖在床上逗弄她：“澄澄……我今天不去上班，在家里陪你。”

“你以前从来不这样没规矩的……”夏澄被逗得发笑，回头看着他笑眯眯的眼，突然觉得自己心情都好了很多。

季云深浅笑：“这辈子我过得太规矩了，所以总是得不到自己想要的。”

“云深……”夏澄轻轻地喊了一声，突然想起了什么，“我直接从家里消失，我爸他会不会误会？”

“差不多。”

“什么差不多？”

就在这个时候，夏澄感到边上的手机在振动，她想也没想拿起来就接：“喂？”

“云深……嗯？澄澄？”夏峰的声音从电话里传来，夏澄的脑子里警铃大作，这才发现她拿错了手机。

季云深的手机本就与她的一样，都设置成原始铃声，季云深刚才逗得她心神一乱，她也没特别注意。夏澄转头狠狠地瞪了一眼季云深，对着电话嗯了一声。

“你现在和季云深在一块？那好，你们都回家里来！”夏峰的口气听起来不太好，夏澄心里隐约感觉到夏峰已经知道他们在一块。奇怪的是，除了震惊，她此刻并无多少恐惧，更多的是松了一口气的感觉。

夏澄挂了电话，深深地看了季云深一眼：“我爸让我们俩回家，我觉得……可能是我们的事曝光了！这才一晚上的工夫，无耻的梁小玉！”

季云深倒是镇定得很，上来揉了揉她的脑袋，接着动手替她穿衣服。

夏澄瞥了他一眼："你倒是淡定。"

"不想失去你，迟早要面对。"

他们随意吃了一点东西，就驱车回去。回到家里，客厅里就只坐着两个人，夏峰气得满面通红，夏群则拿着纸巾擦拭眼泪，一副忧心忡忡的样子，很是坐立不安。

夏澄本来还假装镇定，看到这个架势，腿脚都有些软了："你们……这是怎么了？"

夏峰朝她高声咆哮："你还有脸说？！你们……你们……真是被你们气死了！"

夏澄晓得他已经知道了，低头看着自己的鞋子不说话。季云深抓着她的手，她本是要避开的，可挣脱不开。他诚恳地看着夏峰："叔叔，我是真的喜欢澄澄，我希望你能同意我们交往。"

一旁的夏群霍地站起来："云深，你怎么可以跟澄澄在一起？你们名义上是兄妹呀！"

季云深笑了一下，话语清淡："阿姨，我和你并没有什么关系。"

夏澄微怔，随即扯了扯季云深，生怕他说出什么话来刺激姑姑。不过姑姑比想象中想得开，叹了一口气竟没有多说什么："你……"

夏峰冷着脸看着他："我一向以为你懂事，你怎么做出这种事来？当初，你是怎么答应我的？"

季云深垂下眸："叔叔，请原谅我的情不自禁。"

夏峰气得说不出话来，不知是恼自己从前的天真，还是恼季云深的不守信用。客厅里一时陷入了僵持。夏澄不知道这件事怎么演变成这样，可有些事不进则退，今日这样，大家说开了也好。

夏群口气生硬："云深，我希望你可以为公司考虑，我们是做生意的，做产品的，注重名声。你现在跟澄澄在一块，别人怎么看？别人怎么说？

我们公司的股票怎么办？业绩怎么办？”

“阿姨，我会辞职。我可以永远不出现在你面前。”

夏群难以置信地望着他：“你要去哪里？去 F 国？”

季云深没有否认：“澄澄在那里留过学，环境也熟悉。”

夏澄有些木然地定在原地，掌心里黏黏的，不知道是他的汗，还是她的汗。夏澄没有想到季云深会有这样的打算，她压根没法理解，他居然要做到这一步。他刚来到 S 市的时候，什么都没有，若是离开了公司他什么也不是，而他居然放弃了这里所有的一切。

姑姑许是没有想到季云深会说得这样干脆，怔了一下，颓废地坐在沙发上，抚住额头不说话。

夏澄愧疚地望着姑姑，她很害怕姑姑会难过。

“荒谬！”夏峰恨不得吞了季云深，他逼视夏澄，“你也是这样打算的？”

一时之间，夏澄心里涌出许许多多的想法，她张了张嘴不知道怎么表达，可她下意识地紧握住季云深的手。季云深掌心一暖，反手握住她的，紧紧的。他幽暗的眸子看向她，里头是无比的深情。

夏峰眼神凌厉地看向她，缓缓道：“澄澄，如果你也是这个打算，我什么都不会给你。”

夏澄低下头来：“爸，我什么都不想要。”

“你、你真是气死我了！我养你这样大，你宁愿跟这个穷小子吃苦，也不要这个家？”

“爸，你为什么一定要我选择？”

夏群突然站起身来，冲着季云深道：“云深，你进来一下，阿姨有些话要跟你说。”

夏群起身往房间里去，云深安抚地看了夏澄一眼，松开夏澄的手，朝着房间里走去。

客厅里一下子只剩下两个人，夏峰压根不去看夏澄："你让我很失望。"

"我也很失望。从小到大你什么都依我，可在感情这件事上，你为什么一定要我听你的？为什么一定要让我在你们中间选一个？这样我很为难哪！我该怎么办呢？我只想好好地谈一场恋爱，可就是有各种各样的理由横亘在我们中间，我好苦恼。你是我爸爸，不管如何你永远是我爸爸，还有姑姑，她永远都是我姑姑，可是季云深，如果这辈子我错过了他，他和我便再也没有关系了。我真的无法想象，这辈子没有他，我要怎么办哪？"

"他有那么好？好到可以不在乎他一无所有？"

"是！他离开这里确实什么都没有，但是他不会永远一无所有，总有一天他会向你证明，离了夏家他会过得更好。"夏澄拼命忍着眼中的泪水，"爸，我不想失去他，仅仅只是想一想，我都受不了。"

夏峰有些颓然："我很后悔，当初将他带到这个家里来。"

"曾经你将他带到我的生命里，我是那么抗拒，如今我那么喜欢他，你又想将他残忍地带走。我没办法接受。"

"反正我不会同意的，如果你决意和他走，你就不要喊我爸爸。若是有一天想通了，你就回来。"

"那我们就没什么好谈的了。"

说她不孝也好，任性也好，她第一次那么强烈地想要留住这个人，她再也经受不起这样的分分合合。

季云深这个时候正好从里屋出来，他径直朝她走来，拉住她的手，走出门去。

外边的天色阴沉沉的，空气中弥漫着湿润的气味，不知何时下了雨，淅淅沥沥地惹人烦躁。夏澄擦了擦眼泪，小声嘀咕："今天天气还真不好，弄得人的心情也更加不好。”

“对不起，没有提早和你通气。”季云将夏澄搂在怀里，眼中饱含歉意。

“我早就猜到了。维诺的分公司就是在F国吧？”夏澄见他承认，突然好奇道，“对了，姑姑和你讲了些什么？”

“没什么，她让我自己考虑清楚。”季云深望着前面的雨雾，眼神微微闪烁了一下。

三个月前，在夏群做手术的前一晚，是他陪在她的身边。

夏群突然道：“云深，你什么都知道了，是吗？

“那个箱子里的信，你都看到了是不是？所以你要逃离S市，舍弃我给你的一切，是吗？”

季云深没有说话，只是静静地看着她，离开S市、舍弃一切的想法他之前就有。

她根本没有指望他回答什么，只是自顾自地说下去：“也好，本来我将你留在身边，也是因为我自私。我想将他们的孩子剪去翅膀，束缚他，将他绑在自己的身边。”

她继续道：“我如今这样，都是报应，都是老天爷给我的报应。当初我去采风的时候，你爸的出现让我眼前一亮。他很像从我的画里走出来的人物，我一眼就相中了，只是当时他身边已经有了你妈妈。你知道，我费了多大的功夫、耍了多少诡计才将你爸爸从你妈妈的手中抢到手吗？”

“您不用说下去了。”

很不巧，季云深在替她整理东西时，不小心发现了她的秘密，知道了所有的真相。里面有夏群和他爸爸的合照，两人之间来往的信笺，还有夏群记了一半的日记。天知道他看到这些东西之后，冲击力有多大。

他实在无法想象面前这个长着一张漂亮的脸、散发着清冷气质的女人，曾经对她的父母用过多少卑劣的手段。

“我曾经觉得钱是天底下最好用的东西，它能够呼风唤雨，毁掉所有我想毁掉的，也能够买到所有我想要的东西。当时你妈妈凭借一人之力经营着你外公留给她的小厂，因为我，破产了。你爸答应和我订婚之后，我才肯放过她。可是后来，他们还是私奔了，躲到一个偏僻的山村里……我真是气疯了，我真的只是找人吓吓他们的，我没想到会引起这样的后果，是意外。”

季云深冷冷地问她：“所以你就伪造成车祸现场，是吗？”

“对不起，都是因为我的一念之差，居然让你的父母双双去世，对不起，真的对不起……我已经立下了遗嘱，把我所有的东西都留给你，你可不可以……”

“不，我不会要你的东西。我也不会原谅你。”季云深淡淡道，“不管你是为了赎罪还是有其他的原因，感谢这些年你对我的照顾，所以如今我也不会在这个时候弃你而去。”

而刚才，夏群一脸担忧地看着他：“云深，请你不要伤害澄澄，她什么都不知道。”

季云深冷漠地望着她：“怕我报复吗？”

“那个时候，她才一点点大，她什么都不知道。这么多年，我与她也并不亲厚。”

季云深打断她：“如果要报复你，我有一千种办法毁掉你现在拥有的东西，但是我不屑于这么做。澄澄是澄澄，你是你，你做的错事和她并无关系，我也永远不会去伤害她。我心里恨你却又无法将你这些年的恩情磨灭掉，这件事我只会埋在心底，当作一个秘密，永远不会和她说。”

“季云深，你在想什么？”

季云深回过神来，冲她微微一笑：“我在想，你跟着我可能要吃苦。我现在就是你爸爸口中的那个穷小子。”

“哦，这个哦，我有钱。”夏澄轻轻地笑起来，“接下来我会多接一些活，养你。”

季云深抬手揉揉她的头发：“你放心，我不会让你吃苦的。”

夏澄生怕他又自卑，岔开话题呵呵笑：“我爸这人有时挺搞笑的，他喜欢把自己的喜好强加在别人的身上。从前他要给我买车，必须是他喜欢的才给我买，他要给我买房，也必须是他看得上的楼盘才给我买，所以男人也是……算了，不提这个，反正如今我们两个人在一起，其他都不重要。”

“走吧，回去收拾东西了。”

“什么时候走？”

“下个月要正式上班了。”

“好。”

夏澄望着车窗上雨刷一左一右不断地重复，外面的世界在蒙蒙细雨中时而清晰时而模糊。她说得轻松，但是对未来，她还是觉得有些迷茫。

夏澄正准备靠在车窗上休息一会儿，苗苗给她打来电话。夏澄接起电话后，苗苗就神神秘秘、结结巴巴地说：“澄澄，我做了一件对不起你的事，你一定要原谅我！”

“什么？你说。”

“我不小心把你们的事说漏嘴了，夏凛知道了，然后不小心在你小爷爷面前说漏嘴了，后来你爷爷也知道了……”

“所以我爸就知道了！原来罪魁祸首是你呀！女人的嘴果然都不牢啊，特别是面对情人的时候，更不牢靠啊！你知不知道我们俩现在要被丢出国啊？苗苗，你这货在哪里呀？我要过去宰了你！”

“对不起啦，对不起啦……我也不是有心的，是夏凛先说你们最近看起来很奇怪，然后我也接了几句……嗯，就被套出来你们同居的事了。”

夏澄本来是想骂人的，但正在开车的季云深乐不可支地咧开了嘴：“看来我还要谢谢他们俩。”

夏澄原先一直惧怕这个秘密被公开，如今真的被公开了……好像也没什么大不了的。

“啊，不对，你们要出国了吗？为什么呀？”

电话里头，夏澄一时半会儿也解释不清楚：“反正就是下个月要去F国了。”

“不会吧。”苗苗支支吾吾地说，“澄澄，我下个月要结婚了，你不会不当我的伴娘吧？我们早就说好了的呀。”

“什么？结婚？”夏澄尖叫了一声，几乎回不过神来，随即迟疑了一下，“是跟小堂叔？”

“嗯，也没决定多久，反正就先告诉你。我不想偷偷摸摸地进行，到最后又无声无息地结束。如果真的喜欢一个人，是希望把这种情绪告诉全世界的。如果不喜欢一个人，只是想跟他玩玩，才会搞什么地下恋。”

夏澄一时被噎住，她怎么觉得苗苗说的这个人就是她呢！虽然……她之前也没有准备和季云深玩玩。

“我一点都不想玩地下恋，不能光明正大地牵着他的手，不能光明正大地亲吻他，看着其他女人在他面前搔首弄姿，我都要忍着，凭什么呀？！所以我要高调！”

高调恋爱就恋爱吧，怎么一下子就结婚了？夏澄还来不及反驳，苗苗继续道：“我还有个事要告诉你。”

“还有什么？！”

“我怀孕了。”

夏澄诧异得说不出话来，嘴巴张得几乎能塞下一个鸡蛋。怀孕了？怀孕了！这个动作是有多快？夏澄觉得苗苗和夏凛两人谈恋爱的速度像是开飞机的速度，不，是火箭！

明明前不久苗苗还说自己是个纯情少女，这才没过多久，她都快要当母亲了。

“所以现在我是孕妇，就算做了对不起你的事，你也不许怪我！”

夏澄咬牙切齿一字一顿：“你、个、猪……”

挂了电话之后，夏澄忍不住冲季云深道：“天哪，太可怕了。苗苗居然怀孕了、怀孕了！小堂叔的！”

“如果你要，也是可以的。”正好是红灯，季云深把车子平稳地停下来，深情地望了她一眼，“我会是个好爸爸的。”

夏澄故意忽略了他的话：“问题是，如果苗苗生了个女儿，是叫我姐姐，还是叫我阿姨呀？这都是什么辈分？！”

“这不重要。”

“……”

“重要的是我们在一起。这段时间我们把该办的手续办好。”

夏澄看着他对未来憧憬的样子，轻声问道：“季云深，你真的什么都不要了吗？这里是你生活多年的地方，你这些年拼搏的地方，还有你的养父母，你都不要了吗？我说了你别生气，我对这里其实挺留恋的。”

“我们又不是不回来，你放心，把一切都交给我。”季云深抬手揉了揉她的脸。

接下来的一段时间，办手续的事都交给季云深。而夏澄除了必要的拍摄任务，其他时间就是陪苗苗去逛街，买一些苗苗结婚需要的东西。

其间，她也没有和夏峰、姑姑联系，直至苗苗和夏凛结婚那日。

夏凛本想着去邻市的群岛上举办一场婚礼，后又担心苗苗受车马劳顿之苦，要晕船呕吐什么的，最终把婚礼地点定在当地最奢华的欧式酒店后面的半岛上。婚礼现场布置得温馨而浪漫，家族几乎所有的亲戚都到场了，人头攒动，熙熙攘攘，很是热闹。

苗苗在亲戚们翘首以盼中，扶着她父亲的手，从红地毯上缓缓走来。夏澄和季云深坐在角落里，拿着一杯饮料啜着，远远地看着她，看不清她的面容，只觉她满脖子的钻，在阳光的照耀下真是闪瞎了人的双眼。

“你说，小堂叔还真是大手笔呀！”

季云深拉过她的手，食指、拇指圈住她的无名指：“你也喜欢钻石？”

夏澄斜睨了他一眼：“没有女人会不喜欢吧？”

苗苗由远及近，脸上精致的妆容无懈可击，果然是美人，淡妆浓抹总相宜。高贵典雅的婚纱在微风中飘逸，具有褶皱感的设计将她的身材衬托得温婉动人，她怀孕的时间并不长，肚子还显不出来，仍旧玲珑有致。

夏凛站在台上，看着苗苗的眼中充满了惊艳。他笑容清雅不同于往日，他甚至像一个未谈过恋爱的男生，有一丝紧张，双手不知放哪里，直至老丈人把苗苗的手送到他的手里。

一旁的季云深看得眼睛发直，夏澄用手肘碰碰他：“在想什么呢？”

“我在想小堂叔的话……日后我们举办婚礼的时候，我怕我会紧张得说不出话。”

他说得很随意，夏澄很想反驳一句他俩什么时候结婚都不知道，别瞎操心了，可说出来的话却是：“那你就多学学小堂叔好了，跪在那里大声说，我爱你，我会一辈子对你好。最好在大家面前说些肉麻兮兮的话，我恐怕会很感动的。”

这并不是她的真实想法，不过想起季云深从头到尾也就对她说过两句“我喜欢你”，这种情感表达未免……太平凡了！

季云深好看的脸上带着温润的笑意，眼眸显得格外清澈：“好。”

夏凛和苗苗完成了婚礼仪式之后，双手交握，手上的钻戒交相辉映。

宴会上的食物很鲜美，不过夏澄还没吃上几口就被夏凛叫走了：“澄澄，等会儿我们要去敬酒，苗苗怀孕了不能喝酒，你要替她挡酒。”

夏澄白了夏凛一眼：“小堂叔你太过分了，你只知道心疼你的小妻子，不知道你侄女还没吃饱吗？”随即，她甜甜地看着苗苗，“如今你成了小堂叔名副其实的老婆了，以后我叫你什么，苗苗婶婶吗？”

苗苗咬牙切齿：“夏澄，不许你这么叫我！”

夏凛把手搭在苗苗的肩膀上：“宝，别生气，你受得起！”

夏澄翻了个白眼：“去！你们两个真肉麻！”

夏澄酒量算不上好，挡了一轮酒，就有些微醺了。季云深忙将她拉了回来，让她坐在自己身旁，还脱了自己的西装套在她的礼服外边，他低声说：“喝了酒吹风很容易感冒。”

和他们坐一桌的都是认识他们的亲戚，不过都不知道他们的真实关系，一个远房姑姑夹了只龙虾，漫不经心地说：“你们兄妹感情还真好。”

季云深只是笑笑，夏澄回：“半路兄妹，算不得数的。”

远房姑姑突然眼睛发亮：“对了，云深你有女朋友了吗？我的侄女正好要找男朋友。我那个侄女是个老师，人长得漂亮。”

季云深连连摆手：“我有女朋友。”

“啊，真可惜。对了，澄澄，我们公司……”

夏澄本来听到替季云深介绍女朋友就不高兴，现在听到这位姑姑又要跟她提男朋友的事，用脚踹踹季云深，抚住自己的太阳穴。季云深出声：“澄澄，你头疼？那我先送你回去。”

夏澄嗯一声，站了起来，身体还虚弱地晃了晃，跟大家告别，跟在季云深的身边离去。夏澄要是被她们拉住，绝对会没完没了。他们走到停车场，季云深去取车。

夏峰气喘吁吁地跑过来拦住她，她都做好了被他批评的准备，没想到夏峰竟意外地和颜悦色：“澄澄，我们谈谈。”

“我才不跟你谈。”

夏峰忍不住去敲她的脑袋：“你这个狠心的孩子，跟爸爸置气那么久，也不知道打个电话回家来，好不容易在婚宴上见到了，还故意坐得那么远，你什么意思？”

夏澄嘟哝：“打什么打！我没想通也不要想通，你不是让我别叫你爸爸吗？”

“你个熊孩子！”夏峰顿了顿，语气软下来，“我和你姑姑都渐渐老了，身边也只有你们两个孩子，你们要是都走了，我们怎么办？”

“我们留下来，也想要这样盛大的婚礼，你能给我们吗？”她知道她的要求有些高，毕竟季云深在她家里住久了，这些远亲近邻都认为她和季云深是兄妹，两人突然办一场婚礼也太奇怪了。不过那日夏峰说话太过分了，她就想要气气他。

夏峰许是没想到她会问这样尖锐的问题，怔了半天都说不出话。

季云深驶出车子看到这边的动静，忙打开车门走了过来。夏澄喝了些酒，穿着高跟鞋，本就站得不稳，身体轻晃了一下，抱住季云深的手臂依偎在他身上：“爸，有话我们明天再说好不好，我现在头疼得厉害。”

夏峰往前跨了一步，把她拉过去，脸色阴沉：“我送你回家。”

夏澄摇了摇头：“不用，反正我和季云深也是顺路的。”

“儿孙自有儿孙福，你这个当爸的何必断儿女的幸福！”

夏澄看向夏峰身后，是一个健朗的老年人，她冲他甜甜道：“爷爷！”

夏爷爷看着云深，满意地点点头：“云深这个孩子我看着就很好。”

“可是……”

夏爷爷拉住夏峰的胳膊：“你若是答应了，以后就有两个人帮你。若是你拒绝，就一个孩子都剩不下喽。”

夏峰留在原地若有所思。

夏澄和季云深正要离开，夏峰突然叫住了季云深：“云深，你过来。”

夏澄不放心，却见夏峰皱着眉头道：“干吗，怕我打他？你去车里坐着。”

夏澄撇了撇嘴，一步一回头地坐到了车里。她透过挡风玻璃看到夏峰在跟季云深说着什么，面色看起来不是很好，然后气呼呼地走了。

季云深坐到驾驶位上，夏澄问他：“我爸到底和你说了些什么呀？”

“叔叔问我和你到底到了什么地步，我说能做的都做了……”他顿了顿，“我以后会好好照顾你。”

夏澄往上翻白眼，都不知道说季云深什么好，这也太老实了：“你还不如说我怀孕了呢。”

季云深有点为难：“现在怀孕了……准生证怎么办？”

夏澄都不知道如何接话，只好换一个话题：“我以为我爸再也不想见到我了，没想到他会跟我示好，这是第一次。”

“如果不是迫不得已，谁愿意自己的女儿离自己远远的。”

“他在 H 市开了分公司，大部分的时间都住在那里。你说我在家还是在哪里，于他来说又有什么差别？”

“至少他每次回来的时候能见到你……至少他想着你的时候，你也在很近的地方，这不一样的。”季云深递给夏澄一个纸盒，“还有这个，是叔叔让我交给你的。”

“这是什么？”夏澄好奇地打开纸盒，脸色微微一变，“是我那本速写本！这就是我丢失的那本速写本，它怎么会在我爸那里？所以我爸早就知道……”

夏澄想起来，好像就是大三时，有一次夏峰去了一趟G市，后来这本速写本就不见了。

“早就知道。”

“所以，他去找你了。他找你做什么？不要接近我？”

“嗯。”

夏澄又想到什么：“让你改姓。”

他又轻轻地应了一声。

“我爸他……突然让我出国留学。”夏澄喃喃自语，“也是因为他知道，那个时候我对你有想法了。”

“澄澄，那个时候我没同意改姓，但是我答应了你爸爸离你远远的，不对你抱有任何想法。”

“所以你后来都没有联系我……”

“对不起，我只能在那个情况下做最好的选择。如果我选择你，我恐怕这辈子都没有机会再接近你了。”

夏澄轻轻笑了起来：“但是，最后你还是食言了。”

“是，我食言了。对叔叔，我很抱歉。”

“唉……”夏澄长叹了一口气，她突然不知道该怎么说，“当时你本来留在G市，后来因为姑姑……”

“放弃梦想回到S市，只是因为我知道，你迟早会回来的，我好想……见你。”

夏澄轻声呢喃：“云深……幸好，我们没有错过。”

夏峰停留在原地望着离去的车子，有些不确定：“爸，我应该放手吗？”

夏爷爷：“云深是个好孩子，他不会辜负澄澄的，你信我。”

夏澄和季云深回到家，季云深一言不发率先进了卧室并锁上了门。

夏澄不由得拍着门道：“喂，你把自己锁在房间里干吗？”

“换衣服。”

夏澄撇了撇嘴：“稀罕，换个衣服关什么门，你什么地方我没见过哦！”

约莫五分钟之后，季云深在里头叫：“澄澄，帮我拿一下毛巾，在沙发上。”

夏澄也没多想，拿了毛巾推开了卧室的门，里面的场景让她不可思议。

房间里不知何时装了漂亮的琉璃壁灯，通上电后，殷红色的灯光柔和而朦胧，地上有许许多多精美的电子蜡烛，被摆放成一个大大的爱心，爱心的中间用花瓣拼成了“I love you”，粉色的床上面也用大朵的玫瑰摆出了漂亮的图形。夏澄还沉浸在惊喜中没反应过来，轻柔的钢琴声从电脑里流淌出来，紧接着她就看到身着白色西装的季云深抱着大束玫瑰款款朝她走来。

恍惚中，她以为她看到了漫画中的王子。季云深总是不苟言笑，也不引人注目，而此刻她觉得他轮廓俊逸，灯光中他的五官被勾勒得立体而精致，脸上的笑容带着春风般的暖意，和煦而迷人。

他走得越来越近，明明他什么都没有说，可在她看到他的那一瞬间她差点就哭了。

看惯了电视剧的她，一直觉得这一幕真的很老土。可此时，她的心一阵悸动，胸口被暖意溢满。季云深不是一个会耍浪漫、会甜言蜜语的人，可如今他在她不知道的情况下默默地布置了这一切，令她惊喜而感动。

他走到她的面前，在她希冀的眼神下，单膝下跪，诚恳地看着她：“澄澄，你可以嫁给我吗？”

她想说可以的，脑袋却是下意识地摇了摇。季云深的脸色瞬间变了，白皙的脸庞在朦胧的红光中显得有些苍白。

夏澄刚想表达一下，他这样子还没有完全打动她，还要再接再厉，却见他站了起来，直接把一大束花塞在她的怀里，真沉。他用力地拽过她的手，在她的无名指上套上一枚钻戒："季太太，我们早就名副其实了。"

"季云深，你……"夏澄的手指微动，尺寸正好，璀璨的钻石在灯光下熠熠发光。

季云深重新半跪在她的面前，握着她的手："澄澄，我喜欢你很久很久了，久到我自己都忘记了我是怎么喜欢上你的。我希望你能够考虑好我们之间的关系。我并不满足当前……我希望你成为我的妻子，做我的季太太。"

他是个对感情极其认真的男子，漆黑的眼睛里充满了真挚的情感。夏澄鼻子有点酸，弯下身扑到他的怀里："季云深，余生请多指教。"

"我不知道我到底有多爱你，可我还有一辈子的时间去爱你。"夏澄忍住自己眼底的湿意，紧紧地抱着他。

她不知道未来他们还会遇到什么，但她只想和他在一起。

曾经她将他当成哥哥，当成保姆，当成情人，把他当成一个难以言说的秘密，但原来，她一直都爱他。

番 外

一年后。

爷爷在夏峰的注视下，给夏澄打了越洋长途电话："澄澄啊，你准备睡了吗？"

"还没呢，刚从外面回来，准备看会儿电视。"

"你在外面过得好不好，生活习不习惯，零花钱够不够？"

夏澄忍不住笑："爷爷，我都不是小孩子了。我住得很习惯，钱也很够。"

爷爷本来还想寒暄几句，夏峰用手肘碰了碰他，示意他赶快说重点。爷爷会意地问道："澄澄啊，你是不是还在生你爸爸的气？"

夏澄笑眯眯地说道："哪儿能呢，他是我爸爸啊。"

在她出国的前三天，爸爸让苗苗给她送来了户口本，这其中的意思不言而喻。她就知道，她的爸爸是个口是心非的人。

"你都出去一年了，怎么也不回来呀？你姑姑最近也去F国了，唉，要过年了，你们都不在身边，家里冷冷清清的。”

“爷爷，我也想回去过年的，就是，就是云深他不让我回去。”

“这个浑小子！”夏峰有些咬牙切齿。

爷爷也有点生气了：“这……”

季云深本来搂着夏澄的，听到她突然告自己的状，不由得捏了捏她的脸，从她手里将电话夺了过来。他冲着电话道：“爷爷，是我。”

“云深啊，你怎么能……”

“爷爷，澄澄怀孕两个月了，我不放心她坐飞机回去。”

“啊？什么？”爷爷脸上露出狂喜的表情，拍着大腿哈哈笑道，“有喜了呀？这、这太好了！明年我可以抱曾孙了呀！哈哈哈哈。”

夏峰听到这个消息，也是喜上眉梢，他从老爸手里抢过电话：“你们不要回来了，一个孕妇坐什么长途飞机，就在F国待产好了。预产期是什么时候？我早点过去。”

“爸。”

夏峰听到季云深这样喊他，明明是不怎么想应的，但内心竟有些小小的窃喜，眼底忍不住露出笑来。他绷紧了脸：“你们在外面也不用太拼，钱的事都不用紧张，若是不想待在外面，就回来吧。”

“就是呀，女儿都不要你了，你赚那么多钱给谁花呀？”爷爷在边上大声说着，夏峰忍不住给他丢了个大白眼。

夏澄不由得笑起来：“爸，云深在这边进修两年，两年后就回国了。”

“维诺的总公司在G市，今年在H市也设立了分公司。”

“那还是去G市吧，离你远点，让你眼不见为净啊！”

“你这个破孩子，胡说什么呢？”

“爸，我这次回不去，要不你和爷爷过来一起过年吧？云深已经在看机票了。”

“还用得着你说？你爷爷已经订好了。”

“这……”

挂了电话，夏澄回头看向一边的季云深，他也正在看她。灯光掩映下，他眉目温和，目光饱含深情。

她忍不住依偎在他的怀里，回想着婚后一年来的点点滴滴，虽然平凡却幸福美满。

“季云深。”

“嗯？”他的手忍不住轻轻地抚着她的小腹，“饿了？”

“我想说，阳光与你，余生足矣。”

他的笑容光华灿烂：“我也是。”

番外之穿衣记

夏澄从小到大从未在物质上缺乏过，她的衣服虽然不是件件名牌，但是每一件也都是精挑细选的。

她不敢自诩是艺术家，但对自己的穿衣品位还是很认同的。

只是，在她和季云深结婚之后，她的穿衣风格不仅取决于自己的品位，还要过得了季云深的那一关。

比如她今天刚换上的这件黑色蕾丝鱼尾裙，季云深才看了一眼就要求她换掉。

“不换。”夏澄看着试衣镜中的自己摇了摇头，“这件明明很好看。”

“太性感。”这身鱼尾裙太合身了，将她的身材衬托得十分婀娜。

“胡说八道，从头到脚，该露的一点没露，你不要这样保守好不好？”夏澄忍不住回头怼他。

“要不要我反应一下？”

反应？夏澄瞬间明白了他的意思，红了脸冲他翻了个白眼：“反应个鬼！你的思想也太古板了，反正这样挺好看的。”

夏澄并不打算次次都顺着他，否则她敢保证再过一段时间她的衣服要被丢掉一半。她头也不回，只对着镜子化妆。

季云深悄然走到她的身后，将她紧紧抱住。

夏澄正在涂口红的手一顿，只好叹一口气道：“等下我在外头套个外套好吧？”

“反正不行就是不行。”

夏澄动了动，这才觉得有什么不对劲。她对上镜子中的季云深，他的眼神看起来略带迷蒙，还有一种征服欲。她默默地放下化妆刷，回头冲他呵呵一笑：“哥，你不要冲动。”

她这句话并没有压制住季云深的冲动，并且两个小时后她看到了她衣服的残骸。

她一脸心痛：“我这件衣服很贵的。”

季云深一脸餍足：“刚才我提醒过你了。以后这种衣服你只能在家里穿给我看。”

夏澄捂脸：“这分明就是借口。”

番外之游玩记

季云深带着夏澄去古镇玩儿，看到门口的禁止宠物入内的标志。季云深不由得摸摸夏澄的脑袋，语气宠溺："老婆，你把尾巴收好点，免得给人发现了！"

"尾巴？你当我是小妖怪呢。"夏澄瞪着杏眼，"云深同学，你觉得你老婆是什么动物啊？"

季云深假装思考了一会儿："嗯，狐狸吧。"

狐狸和她完全不搭边好吧。夏澄在脑海里想了想自己的长相，不由得嘀咕道："为啥呀？不像啊！"

"能我把迷得一愣一愣的，除了狐狸还有啥？"

夏澄喊了一声，唇边的笑容一点一点勾起。

两人手拉手进来，许是元宵节即将到来，整个小镇上都挂满了灯笼。络绎不绝的游客手里也拿着一盏盏造型精致的花灯。

夏澄看了一眼，小声道："挺别致的呀。"

“我也去给你买一盏吧。”

两人到了售卖花灯的地方，才发现队伍排得很长。

这里队伍太长了，花灯又是现做的，不知道要排到什么时候：“还是不要了吧，人那么多，我们去别处看看好不好？”

“那不行，别家的孩子有，我们家的小孩也应该有。”季云深将夏澄推到一边阴凉处的石凳上，“你在这里坐着等，附近还有些吃的，你可以帮我也买一点。”

“好吧。”夏澄心中一暖。

夏澄坐累了就去附近买了些串串吃，眼睛盯着季云深随着队伍慢慢往前挪，约莫过了一个小时，他才终于买到花灯。他将花灯递到夏澄的手里：“愿你平安喜乐。”

夏澄将小小的花灯捧在手里，抬起头来看着他含笑的眼：“你也是。”